杭州师范大学中文学科学术研究丛书

泽地文库
第二辑

主编 / 洪治纲

教育部人文社会科学研究一般项目"晚清民初西方美学译介对中国诗学现代转型之影响研究"（21YJA751004）成果

晚清民初西方美学译介对中国诗学现代转型之影响

陈学祖 著

上海文艺出版社
Shanghai Literature & Art Publishing House

总　序
洪治纲

　　大学之道，人文为先。没有坚实的人文底蕴，没有深厚的人文情怀，没有求真、创新、自由、平等、公正的现代社会理念，大学迟早会陷入实用主义和功利主义的泥淖，甚至会变成精致的利己主义滋生与蔓延的温床，教育也就很难确保学生获得全面而健康的发展。这是我们学科同人多年来的思想共识和学术信念。

　　我们是大学教师，但我们也是学者，是恪守人文精神并且学有专攻的学者。因为我们深知，人不仅仅是一种物质生命的存在，还是一种精神、文化的存在。我们必须尊重每个个体的主体地位和个性差异，必须关心和理解不同个体多方面、多层次的内在需求，必须激发不同个体的能动性和创造性，促进人的个体价值与社会价值的统一，并最终使人获得自由全面的发展。

　　如果问，何谓"人文精神"？我想，这应该是其核心之旨。所以鲁迅先生对现代文明社会的审度标尺，就是"立人"。一个国家能不能"立"起来，在他看来，首先就是这个国家中的人是否"立"起来了，而不是看它的经济指标，或者人均拥有多少本房产证。

　　作为从事人文教育的学者，我们对人文精神当然并不陌生。但是，在物质主义和功利主义的强力冲击下，要坚持不懈地探究现代社会中的人文精神及其实践路径，并非易事。好在我们是地方性高校，没有"高处不胜寒"的压力，也没有必须实现"弯道超车"的预设目标。我们只是踏踏实实问学，认认真真做人。每天进步一点点，这是我们对自己学术的内心期许。所以，这些年来，我们学科的全体同人，都在默默地躬身于各自的研究领域，勤思缅想，精耕细作。

我们因此而充实。无论春夏，无论秋冬。

或许我们的能力有限，眼界不高，学养不厚，但这并不影响我们求真和创新的勇气，也不影响我们对于人类悠久的人文主义传统的承继和弘扬。师者，传道，授业，解惑也。传道，是每一位大学教师的首要职责，也是彰显每位人文学者人格魅力的核心之所在。只有心中有了"道"，有了承担历史职责且顺应社会发展的"大道"，我们才能传出特有的生命之光和内在的精神高度。我们的学术，从某种程度上说，就是在求真的过程中，孕育和培植内心的生命之道。故章学诚云：学者，学于道也。

但学术毕竟是一项极为艰难的事业，因为它自始至终都是为了求真，不仅在理论上，还要在实践中。严复就曾明确地将"学术"理解为先求真理，而后付之实践的过程："学者考自然之理，立必然之例。术者据既知之理，求可成之功。学主知，术主行。"梁启超也说过类似的话："学也者，观察事物而发明其真理者也；术也者，取其所发明之真理而致诸用也。……学者术之体，术者学之用。二者如辅车相依而不可离。学不足以应用于术，无益之学也；术而不以科学上之真理为基础者，欺世误人之术也。"我们当然也希望通过自己的努力，在传道和授业的过程中，体用互动，生生不息，一起解答各种现代生存之惑，共同叩问人之为人的诸多本质。

这也是我们推出"泽地丛书"的重要理由。"泽地"，取自《周易》第四十五卦《萃》卦，卦象为下坤上兑，坤为地，兑为泽，即为"下地上泽"之象，象征"荟萃"之意。这是我们中国语言文学学科全体同人的美好意愿，也是我们孜孜以求的学术理想。

在人类智慧的天空中，我们希望以执着的姿态飞过，并留下自己的痕迹。

本套丛书将以开放的方式，逐步汇聚我们学科各位学者的优秀成果，既包括已出版多年并在学界产生一定反响、需要修订再版的专著，也包括近年来国家社科基金的最新成果、学术新著以及优秀的博士论文等，几乎涵盖了本学科各二级研究方向，也囊括了不同代际的学者智慧，大体上反映了我们学科的主要特色和优势。第一辑出版之后，在学界引起了良好的反响，其中有三部著作获得浙江省第二十二届哲学社会科学优秀成果奖。如今，我们按原计划推进第二辑的出版，继续为本学科团队成员提供展示与交流平台，以期进一步营造浓厚的学术氛围。

古人云：士不可不弘毅，任重而道远。学术是没有尽头的事业，真理也需要一代又一代人去不断探索和实践。唯因如此，我们渴望通过自己的顽强求索，能够成为人文精神最坚实的传承者，并在具体的教学过程中，将自己所秉持的学术信念力所能及地付诸实践，抑或在世界文化的交流中成为平等的对话者。

2024年春于杭州

目 录

**导　论　中国诗学现代转型与西方美学：
　　　　概念、问题、论域及思维路向** ………………… 1
　　一、中西诗学语境中的"诗学"概念 ……………… 2
　　二、"中国诗学现代转型"的内涵、时间及标志 …… 9
　　三、西方美学的输入对中国诗学现代转型之影响 …… 14
　　四、主要问题及选题的意义 ………………………… 18

**第一章　"西学东渐"与晚清民初西方美学
　　　　译介及其反响** …………………………… 23
　　第一节　西学东渐：晚清民初西方美学译介的历史语境
　　　　　　与现实背景 ………………………………… 25
　　第二节　晚清民初西方美学译介之演进历程 ……… 34
　　第三节　中国审美观念之现代转型与西方美学 …… 47

第二章　晚清民初西方美学名家译介 …………… 59
　　第一节　晚清民初康德美学译介 …………………… 61
　　第二节　晚清民初叔本华美学译介 ………………… 85
　　第三节　晚清民初尼采美学译介 …………………… 94

第三章 从审"善"到审"美":中国诗学视域之现代转型与西方美学 ········ 109

第一节 价值中心的转变与中国诗学理论基础之现代转型 ········ 112
第二节 中国诗学观照方式之现代转型与西方美学 ··· 132

第四章 从"诗味"到"诗美":中国传统诗美观念之现代转型与西方美学 ········ 145

第一节 中国审美主义诗学传统的形成 ········ 147
第二节 中国传统审美主义诗学的"诗味"论 ········ 163
第三节 从"诗味"到"诗美":中国诗美观念之现代转型与西方美学 ········ 173

第五章 从"格义"到"会通":中国诗学范畴之现代转型与西方美学 ········ 187

第一节 错位与融合:中国诗学范畴之现代转型与西方美学
——以梁启超"情感表现"为例 ········ 189
第二节 格义与会通:中国现代诗学范畴之形成与西方美学
——以王国维的"境界"范畴为例 ········ 205
第三节 接受与变异:中国现代诗学中的"意境"范畴与西方美学 ········ 215

第四节　输入与转化：中国现代诗学范畴之形成与西方美学

——以"象征"范畴为例 232

第六章　从"感性"到"理性"：中国诗学理论形态之现代转型与西方美学 241

第一节　从"感性"到"理性"：中国诗学理论体系之现代转型与西方美学 243

第二节　从"偏取"到"整合"：中国新诗诗学的形成与西方美学

——从胡适派、新月派到象征派 258

结　语 281

附　录 283

民国丛书第三编·100《全国总书目》（1935年以前）平心编 283

主要参考文献 285

后　记 293

导　论

中国诗学现代转型与西方美学：
概念、问题、论域及思维路向

　　我一直在思考"中国现代新诗诗美是如何建构起来的？"这样一个问题。这个问题必然牵涉到两个方面：中国现代新诗审美观念的建构和中国现代新诗文本美学特征的建构。因此，这个问题，包含了两个重要方面：一、中国现代新诗审美观念是怎样建构起来的？二、中国现代新诗文本的美学特征是如何建构起来的？这是两个相互联系又相互制约的问题：一般而言，诗学家（或诗歌创作主体）具有什么样的诗歌审美观念就会创造出具有什么样的美学特征的诗歌，换言之，诗学家（或诗歌创作主体）的诗歌审美观念对其诗歌创作有决定性的影响，而诗歌文本和诗学家（或诗歌创作主体）的诗学理论又在某种程度上集中地体现了其诗歌审美观念。于是，要回答"中国现代新诗诗美是如何建构起来的？"这个问题，首先必须回答"中国现代新诗审美观念是怎样建构起来的"这个问题。

　　从本质上来说，诗歌审美观念既是一个美学问题，更是一个诗学问题，要弄清"中国现代新诗审美观念"这个概念，必须把视野扩展到整个中国现代诗学与美学领域（尤其是诗歌美学的基本层面），在二者

编者注：本书编校时，为保持原始资料的原貌，对早期文献中习用的助词用法和特殊用语、引用的外国书名和人名的译法等均未改动，仅对文字上的脱误进行了技术性的订正。

的结合部寻找其渊源、发生过程及内在构成。只有把中国现代新诗审美观念放在整个中国诗学史、诗歌美学史的宏观背景下，我们才可能更为清楚地辨析"中国现代新诗审美观念是怎样建构起来的？"这一问题所包含的诸多层面。如果把中国现代新诗审美观念的产生及中国新诗文本的美学特征的建构置于其发生的历史语境中，我们可以发现，它们都是中国诗学从中国传统诗学向现代诗学转型的结果。只有把中国现代新诗审美观念的问题放在中国诗学现代转型的进程中，才能把它的来源及内在构成阐述清楚。

一、中西诗学语境中的"诗学"概念

在西方，poietike（诗学）这一概念起源于古希腊，系 poietike techne 的简化形式，意思为"制作技艺"[1]。亚里士多德在其《诗学》一书的开头就申明，他要探讨的是"关于诗艺本身和诗的类型，每种类型的潜力，应如何组织情节才能写出优秀的诗作，诗的组成部分的数量和性质，这些，以及属于同一范畴的其他问题"[2]。可见，"诗学"从一开始就是以研究作诗的技艺和诗的类型，总结作诗的规则和技巧，指导当时的诗歌创作为目的。无论亚里士多德之后的贺拉斯、昆提利安、塔索、马丁·奥皮茨、布瓦洛和戈特舍德等人的诗学著作命名如何不同，但这一宗旨始终没变。亚里士多德等人的"诗学"研究对象是抒情诗、史诗和戏剧诗（悲剧和喜剧），而这些都是诗体文学，也是当时全部的文学类型，从

---

[1] ［古希腊］亚里士多德：《诗学》，陈中梅译注，商务印书馆，1996年，第28页注释。
[2] 同上，第27页。

根本上说，当时的"诗学"就是当时的"文学理论"。由于亚里士多德等人的"诗学"开创了西方文学理论的体系，长期以来，"诗学"这一概念在西方文化语境中成为一种约定俗成的传统，虽然文艺复兴之后的"诗学"概念已经并不止于"作诗技艺"的含义，但"诗学"这一概念仍然被等同于"文学理论"。即使在"文学理论"的概念产生之后，"诗学"概念仍然活跃在文学研究中，"诗学"与"文学理论"基本上是作为同质而异名的两大范畴，被现代西方的理论家们普遍运用着。

随着中国近现代史上"西学东渐"浪潮的奔涌，亚氏的"诗学"概念和"文学理论"概念也被引入中国，而且中国的文学理论界也逐渐认同并接受了这两个概念，形成了"诗学"就是"文学理论"、"文学理论"就是"诗学"的基本观念。这两个概念几乎同时在文学理论著述中被广泛地接受和运用。不但论述所有文学现象的论著冠之以"诗学"之名（如西方诗学、东方诗学、中国诗学等），而且某些涉及具体文体的论著也被命名为"诗学"（如小说诗学、散文诗学等）。正如余虹所说，这种用法本身就忽视了现代汉语语境，表现出一种"西方中心主义"或潜在的西方中心主义视角与立场："在现代汉语语境中，泛泛而谈的中国现代'文论'之为'文学理论'的简称似乎还勉强说得过去，但将中国古代'文论'看作中国古代'文学理论'的简称，或将中国古代'文论'名之为'诗学'则纯属臆断。"其理由在于，"前'全球化'时代的中国古代'文论'与西方'诗学'都是自成一体的文化样式，它们之间的差别是结构系统之上的，因而无法通约"[1]。余虹的推论有两点需要注意：其

---

[1] 以上参见余虹：《中国文论与西方诗学》，生活·读书·新知三联书店，1999年，第1—2页。

一，既然在西方"诗学＝文学理论"，如果认为"泛泛而谈的中国现代'文论'之为'文学理论'的简称还勉强说得过去"的话，那么，"泛泛而谈的中国现代文论＝诗学"也勉强说得过去？其二，在余虹看来，中国古代"文论"与西方"诗学"是自成一体的文化样式，而中国"现代文论"并不是自成一体的文化样式，至多是"准西方"的文化样式，因为它与西方"诗学"也只是勉强具有通约性。

既然如此，那么，中国古代文论与中国现代文论也属于两种不同的文化样式吗？也许在余虹的观念中，中国现代文论既可以称为"文学理论"，也可以称为"诗学"，在此，"文学理论"与"诗学"仍然是同质异名的两个概念。这种观点自有其合理性，但问题是，自古以来文学中的许多概念都并非凝固之物，几乎包括"文学"在内的每一个概念，其意义都有着一部漫长的演化史，在不同时期乃至同一时期的不同国家中，这些概念的内涵和外延均差异巨大。最为典型的是，直到目前也很难给"文学"下一个定义，但现时代的经验告诉我们哪些文字是"文学"，哪些文字不是"文学"，我们只是站在现时代的立场来理解其含义的，因此"文学理论"或"诗学"概念在其演化的不同阶段有着不同的内涵与外延，这并不是问题。问题是，在引用外来的理论概念来指称我们自己的文学现象时，必须要看对这一概念的接受是否具有融合的前提，是否具有这种融合所必需的"通约性"。就"诗学"和"文学理论"而言，在中国文学的语境中，应考虑是否存在着这两个概念所指涉的文学事实这一基本前提。

在西方理论语境中，"诗学"与"文学理论"的混用，已经带来了概念的内涵与外延的模糊，造成概念使用的混乱。如前所述，在亚里士多德时代，当时所谓的"文学"实际上都是诗体文学，"诗学"这一概念在亚里士多德那里实际上是诗歌理论，直到十七世纪中期之后，西方散文体的文学逐渐占据主导地位，才出现了"文学理论"这一概念。作为诗体文学理论概念的"诗学"，实为此时文学中的一种体裁的理论而已。学者们把"诗学"与"文学理论"混用，已经不是亚里士多德"诗学"概念的本意，而是其延伸义。亚里士多德之"诗学"中的"诗"实为"诗体"（自然包含着"诗性"），而十七世纪之后的"诗学"中的"诗"实为"诗性"。所以，"诗学"与"文学理论"概念的具体运用必须慎重。尤其是研究中国文学或文学理论时，我们一定不能忽视"诗学"与"文学理论"这种细微的区别。

事实上，在前全球化时代，中国并没有"文学理论"这一大的范畴，也没有这种将文学理论混同于诗歌理论的传统。理论家们在把作为文学文体的"诗"与"文"对举的基础上，提出了"诗话""文话"的概念，这些文字对诗、文的理论阐述甚详，并且出现了诸如《文心雕龙》这样自成体系的皇皇巨著，表明古代中国是存在"文学理论"的，这是不容否认的事实。从这些诗论、文论来看，在"'文学理论'（theory of literature）是'文学的理论'"这一点上，中国和西方是相通的，中西文学理论的含义有些差别，但并不影响我们的理解和运用，因此，"文学理论"这一来自西方的概念，在中国也有着其存在的依据，中国是可以沿用的。

而亚氏的"诗学"概念则不同，因为这种观念不仅不符合中国文学传统，而且这一概念本身在西方语境中的界定已经不很明晰，在中国语境中就更容易产生不该有的理论误解乃至误导。更为重要的是，这一概念在中国语境中存在的依据不充分。一方面，亚里士多德等人的"诗学"概念是建立在古希腊史诗、悲剧、喜剧等的基础之上的，虽然直到现代，艾米尔·施塔格尔等理论家仍在沿用，但已并非亚氏原义，而是指关于所有体裁的文学的理论，他们的"诗学"中的"诗"义为"诗性"，而不是"诗歌"。另一方面，从现存的具体文本来看，中国古代几乎没有亚里士多德观念中的史诗，悲剧作品产生得也较晚且发展得不充分。更为重要的是，中国历来文体分类极为精细，如《文心雕龙》的十二篇文体论论及的文体近三十种，明代吴讷的《文章辨体》详列歌谣、赋、乐府、诗及各种骈散文体五十九类，徐师曾的《文章明辨》更细分为一百二十七种。即使按照后来比较通用的分类法，其中属于文学作品的诗歌也分为"诗""词""曲"等，"文"又分为骈文和散文等，并且"诗""文"的文体界限非常明显，因此，古代"诗论""文论"的论述对象、范围及其文体界限更为清晰。

在中国传统的文学观念中，"诗论"（包括"诗品""诗格""诗话""诗式"等）显然是一种论述诗歌相关问题的文字，其本质是关于诗歌的学问，即诗歌理论，而"文论"则基本上是关于除诗以外的各种各样的文体的理论。"诗论"和"文论"的范围非常清晰。如果沿用西方"诗学"这一概念，反而显得驳杂易混，而且很容易与中国的"诗论"混淆，导致不必要的概念模糊性。由于后来从西方引进并接受的"文学理论"的概念基本上是关于所有文学现象的理论，而诗歌理论只是"文学理论"的一部分，"诗论"与"文学理论"是属概念与种概念的关系。这一点非常清楚。更为重要的是，"诗学"这一概念在中国古代已经存在，有着悠久的历史。唐代郑谷的《中年》写道："漠漠晴云淡淡天，新年景象入中年。情多最恨花无语，愁破方知酒有权。苔色满墙寻故第，雨声一夜忆春田。衰迟自喜添诗学，更把前题改数联。"[1] 据傅

1　[唐]郑谷：《郑谷诗集编年校注》，傅义校注，华东师范大学出版社，1993年，第60页。

义考证，郑谷此诗作于唐僖宗乾符四年（公元 877 年），这表明最迟在中唐就已经有了"诗学"这一概念。即使从此时算起，"诗学"一词在中国也已有一千两百多年的历史了。联系郑谷全诗来看，"诗学"在此当为"作诗方法的学问"。

"诗学"一词至近代出现频率较高。陈衍的《沈乙盦诗序》写道："诗学深者，谓阅诗多；诗功浅者，作诗少也。"其评曾国藩诗："湘乡出，而诗学皆宗涪翁。"[1] 此"诗学"当指"关于诗歌的学问"。元代范梈著的《诗学禁脔》就是对诗歌作品进行评论之作，其体裁格式为典型的鉴赏式。此著共论十五诗格，如"雅意咏物格"《答群公属和》：

> 草玄门户少尘埃，丞相并州寄马来。初自塞垣衔苜蓿，忽行幽静破莓苔。寻花缓辔威迟去，带酒垂鞭躞蹀回。不与王侯与词客，知轻富贵重清才。
>
> 初联上句是自叙，下句入题。次联二句皆承第二句。颈联形容马之驯服。末联上句应草玄，下句半应丞相，半应草玄。起结二句，皆美丞相好士也。[2]

其余的十四条也是对诗歌的评点，并且格式都与此相同。清代汪师韩有《诗学纂闻》，自序说："余与诗非童而习之也；少尝偶为之，而未尝学，学在通籍以后。夫学则师古人已矣；因而博观古人之作，沿波

---

[1] 陈衍：《沈乙盦诗序》，舒芜等编选：《近代文论选（上）》，人民文学出版社，1999 年，第 291 页。
[2] ［元］范梈：《诗学禁脔》，［清］何文焕辑：《历代诗话（上）》，中华书局，1981 年，第 759 页。

讨源，粗有一知半解；闲与朋徒尊酒论文，凡以明体裁之辨，订沿袭之讹，而无取乎一句一字之称美。"[1]序言论述了汪师韩研治诗学的经历、诗学渊源和诗学关注的问题。从其《诗学纂闻》来看，其诗学体系有明显的驳杂不纯特征。

钱萼孙在其《近代诗评》中说："诗学之盛，极于晚清。"[2]亦为专论诗歌本质及作诗方法和原则的学问。钱锺书的《谈艺录》写道："然子才诗学，亦于名家深而于大家浅。香山性分相近，太白、少陵声名极高，故无甚后言，于昌黎则不免微词。"意即袁枚论对于历代名家所论极为中肯深刻，而对大家则所论不很确切。此"诗学"即袁枚"论诗之学"。[3]朱自清在《论诗学门径》（1931年）一文中界定"诗学"概念时说："所谓诗学，专指关于旧诗的理解与鉴赏而言。"文中把俞樾《古书疑义举例》中有关诗的论述，以及李锳的《诗法易简录》、朱宝莹的《诗式》、钟嵘的《诗品》、魏庆之的《诗人玉屑》、严羽的《沧浪诗话》、袁枚的《诗法丛话》、黄节的《诗学》、叶燮的《原诗》、陆侃如的《中国诗史》、邵祖平的《唐诗通论》、许文玉的《唐诗综论》、陈延杰的《宋诗的派别》等都算作诗学著作，可见其包括的范围之广。从朱自清的"诗学"定义来看，显然是指所有"关于理解和鉴赏诗的学问"，这实际上只是就诗学的一个方面而言的。[4]除此之外，吴宓有《诗学总论》[5]，陈衍

---

1 ［清］汪师韩：《诗学纂闻》，［清］何文焕辑：《历代诗话（下）》，中华书局，1981年，第759页。
2 钱萼孙：《近代诗评》，《学衡》，1926年第52期。
3 钱锺书：《谈艺录》，中华书局，1984年，第212页。
4 朱自清：《论诗学门径》，《朱自清全集》第2卷，江苏教育出版社，1988年，第83页。
5 吴宓：《诗学总论》，《学衡》，1922年第9期。

写有《诗学概论》[1]一书。从中国诗人学者对"诗学"概念的理解来看，大致指"作诗论诗的学问"。这些中国学者都是从狭义上来运用"诗学"这一概念的。这不但与亚里士多德时代的"诗学"含义并不矛盾，而且离中国传统文学的语境更为切近，因而在中国语境中也更为适用。

既然如此，那么所谓的"诗学"在本研究中主要指"作诗论诗的学问"，即诗歌批评和诗歌理论。

二、"中国诗学现代转型"的内涵、时间及标志

"中国诗学现代转型"就是中国诗学由古典形态向现代形态的转变。随着西学东渐的浪潮，西方的哲学、美学、诗学输入中国，从而使得中国传统诗学受到了前所未有的冲击，中国传统的诗学观念与诗学体系逐渐被解构或转化，融合了西方的哲学、美学、诗学的某些因素，形成了一种以中国古典诗学或者西方诗学为基础的新型诗学形态。这种新型的诗学形态之复杂源于其所面临的双重诗学背景：中国传统诗学与西方诗学。这种双重的诗学背景，造成了诗学家们诗学渊源的复杂性：一些诗学家以中国传统诗学为根基，适当地融合了西方诗学的某些因素，从而形成具有浓厚的古典诗学特征但又融入了新的诗学因素的诗学体系；部分诗学家则有着深厚的西方诗学修养，而中国传统诗学修养较为薄弱，故形成了以西方诗学为根基的诗学理论体系；还有的诗学家则既有深厚的中国传统诗学根基，又精通西方诗学，故能寻求中西诗学融合之可能性，从而形成了吸取中西诗学优长的新型

---

[1] 陈衍：《诗学概论》，钱仲联编校：《陈衍诗论合集》上册，福建人民出版社，1999年。

诗学理论形态。这三种类型的诗学家及其诗学理论，使得晚清民初的中国诗学形态相对于中国传统诗学而言，发生了前所未有的变化。中国传统的诗学概念、诗学范畴、诗学思维及诗学体系，均发生了巨变，从而使得旧体诗歌解读与研究范式也发生了的巨大转变；旧体诗歌中融入了新的审美观念和诗体因素，新诗的生成与发展及新诗批评与理论的形成，便是这种变化的最集中的表现。这些新的诗学因素的出现及其演变过程，便是中国诗学现代转型的过程，而新的诗学理论体系的形成，便是中国诗学现代转型完成的基本标志。

因此，对于中国诗学现代转型过程的考察便牵涉到一个起讫时间的问题。那么，"中国诗学现代转型"的时间如何确定？转型的标志是什么？

中国史学界一般把 1840 年鸦片战争到 1919 年"五四"运动这段时期的历史划为中国近代史，把 1919 年"五四"运动到 1949 年中华人民共和国成立这段时期的历史划为中国现代史。因此，长期以来，中国的文学史研究也相应地把这两个历史时期的文学划为中国近代文学和中国现代文学。作为宏观的文学史研究，这种依据历史上的重大事件和社会转型的发生时间来划分文学史历史时段的方式也许有一定的合理性，但是，如果进一步深入到具体的文学类型或文学现象的演变轨迹及其演变规律的研究，这种历史时段划分方式则显然不一定合理。如果依据整个文学发展演变的历史时段来划分某种具体类型的文学现象，如小说学、散文学、诗学等发展演变的历史时段，也会存在着同样的不合理性。这种不合理性的根源在于，文学的转型与社会的转型虽然不无联系，但社会的转型并不意味着文学的转型；同样，诗学的转型虽然与文学的转型有着极为密切的关系，但文学的转型也并不能等同于诗学的转型。因为文学、社会、诗学之所以成为其各自本身，就是由于它们有着各自的本质规定性，有着自己本身的发展规律和演进逻辑。虽然其本身的发展规律和演进逻辑不可避免地要受到自身以外的各种因素的影响，但这种外界影响只是其发展和演变的外部因素。文学、社会、诗学发生转型的时间，从本质上说是标志其自身的本质规定性的构成要素产生和形成的时间。就中国诗学之现代转型而言，标志中国现代诗学之本质规定性的构成要素开始出现之日，就是中国诗学之现代转型发生之时，而其构成要素整体确立之时，可以说就是其转型完成之日。那么，如何确定中国现代诗学之本质规定性的构成要素呢？

中国现代诗学是在中国古典诗学和西方诗学的孕育及西方各种理论思潮的影响之下产生的。一方面，它与中西两种诗学形态以及西方各种理论思潮有着某种程度的同一性；另一方面，中国现代诗学又是中国现代历史语境和诗学家（包括诗人）的诗学实践的结晶，其诗歌审美观念、诗歌运思方式、诗歌载体、诗歌体式、诗学理论形态等，与中国传统诗学和西方诗学有着很大的异质性。所谓标志着中国现代诗学之本质规定性的构成要素，就是表现其与中国传统诗学和西方诗学的异质性的诗歌审美观念、诗歌运思方式、诗歌表现方式、诗歌载体、诗歌体式、诗学理论形态等。

问题在于，标志着中国现代诗学之本质规定性的构成要素并不是同步发展、同时形成的。不但中国现代诗学的各种构成要素在中国诗学史中的萌芽有先后，而且从其萌芽到正式形成，成为相对稳定的中国现代诗学构成要素的历程也有迟早之别。从发生学的角度来看，中国诗学史中出现标志着中国现代诗学之本质规定性的这些构成要素的最早萌芽之时，基本上就是中国诗学之现代转型的逻辑起点。中国现代诗学独特的诗歌审美观念、诗歌运思方式、诗歌载体、诗歌体式、诗学理论形态的综合性确立，则标志着中国诗学之现代转型的基本完成，这个时间相应地也就成为中国诗学之现代转型的时间下限。

从中国诗学发展的历史事实来看，标志中国现代诗学之本质规定性的诸构成要素中，最早萌芽的是诗歌审美观念的某些因素。"洋务运动"后期的"西学东渐"浪潮中，西方的各种理论思潮进入中国，突破了中国知识界以前那种封闭保守的思维方式，眼界获得了空前的扩展，其思维方式和思维路向也随着改变。思维方式和思维路向的改变，对中国近现代知识分子的思想观念有着深刻的影响。其明显表现就是，不但西方各种学说的某些概念已经被中国知识界直接引入到其对于社会和人生的看法中，从而给固有的中国知识界注入了新的生命，而且在洋务派的提倡下所译介的西方各种科技论著对于树立中国知识界的科学思想有着非常深刻的影响。虽然这些中国知识分子也包括诗学家，知识界思想观念的转变也包括诗学家思想观念的转变，但是，诗学家（诗人）的思想观念的转变并不意味着其诗学思想就一定会随之转变，也并不意味着中国诗学之现代转型就是从"洋务运动"前后开始的。在此期间，由于物质救国论在洋务派的思想观念中占据着统治地位，使他们无暇顾及精神领域的中国诗学问题，从而使得中国诗学的现代性因素极为稀少，数十年间的中国诗学几乎没有多大的变化。

中国诗学真正发生重大变化是从"甲午海战"之后开始的。"甲午海战"中，北洋舰队的全军覆没标志着这次科技救国运动的彻底失败。科技救国的失败使得中国知识界转变了"唯物质论"的偏颇，对西方理论思潮的译介也由以前的注重西方自然科学论著转向重视西方社会科学论著，这种转变标志着他们对富国强兵之法的探索已经由器物层面向精神层面转变。部分中国知识分子不但主动地译介西方社会科学论著，而且对作为社会科学之一种形态的诗学倍加关注，甚至非常注意把自己所接受的西方社会理论融入自己的诗学实践之中。西方各种学说的某些概念已经被中国诗学界直接引入到其诗歌创作和诗歌理论之中，从而在中国诗学中出现了大量的现代性因素。大量的具有现代性的诗学因素在中国诗学中的出现，给固有的中国传统诗学注入了新的生机，这意味着中国诗学开始进入转型期。所以，如果要考察中国诗学之现代转型应该从1894年"甲午海战"时维新派的西学宣传活动开始。相应地，我们的论题所论中国诗学的时间上限虽然有理由定在1894年，但论述时段需要适当往前延伸。[1]

由于标志着中国现代诗学之本质规定性的各构成要素形成的时间有先后之别，因此，本论题所论述的历史时段的下限应该是各种构成要素全部形成的时间。诗歌审美观念的表现形态有隐性和显性之别，隐性的诗歌审美观念渗透在诗歌创作主体的创作实践中，表现于其所创作的诗歌文本里；显性的诗歌审美观念则体现在诗学理论中。隐性的诗歌审美观念基本上是先于诗歌创作实践并且贯穿在创作主体创作的诗歌文本中；显性的诗歌审美观念则寓于诗学家从当时和前人流传下来的诗歌文本总结出来的诗歌经验的理论表述之中，但这种理论表述中的显性诗歌审美观念反过来又会影响乃至指导未来的诗学实践。因此，在某种程度上讲，它既是后于诗歌创作实践的，又可能是先于

---

[1] 陈子展：《中国近代文学之变迁·最近三十年中国文学史》，徐志啸导读，上海古籍出版社，2000年，第5—7页。

诗歌创作实践的。但是，作为一种诗学本质规定性的构成要素则定然是在诗歌创作和诗学理论反复的互动过程中形成的。就中国诗学之现代转型而言，中国现代诗学诸要素的基本形成，其隐性形态大致完成于新诗创作的第一个十年，而其显性形态的完成则要到二十世纪三十年代中后期《中国新文学大系》出版之时。因此，本论题所研究的历史时段的下限是二十世纪三十年代。

然而，论题研究的历史时段只具有相对的意义，在某些问题的论述上可能会适当超出这种历史时段的限制，以扩展我们的视野，特别是对作为背景知识的中国现代美学的介绍，时段将放得更宽。

三、西方美学的输入对中国诗学现代转型之影响

诗学本身的发展规律和演进逻辑固然对一种诗学的发展起着至关重要的作用，但这种作用只能保证这种诗学平稳地发展和演进，这种由其本身的发展规律和演进逻辑形成的平稳性特征非常容易导致诗学发展的惰性，从而阻碍这种诗学的发展演变。要使一种诗学发生质的飞跃和巨变，必然依靠外来的因素来刺激、激活这种诗学内部某些富有生命力的因素，从而抑制这种诗学中的惰性，促进诗学的发展；有些外来因素甚至迫使这种诗学接受其影响，从而发生质的巨变和转型。那么，是什么力量促使了中国诗学由传统向现代转型？

就诗学史常识而言，促使一种诗学向另外一种诗学转型的原因，固然是来自诗学本身发展的必然要求，但促使这种要求得以实现的往往是来自这种诗学本身以外的某些因素，这种因素既可能来自外来文化，也可能援引本土传统诗学中以前某一阶段乃至这种诗学远古时期

的某些因素，换言之，前者可以概括为外来刺激，后者则是复古倾向。前者如魏晋时期佛教文化的引入和兴盛，并与道家文化相结合，形成了以道佛文化为基础，以道佛释儒、引儒以入道佛的庄禅玄学冲击和渗透传统儒家诗学的结果；后者如中国诗学由初唐诗学向盛唐诗学转型的过程中援引"魏晋风骨"以改变初唐时期柔钝萎靡的宫廷诗学。但是，一种诗学无论怎么转型，它都是在原有的诗学构成基础上的一种发展，至多只是原有的诗学构成与新引入的诗学因素的重新组构。从历史事实来看，中国诗学由传统向现代转型之日，正是西方各种理论思潮在中国知识界竞相登场、各呈其盛之时，因此，当我们思考"中国诗学由传统向现代转型"这个问题的时候，一方面要从中国诗学本身的发展逻辑去寻求其转型的原因，更重要的是从在中国传播的各种西方理论思潮中寻求其转型的外部动力。

西方各种理论思潮不但是影响乃至促使中国现代新诗产生的重要因素，而且，在整个中国现代新诗史中，它们总是如影随形，影响着中国现代新诗的发展。这似乎已经成为诗学常识。如果我们进一步追问：西方各种理论思潮是否是导致中国现代新诗产生的直接原因？那么，那种所谓的诗学常识也就只能说是相对正确。因为一种新的诗歌文本的产生首先是受到一种诗学观念的支配，这种诗学观念（哪怕这种诗学观念是隐性的）会在一定程度上影响诗歌文本的产生，只有当一种类型的诗歌产生了一定数量的文本之后，才存在这种诗歌类型的文本与这种诗学观念的互动模式。因此，当一种外来刺激作用于一种诗学的时候，首先引起变化的应该是诗学观念（或潜在的诗学观念），然后才是诗歌文本美学特征的变化。西方各种理论思潮对中国近现代诗学的影响也是如此。西方各种理论思潮最先直接作用的乃是中国诗学观念（或潜在的诗学观念），而非诗歌文本。

西方各种理论思潮对于中国诗学观念的影响，是我们论述"中国现代新诗审美观念的建构"问题的一个非常重要的方面。由此，我们提出的问题是：西方理论思潮是如何影响并促使中国现代诗学的产生和发展的？在为数众多的西方理论思潮中，对中国现代诗学影响最大最深刻的是哪一种或哪几种？这一种或几种西方理论思潮是如何对中国现代诗学的产生、发展形成影响的？这一种或几种西方理论思潮对中国新诗特征的形成有什么作用？然而，要全面而深刻地回答这些问题并不容易，它需要等身的著作来解答，非笔者能力所及。

在所有西方思潮中，西方美学（尤其是诗歌美学）对于中国诗学现代转型有着最重要、最直接的影响。西方美学在近现代中国的传播，确实是影响并促进中国诗学现代转型的重要因素。换言之，中国诗学的现代转型与西方美学有着极为密切的联系。正是由于西方美学在晚清民初之传播，使得西方美学所倡导的自觉的美学意识与诗歌审美观念，渗透到中国诗学家的诗学观念之中，从而对中国诗学之现代转型产生了深刻的影响。

西方美学之传播是中国诗学现代转型最为重要的思想资源，尤其是其诗歌美学观念、概念、理论的引入，促使中国诗学家接受并融合了其基本观念、重要概念乃至理论体系，从而使得中国传统诗学逐渐被解构，形成了中国传统诗学与西方诗学某些因素相融合而产生的新型诗学观念与诗学理论体系。于是，西方美学、诗学在晚清民初之传播及其对中国诗学现代转型之影响，便成为本论题探讨的根本问题。

西方美学在晚清民初传播的八十余年中，译介和接受主体不断地发生变化。从"洋务运动"到十九世纪末是西方美学在中国传播的萌芽期。其间,在中国传播西方美学的主要是西方传教士。这些传教士一方面在中国传播基督教教义,另一方面也在中国从事着传播和沟通中西文化的工作,他们的译著偶尔涉及了西方美学的某些概念。从二十世纪初到"五四"运动前后是西方美学在中国传播的发展期。这一时期的译介主体已经转变为中国的士大夫,这些士大夫所译介的西学,如教育学、心理学等论著的某些内容涉及了西方美学思想。在接触和译介西学的过程中,士大夫们对西方美学的了解越来越多,并对之产生了浓厚的兴趣。因此,他们由偶然地、无意识地译介西方美学转向主动地、有意识有选择地译介和接受西方美学的某些思想。由于中国士大夫的参与,西方美学在中国的传播迅速摆脱了以前传教士那种零散的译介状态,使其在中国的传播获得了很大发展。

值得注意的是,中国传统文化强调文史哲融会贯通的性质使得此期的译介主体成为学术的多面手,他们都是几个领域的能家里手。此期参与西方美学译介的士大夫如梁启超、王国维既是诗词能手,又是国学大师,同时,梁启超还是近代著名的政治家,王国维则同时是著名的教育家,但二者又都是中国现代美学的创始者。更为特别的是,他们以诗人身份来译介和接受西方美学,极大地影响到其诗学观念,促使其诗学思想突破传统的局限,使得其诗学理论和诗学实践带有某些现代色彩。在二者的诗学理论和诗学实践中,西方美学的影响随处可见,其代表作《饮冰室诗话》和《人间词话》等一系列著作对中国诗学由传统向现代转型起了巨大的推动作用。

从"五四"新文学运动到1949年则是西方美学在中国传播的兴盛期。此期译介西方美学思潮,翻译、介绍西方美学并从事中国现代美学的创建的大多是多面手,他们往往身兼文学家、艺术家和美学理论家等数重身份，如蔡元培、丰子恺、傅抱石等既是教育家，又是艺术家，同时还是中国现代美学理论家。在西方美学的译介阵营中，还有一大批诗人，如鲁迅、胡适、李金发、王统照、李安宅、萧石君、王平陵、俞寄凡、徐庆誉、郭沫若、闻一多、戴望舒、冯至、艾青等，既是中国现代新诗的创作者，又曾经译介过西方美学，并且，他们的诗学理论和诗学实践也明显受到西方美学思想的影响。另外，这个时期正是中国美学由依附于传统儒家思想走向学科独立的时期，也是中国现代美学逐步创立的时期，美学与诗学的交叉互渗，成为这个时期的一种独特的文化景观。

西方美学成为一些诗歌流派的理论家的主要理论来源，如西方浪漫主义美学成为二十世纪前三十年近现代中国诗学界最重要的理论武器，从这个阶段所有诗派的诗学理论和诗学实践中几乎均可以找到其影响的痕迹；再如西方现代派美学对中国诗学之现代转型也起了至关重要的作用，且不说标志着中国古典诗学与现代诗学交接状态的王国维诗学明显受到叔本华、尼采的影响，即使是胡适等人创建的现代意义上的白话诗学理论也受到意象派美学、实用主义美学和形式主义美学等西方美学思想的启发。此外，象征派美学、存在主义美学等也与中国诗学的现代转型有着较为密切的关系。

四、主要问题及选题的意义

长期以来，在整个中国现代文学研究中，中国现代诗学研究本身就是一个极其薄弱的环节，有关中国诗学由传统向现代转型的问题的研究更加薄弱。造成这种状况的原因很多，其中主要是受到两种观念的影响。一种观念认为,中国现代没有诗学,更没有自成体系的诗学理论;另一种观念就是如前所论的所谓的常识:即中国现代新诗是在西方各种理论思潮的影响下产生和发展的。两种观念都忽视了诗学理论与诗歌创作之间的依存关系:前一种观念直接否定了中国现代诗学理论的存在;后一种观念则间接地否定了西方各种理论思潮对中国现代新诗产生影响的过程中,中国传统诗学观念的中介作用,只注意到中国现代新诗产生和发展的外来因素,而未意识到中国诗歌历史经验的连续性特征,从而忽视中国传统诗学的存在。

事实上,中国现代诗学包含着非常丰富的内容,它不仅包含了中国现代诗学家对于新诗的理论阐释与诗学建构,而且包含了他们对于中国旧体诗词的理论阐释与理论建构。旧体诗学与新体诗学均为中国现代诗学不可分割的有机构成部分,不能一味地强调新诗诗学之客观存在与现代意义,而忽视了旧体诗学之客观存在及其诗学价值。旧体诗与新体诗均为中国现代汉语诗歌的重要组成部分,二者的区别主要表现在存在形态与传播方式上,并不存在价值上的等级差别。旧体诗词之存在形态与传播方式较之于新诗更复杂,除了传统的雅集唱和等存在形态与传播方式之外,现代传媒也在其传播过程中起着至关重要的作用。就1916—1949年间单行本诗集数量来说,旧体诗词集也远多于新诗诗集(两千五百种左右)。就其理论形态而言,传统的诗话、词话仍然大量存在,而且出现了大量运用现代理论来阐释旧体诗词的诗学论著。前者如张寅彭先生编的六卷本《民国诗话丛编》,后者则有杨启高的《唐代诗学》、胡云翼的《唐诗研究》《宋诗研究》等诗学著作;前者形式上采用中国传统的诗话、词话,但在诗学观念上,已吸收了西方美学、诗学的某些观念,从而在诗学观念上具有了既区别于传统诗话、词话，又区别于西方诗学的特征，具备了自己独特的诗学观念与诗学体系。因此，考察中国现代诗学，一定不能将中国传统诗学与新诗诗学、诗学阐释与诗学建构相分离，而要将二者均纳入考察的范围之内。只有如此，才能呈现中国现代诗学的客观的历史形态，也才能更为清楚地彰显中国传统诗学是如何转化为中国现代诗学，西方诗学又是如何影响乃至参与这种转化的，以及新诗诗学又是如何从传统诗学中分离而成为一种独特的汉语诗学形态的。

"中国传统诗学"不但是中国现代诗学的基础，而且是中国现代诗学之本质规定性的重要参照系。因此，"中国诗学现代转型"实际上意味着一种既区别于中国传统诗学又与西方诗学有着异质性的新的诗学形态的形成。考察西方美学对于"中国诗学现代转型"的影响，实际上牵涉到三大方面：其一是旧体诗学的现代转型；其二是新诗诗学的生成；其三是旧体诗学与新体诗学之互动关系。

因此，西方美学在这种新型诗学形态形成过程中的作用及其具体运作，则是本论题考察的核心问题。西方美学思潮在近代中国的传播不但为中国现代诗学提供了诸多中国传统诗学中没有的东西，而且对中国传统诗学的许多因素起到了重新阐释和激活的作用，使其既保留了中国传统诗学中的部分含义，又焕发出新的生命和新的意义。同时，中国现代诗学对西方美学思潮也并非机械地认同与接受，西方许多诗学因素都是经过了中国传统诗学精神的重新审视和合理扬弃，才成为中国现代诗学的有机构成的。因此，中国诗学的现代转型是中国传统诗学与西方美学思潮从互相阐释走向互相融合的过程。

既然如此，对以下问题的关注就是理所当然的了：一、西方美学是如何在晚清民初传播的？二、西方美学是如何影响中国诗学现代转型的？三、西方美学对中国诗学现代转型的影响表现在哪些方面？四、转型后的中国现代诗学与西方诗学、中国传统诗学有何同一性与异质性？依据接受美学的观点，以上问题是从影响的施动者角度提问的。如果我们换一种视角，从影响的接受者的角度来进一步思考，那么问题就会变为：中国诗学是如何接受西方美学的影响的？中国诗学接受西方美学的影响表现在哪些方面？中国诗学又是如何吸收和转化西方美学思想，从而形成中国现代诗学的特征的？提问的方式不同，对问题的回答方式也会随之改变。但是，无论提问方式如何不同，目的都在于辨析西方美学在晚清民初之传播与中国诗学之现代转型的关系，所达成的结论也应该是基本一致的。

第一章 「西学东渐」与晚清民初西方美学译介及其反响

十九世纪末二十世纪初，西方美学思想随着"西学东渐"的浪潮涌入并渗透到中国，引发了中国文学自觉的审美意识，直接推动了中国文学审美意识的现代转型。一些受到西方美学思想影响的哲学家、艺术家，同时也是诗学家或诗人，他们纷纷自觉地以审美眼光观照诗歌，或者从审美视角进入诗歌现象，对古今中外的诗歌进行深入的研究，或者以自觉的审美意识来创作诗歌。西方美学思想，特别是诗歌美学成为中国现代诗学的催化剂，在中国诗学由传统向现代的转型中起了关键作用。中国现代诗学家或者直接引入西方美学范畴，或者受到西方美学思想的启发，对中国传统的诗学概念进行了创造性转化。中国现代诗学理论基础的形成正是中国现代诗学家们在西方美学思想启迪之下，对中国传统诗学进行创造性转化的结果。

第一节　西学东渐：晚清民初西方美学译介的历史语境与现实背景

虽然在 1840 年以前，中国也与其他国家互有文化上的来往，但只是以自信得有点自傲的姿态与其他国家进行小范围的文化交流，并且只是适当地吸取异域文化。在这一交流过程中引入和接受的外来文化，仅对中国文化的发展起到刺激和补充作用，丝毫没有改变中国文化固有的封闭性和独立自主性。此时的中国是在怀着强烈的文化自信的前提下，对外来文化有限制地、选择性地进行吸纳和接受。此期对中国影响最为深刻的外来文化是佛教文化，但即使是佛教，在中国整个文化的构成因素中也始终只是处于从属地位，对本土占主导地位的儒家和道家文化起着补充作用。在佛教于西汉末年东汉初年传入中国之时，来华译经家"风云星宿，图谶运变，莫不该综"[1]。这些译经家尽量地把所译佛经用道家的图谶来表达，不但是一种较为恰当的翻译形式，而且是其传播佛教的一种策略。为了使其传播的佛教能被中国人接受，译经家们必须寻求中国本土文化与佛教的相通之处，而道家的道术，无论是传道的方式，还是道教教义，与佛教都有相似之处，译经家如果以道教的图谶来翻译佛教经籍，不但基本上能够表达佛教教义的本旨，而且能使当时的受教者接受不疑。译经家的这种策略非常高明，以致最初传入的佛教教义被当作道教的道术被普遍接受。

魏晋时期，玄学兴盛。由于玄学本身乃是以老庄之学为基础，以儒解庄、以庄释儒的结晶，因此，此时系统传入的宣扬"真空假有"的般若学，和阐发"有无关系"的玄学相调和的同时，与本土的儒学、道学也发生了较为紧密的关系。虽说隋唐之时儒、释、道三家思想并重，然而，佛教不但没有取得主导文化的地位，甚至还不如道家的地位高（如唐代李氏皇朝与老子李耳联宗），而且，常常发生抑制佛教发展的运动，如唐武宗会昌五年（845年）下令没收寺院土地财产，毁坏佛

---

[1]《高僧传·昙柯迦罗传》，转引自方立天：《略论中国佛教的特质》，《文史知识》编辑部编：《儒、佛、道与传统文化》，中华书局，1990年，第159页。

寺、佛像，强迫僧尼还俗。韩愈著名的《谏迎佛骨表》，强烈要求唐宪宗奉儒斥佛。长期受到主流文化排挤的佛教徒们，不得不采取一系列变通策略。一方面，他们不断地寻找中国本土文化中的某些与佛教相近的因素，并以之来阐发佛教教义，以便寻找其落脚的基础；另一方面，他们在传播过程中随着各个时代的政治风气和文化风尚而调整自己的传教方式乃至某些佛教教义，以便获得统治者的青睐，从而得到政治支持。因此，从本质上说，佛教在中国文化中的传播及影响中国文化的过程，实质上就是一个佛教对中国历来占据着主导地位的儒家、道家文化逐渐认同及其自身"中国化"的过程。虽然"中国化"之后的佛教在中国文化和文学的发展过程中起了重要的作用，但佛教文化一直在中国文化的整体格局中处于从属与补充的地位。

与中国本土文化极为相近的佛教文化尚且如此，其他异域文化在中国的地位及其对中国文化的影响就更在其次了。基督教文化就是如此。基督教的《圣经》是随着西方传教士在中国的传教而被译介入中国的。在传教过程中，西方传教士陆续以口译的形式向中国信徒解读和传授《圣经》的某些章节。后来，为了适应传教活动的发展，他们找到了一些文化水平较高的中国信徒或朋友把《圣经》的某些部分翻译成汉语书面语言。1294年到达元朝的罗马传教士孟高维诺曾将《旧约》的诗篇及《新约》全书译成蒙古语，这是现在可考的最早的中国天主教《圣经》译本。1840年以前，柏拉图、亚里士多德、蒙田、普鲁塔克等人及其哲学思想已经在中国有零星的介绍，中国近代史上的"西学东渐"之前，已经有西方传教士把西方哲学家及其哲学思想介绍到中国。1595年，意大利传教士利玛窦选译了柏拉图、亚里士多德、蒙田、西塞罗等西方古代哲学家有关交友思想的格言，编为《交友论》。利玛窦凭借其深厚的中国古典文化修养，非常注意把西方哲学家的格言与中国传统儒家有关交友的言论相结合，因而其所选格言不但切近于中国传统士人的阅读口味，而且在儒家交友思想之外，为他们处理人际关系提供了一种新鲜的参照系。曾为《交友论》"稍删润著"的王肯堂所著《郁冈斋笔尘》认为："利君遗余《交友论》一编，有味乎其言之也，病怀为之爽然，胜枚生《七发》远矣！"[1] 当时的许多文集丛书竞相传抄《交友论》，如明代李之藻的《天学初函》、陈继儒的《宝颜堂秘籍》、冯可宾的《广百川学海》、屠本畯的《山林经济籍》、陶珽的《续说郛》等均全文编录。明代吴从先的《小窗别纪》与王肯堂的《郁冈斋笔尘》亦有节本和删润本。清初传教士卫济泰曾与祝石专门讨论过此书，之后，祝石依据卫济泰口述，仿《交友论》形式，于1647年译编成《逑友篇》。清代褚人获的《坚瓠集》、管庭芬的《一瓻笔存》和《古今图书集成·友谊典》等文集或丛书也收录了《交友论》。由此可见，此书对中国社会有一定的影响。

然而，西方哲学有关著作在中国的译介毕竟极为稀少，即使是《交友论》也只是采译了极个别西方哲学家的零言碎语，相较于整个西方哲学乃至这些哲学家的思想体系而言，只是沧海之一粟。因此，西方哲学此时还说不上对中国有什么影响。正如佛教在中国的传播一样，在"鸦片战争"以前，基督教等西方文化在中国的传播不可能渗入到中国社会的各个阶层，因为这种文化与汉文化的差异比汉文化与佛教文化的差异更大，因而很难引起中国知识界的兴趣。并且，西方基督教

---

[1] 转引自邹振环：《影响中国近代社会的一百种译作》，中国对外翻译出版公司，1996年，第2页。

文化在中国的传播本身带有文化渗透的目的,因而西方传教士的传教活动容易引起中国儒士们的反对和抵制,在中国各基督教传教区频频发生的教案即是明证。换言之,一方面如梁启超所说的,"基督教本与吾国民性不近"[1],另一方面由于其传教的动机不纯,因此,在中国近代史上的"西学东渐"之前,西方基督教文化对中国文化影响甚微。

1840年以后,西方文化对中国文化的渗透却截然不同,其关键在于"鸦片战争"打开了中国的国门。随后,西方各国纷纷侵略中国,向中国政府要求各种权利,传教权便是其中比较重要的一条。传教权的获得使得西方传教士在中国自由传教得到政治支持,中国本国文化的自主权被打破。另一方面,西方国家兵强国富、船坚炮利的事实,摧毁了一直沉睡在盲目自大酣梦中的中国人的自信。丧权失土的屈辱不但使得中国近代知识分子对以伦理教化为主的中国本土文化信心不足,而且迫使一些开明的官僚和知识者开始以开阔的眼光正视世界。部分开明官僚兴起了以"富国强兵"为目的的"洋务运动",他们在兴工厂、办矿务的同时,还创立译书局,此后还派留学生到日本及西方国家学习。

"洋务运动"主要看上西方国家先进的自然科学技术:"中国数千年之文明,实冠大地,然偏重于道德哲学,而于物质最缺然。即今之新物质学,亦皆一二百年间诞生之物,而非欧洲夙昔所有者,突起横飞,创始于我生(1858年)数十年之前,盛大于我生数十年之后,因以前绝万古,桄被六合,洪流所淹,浩浩怀襄,巨浸稽天,无不滔溺,自英而被于全欧,自欧而流于美洲,余波荡于东洋,触之者碎,当之

---

[1] 梁启超:《清代学术概论》,朱维铮导读,上海古籍出版社,1998年,第100页。

者靡,于是中国畴昔全大之国力,自天而坠地,苟完之生计,自富而忽穷。夫四海困穷,则天禄永终,肢体茧缚,痿痹不起,则有宰割之者矣。"[1] "洋务派"认为,中国文化重于精神而轻于物质,故精神发达而物质落后,因而导致了贫穷挨打的局面,因此,他们非常重视引进西方科技。梁启超对此有精辟论述:"'鸦片战役'以后,渐怵于外患。洪杨之役,借外力平内难,益震于西人之'船坚炮利'。于是上海有制造局之设,附以广方言馆,京师亦设同文馆,又有派学生留美之举,而目的专在养成通译人才,其学生之志量,亦莫或逾此。故数十年中,思想界无丝毫变化,惟制造局中尚译有科学书二三十种,李善兰、华蘅芳、赵仲涵等任笔受。"[2] 不过,梁启超所说的制造局所译科学书只二三十种尚估计不确。据1909年制造局翻译馆所编的《江南制造局译书提要》所录,共出书一百六十种,社会科学只占总数的五分之一,即在其所译西洋论著中,自然科学占百分之八十以上。"洋务运动"虽然取得了一些成绩,但是并没有改变中国积贫积弱的形势,北洋舰队在威海卫战役中全军覆没,破灭了洋务派企图通过引进西方军事和科技来富国强兵的迷梦。

梦醒之后的中国精英们重新反思过去,深深地意识到,西方国家之所以发达,不但由于其自然科学技术的先进,而且还因为其制度、法律、教育、历史、哲学、艺术等人文社会科学的进步。高凤谦在《翻译泰西有用书籍议》中写道:"泰西有用之书,至蕃至备,大约不出格致、政事两途。格致之学,近人犹知讲求。制造局所译多半此

---

1 康有为:《物质救国论序》,《物质救国论》,宏业书局,1976年,第7页。
2 梁启超:《清代学术概论》,朱维铮导读,上海古籍出版社,1998年,第97页。

类。而政事之书，则鲜有留心，译者亦少。盖中国之人，震于格致之难，共推为泰西绝学。而政事之书，则以为吾中国所固有，无待于外求者。不知中国之患，患在政事之不立。而泰西所以治平者，固不专在格致也。"[1] 梁启超在1896年所写的《西学书目表序例》也表达了类似的观点："已译诸书，中国官局所译者，兵政类为最多。盖昔人之论，以为中国一切皆胜西人，所不如者，兵而已。西人教会所译者，医学类为最多，由教士多业医也。制造局首重工艺，而工艺必本格致，故格致诸书，虽非大备，而崖略可见。惟西政各籍，译者寥寥。"[2] 高、梁二人的论说表明，翻译中重科技之作、轻西方政治之书的弊端日益成为人们的共识。于是，中国近代知识分子对西学的关注点由物质层面向精神层面转移，他们在重视学习西方先进的科学技术的同时，开始关注以政治为主的西方人文社会科学，并且大量地翻译西方社会科学著作。

"戊戌变法"前，康有为、梁启超创办《时务报》《湘学报》等鼓吹西方的政治思想，力倡变法。梁启超于1896年编成《西学书目表》，发表《读西学书法》《西学书目表序例》《西学书目表后序》，1897年主编《西政丛书》三十二册，发表《大同译书局叙例》《读〈日本书目志〉书后》，1898年又发表《中西学门径书七种》《拟译书局章程并沥陈开办情形折》《译印政治小说序》等文章和论著，积极推动知识界关注和译介西方书籍，给知识界引进西方社会科学指点门径。康有为也于

---

[1] 高凤谦：《翻译泰西有用书籍议》，转引自郑振铎编：《晚清文选》，上海书店，1987年影印本，第578页。
[2] 梁启超：《西学书目表序例》，转引自郭延礼：《中国近代翻译文学概论》，湖北教育出版社，1998年，第8—9页。

1897年编成《日本书目志》，介绍各种西学书目。正是在西方社会科学著作的启示之下，康有为、梁启超等发起了"戊戌变法"。从根本上说，"戊戌变法"就是西方政治学说在中国的具体应用和实践。

"戊戌变法"的失败不仅没有减弱康有为、梁启超对西方社会科学的浓厚兴趣，而且加强了他们对西方社会科学，特别是西方政治书籍的关注。鼓吹维新变法的《时务报》《昌言报》被迫停刊之后，梁启超又创办《新民丛报》(在日本创办)、《新小说》等刊物，继续倡导西方社会科学。在康有为、梁启超等人的推动下，西方的政治、经济、历史、文化等社会科学读物以更加迅猛之势涌向中国文化界。如果说洋务运动时期所译西书百分之八十以上为自然科学著作的话，那么，十九世纪八十年代直到二十世纪初，社会科学类则占了百分之八十以上。其中，严复所译的《天演论》(1897年)、《原富》(1902年)、《群学肄言》(1903年)、《群己权界论》(1903年)、《法意》(1904—1909年)、《社会通诠》(1904年)、《穆勒名学》(1905年)、《名学浅说》(1909年)等"八大"社会科学名著，对社会产生了深远的影响。与此同时，西方的传教士带来并翻译的一些西方社科读物引起中国知识界前所未有的重视。这标志着中国近代知识精英们文化观念的转变，以及由这种文化观念转变所带来的对西方文化关注点的转移，也显示出中国近代知识分子对西方兵强国富的深层根源有了更为全面而深刻的认识。

这种关注点转移的动力是寻求能够解决近代中国积贫积弱、外敌侵凌、丧权失土的现实问题的方法。正如魏源所说，对西方文化的关注与引进完全是出于"师夷之长技以制夷"的动机（李泽厚把它归结为"科学与启蒙的双重变奏"）。然而，中国近代知识分子的这种动机却是被动产生的，是在感受着西方国家兵强国富和中国积贫积弱的强烈对比，眼看着西方国家在中国的放肆横行，面临着国家主权逐渐丧失的情形之下产生的。值得注意的是，无论这种动机是如何产生的，也无论这种动机是主动的还是被动的，历史的事实表明，这种"西学东渐"浪潮成为中国社会由传统向现代转型的历史推动力。

无论是"洋务运动"对西方自然科学著作的大量翻译，还是"戊戌变法"前后对西方社会科学著作的广泛译介，对中国思想的转变都起到了极为巨大的作用。其一，"洋务运动"总体上的失败并不能掩盖其对中国历史的深远影响，其大量引进西方科技的举措对中国儒家传统政治上强调官本位、经济上重农轻商、重伦理教化而轻科技等观念产生了巨大冲击，成为"五四"运动"科学"主义思潮的先声并为之奠定了坚实的思想基础。其二，打破了旧的封建教育体制，创办新式学堂，派留学生到国外学习，尤其是科举制度的废除对中国社会分工和职业观念的转变影响深刻。其三，开阔了士人的视野，活跃了他们的思想，梁启超、严复等人翻译的有关西方政治学说中的平等、博爱等思想，在"五四"运动时顺理成章地发展成为"民主""自由"观念。其四，更为重要的是，"西学东渐"使得中国近代知识分子发生了思维方式和价值观念的转变，而这种转变正是中国近现代翻译和引入西方文学、哲学乃至美学著作的前提。

在康有为、梁启超、严复等维新派的推动下，大量的西方政治、历史、法律等社会科学著作被翻译过来，这些著作的作者大多也是哲学家，其哲学思维和哲学观念影响了中国知识分子的哲学思维，为他们进一步接受西方哲学奠定了基础。与此同时，零星出现的某些有关西方哲学、美学、文学和艺术的言论，蕴含着对西方美学思想的最早译介，对中国审美意识的转变产生了直接的影响。

第二节　晚清民初西方美学译介之演进历程

在"西学东渐"浪潮的裹挟之下，西方美学思想逐渐进入中国。"洋务运动"后，向中国传播西方文化的主要是西方传教士。这些传教士拥有深厚的中西文化功底，他们在传教过程中，总是试图把以基督教为核心内质的西方文化渗透到中国信徒的观念中。为此，他们著文揭露中国本土文化之短，推崇基督教文化之长。艾约瑟是当时最著名的西方传教士之一，他于1857年写了《希腊为西国文学之祖》《希腊诗人略说》《罗马诗人略说》等文章，介绍古希腊和罗马文学，刊登在上海第一份中文期刊——《六合丛谈》上。其中，《希腊为西国文学之祖》还被《万国公报》、香港《循环日报》等报刊竞相转载。此后，艾约瑟还写了《辟道教》(1879年)、《儒教辨谬》(1878年)两篇长文，分别揭示中国本土文化之非，寻找其与基督教文化的相似点，以使基督教获得中国民众的认同。这些文章的初衷是寻找在中国传播西方文化的突破口。虽然有些文章对中国文化的看法有些偏颇，但是他们从文化比较的视角来寻求中西文化的同一性与异质性的尝试，是值得肯定的。因为，对文化特质的同一性和异质性的寻求是推动不同类型文化进行交流和融合的必要过程。

西方传教士在发表译介西方文化的论著的同时，还开始编撰双语词典，目的在于清除阻碍两种文化进行沟通的语言障碍。正是在这些词典中，中国出现了最早的西方美学概念。如 Aesthetics（美学）一词最早在中国出现，就是在来华的英国传教士罗存德于1866年编成的《英华字典》(第一册)中，该词典将此词译为"佳美之理"和"审美之理"。此后，中国人谭达轩编辑，1875年出版、1884年再版的《英汉辞典》也收有Aesthetics一词，但被译为"美学""审美学"。汪荣宝和叶澜于1903年编辑出版的中国第一部具有现代学术辞典性质的《新尔雅》一书，把"审美学"定义为："研究美之性质及美之要素，不拘在主观客观，引起其感觉者。"[1] 这其实就是对王国维"审美学"的具体解释，也就是西方对Aesthetics（美学）的定义。1908年，颜惠庆主编、商务印书馆出版的《英华大辞典》把Aesthetics译为"美学""美术""艳丽学"。词典对于西方美学概念的介绍虽然较为规范，但由于不同文化对于同一现象表述的差异性，在这些词典中，一词多译的现象非常普遍，这表明词典所收的西方美学概念不但零散，而且其意义解释也有很大的局限。并且，词典作为一种工具，只起到帮助学者辨疑解难的作用。在十九世纪末，几乎没有研究西方美学的中国学者，因此，这些美学词条很可能没有中国人使用过。可以说，词典这种传播西方美学的方式，在十九世纪之前，其作用是极为有限的。

在专门的西方美学著作被译介入中国之前，向中国译介西方美学思想较多的并不是这些词典，而是西方教育学、心理学论著。因为在很早以前的西方社会中，心理学、教育学就与美学发生了非常密切的关系。如德谟克利特认为："大的快乐来自对美的作品的瞻仰。"[2] 因而"一位诗人以热情并在神圣的灵感之下作成的一切诗句，当然是美的"[3]。

---

[1] 转引自黄兴涛：《"美学"一词及西方美学在中国的最早传播》，《哲学动态》，2000年第1期。

[2] 北京大学哲学系、外国哲学史教研室编译：《古希腊罗马哲学》，生活·读书·新知三联书店，1957年，第115页。

[3] 同上，第107页。

柏拉图认为:"美(引者按,实指美感)就是由视觉和听觉产生的快感。"[1]所以,被称为"美学之父"的鲍姆嘉通干脆给美学下一定义:"美学是研究感性知识的科学。"[2]这种把"感性"作为"美学"的主要因素的观点揭示了心理学与美学的密切关系。不仅如此,在西方社会中,美育是教育的一种重要形式,在亚里士多德美学观念中就有"净化快感说",也就是强调文艺的教化作用。后来的贺拉斯干脆提出"寓教于乐",认为:"诗人的愿望应该是给人益处和乐趣,他写的东西应该给人以快感,同时对生活有帮助……寓教于乐,既劝谕读者,又使他喜爱,才能符合众望。"[3]因此,后来美育即成为教育学的重要内容。换言之,教育学与美学也有着极为密切的关系。所以,在西方的心理学和教育学著作中往往有美学的内容。

十九世纪末译介入中国的某些教育学著作就是如此。如德国传教士花之安于1873年以中文所著的《大德国学校论略》,就称西方美学课讲求的是"如何入妙之法"或"课论美形",即释美之所在:一论山海之美,二论各国宫室之美,三论雕琢之美,四论绘事之美,五论乐奏之美,六论词赋之美,意谓美"乃指文韵和悠、令人心惬神怡之谓"[4]。这大概是较详细地向近代中国介绍西方美学的最早的文字。1875年,花

---

[1] [古希腊]柏拉图:《柏拉图文艺对话集》,朱光潜译,人民文学出版社,1963年,第199页。

[2] 鲍姆嘉通:《美学》,刘小枫主编:《人类困境中的审美精神——哲人、诗人论美文选》,知识出版社,1994年,第1页。

[3] [古希腊]亚里士多德、[古罗马]贺拉斯:《诗学·诗艺》,罗念生、杨周翰译,人民文学出版社,1962年,第141页。

[4] 转引自黄兴涛:《"美学"一词及西方美学在中国的最早传播》,《哲学动态》,2000年第1期。

之安又著《教化议》一书，认为"丹青、音乐"二者"皆美学，故相属"，并将之作为"救时之用者"的"六端"之一。这可能是首次使用中文的"美学"一词，因而可以说德国传教士花之安既是最早向近代中国介绍西方美学的传教士之一，又是中文"美学"一词的发明者。[1]

花之安之后，曾经留学美国的中国人颜永京于1889年翻译出版了美国人约瑟·海文（Joseph Haven）所著的《心灵学》。值得注意的是，《心灵学》虽为心理学著作，但却包含了中国人最早译介西方美学的内容。该书较为集中而系统地译述了西方美学有关美的概念、属性、特征和审美认知的观点。他译"美学"（Aesthetics）为"艳丽之学"，"审美能力"为"识知艳丽才"，"美的观念"为"艳丽之意绪"，并阐明了美在本质上是"最具于物而非具于我"的思想，但同时又强调"见物之心灵与被见之物，却有匹配"。由此出发，他还介绍和批评了那种认为"艳丽非具于物或具于我，乃亦二者相感所致"的颇为流行的看法。由于颜永京本人一直从事教会工作，是一个不折不扣的基督教教徒，因此，他认为"物之艳丽，是物之灵气在块质透显"，他将灵气归为上帝的意旨，从而表现了一个基督教教徒的宗教美学立场。

此外，某些目录学著作也收录了西方美学著作，但原著可能并没有译介入中国。如康有为于1897年编辑出版的《日本书目志》，其"美术"类所列第一部著作名为《维氏美学》（二册），作者署名为"日本人中江笃介述"。康有为编辑此书的目的在于收集各种日本书籍目录，以供新学翻译者和学习者查找，其编辑所据，为日文原版图书。因此，康有为所见《维氏美学》很可能是日文版。此书的中文译本直到1905年

---

[1] 黄兴涛：《"美学"一词及西方美学在中国的最早传播》，《哲学动态》，2000年第1期。

才在《新民丛报》第 70 号、第 72 号两期载出，题名《维朗氏诗学论》，署名为"法国人 E.Veron 著，日本人中江笃介译，中国人观云（蒋智由）译述"。由此可知，康有为《日本书目志》所列《维氏美学》为法国人 E.Veron 所著无疑，日本人中江笃介不是著者，而是译者。由此可以进一步推测，《维氏美学》就是《维朗氏诗学论》。

康有为只是在其所编的《日本书目志》中收录了西文美学著作，这并不表明他对美学如何重视，维新变法的政治活动使他沉浸在政治救国的繁务之中，他没有闲情和余暇来思考美学问题。十九世纪末，在中国出现的第一部西方美学家文集是曾广铨于 1898 年所译的《斯宾塞尔文集》(在《昌言报》连载)，此文集并不单纯收集斯宾塞尔的哲学、心理学、教育学论著，而且还有美学论文及诗歌等文学作品。但事实上，一则因为报纸篇幅极为有限，再则因为《昌言报》不久就停刊了，所以《斯宾塞尔文集》名为文集，实为选材范围非常有限的文章选集，单凭这些文章难以全面窥见其美学思想，因而这种译介仍然是零散的。十九世纪末，西方美学思想在中国的译介均具有这种零散性特征。虽然上述某些词典中列有关于西方美学概念的词条，但这些词条本身的查找率或使用率几近于零。某些教育学、心理学译著乃至所谓的文集虽然也有有关西方美学思想的介绍，但多为蜻蜓点水、浅尝辄止，既不深入，也欠系统。所有这些，都显示出西方美学思潮在晚清时期传播的零散性基本特征。

二十世纪初期既是世纪转折期，又是西方美学思潮在近代中国传播的兴盛期。二十世纪最初几年，西方美学思想在中国传播的方式也与十九世纪末有所不同，不但传播途径增加了，而且传播范围也扩大了。由于美学不但以哲学为基础，而且其本身就是哲学的部分内容，因此，此期对西方哲学家、美学家的哲学思想译介比较多。最明显的表现是，从1901年到1903年，出现了许多全面介绍西方哲学的著作。1901年在《国民报》上连载的法国人阿匆雷脱所著的《欧洲近代哲学》，1902年在《翻译世界》上连载的《哲学史》（日本人蟹江义丸著）和《哲学泛论》（德国人楷尔黑猛著）等，都是全面介绍西方哲学史的译著。这些译著使得中国知识分子能够较多地了解包括美学思想在内的西方哲学。

西方哲学的确引起了部分知识精英的浓厚兴趣。从这时开始，当时的许多报刊都开始大量介绍西方哲学家。如《新民丛报》介绍了培根、笛卡尔、孟德斯鸠（第4号），卢梭、康德、伏尔泰（第5号），苏格拉底、柏拉图、亚里士多德（第12号），斯宾诺莎、黑格尔（第15号），纪德（第18号）等西方哲学、美学大家。不仅如此，《新民丛报》还发表宏观把握西方学术思想的论文，如梁启超写了《泰西学术思想变迁之大势》（第6号）、《宗教家与哲学家之长短得失》（第19号）等文，对西方哲学、历史、文学等学术的发展演变进行评述。梁启超还写了《进化论革命者颉德之学说》（第18号）、《亚里士多德之政治学说》（第20号）、《近世第一大哲康德之学说》（第28号），马君武写了《唯心派巨子黑智儿学说》（第27号）等文，介绍西方著名哲学家、美学家的生平及其哲学、美学思想。与《翻译世界》同年同月创刊的《大陆报》第一期也登载了《德意志六十哲学者列传》，对康德、费希特、瑞格林、黑格尔等德国哲学家、美学家的生平及哲学、美学思想做了简略介绍。

与此同时，不但某些中国人的日记提及西方美学思想，而且在大量的西方教育学、心理学、哲学译著中，美学仍是其重要内容。1900年，侯官人沈翊清在《东游日记》中多处提及"美学""审美学"等美学概念。1901年，京师大学堂编辑出版的《日本东京大学规制考略》中更是多次使用现代的"美学"一词。同年 10 月，夏偕复等人在介绍日本教育时，也使用过"美学"这个概念。王国维于 1901 年所译的《教育学》一书中，就较早出现了"美感""审美""美术""审美哲学""审美的感情""宏大"等现代美学词汇。

1902 年王国维翻译了两本西学名著，其一为《心理学》，其二为《哲学概论》。《心理学》一书中有"美之学理"一章，最早译介了有关"美感"的系统知识。它强调产生美感的因素虽多，但不外乎三种因素的综合作用，即"眼球筋肉之感""色之调和"和"本于伴发之观念"（联念）。《哲学概论》一书则从哲学的角度，最早系统地向中国人介绍了西方美学的发展历程。此书追源溯流，描述了西方美学从古代的柏拉图、雅里大德勒（今译亚里士多德）、普禄梯诺斯（今译普洛丁）、龙其奴斯（今译朗吉弩斯），到近代的谑夫志培利（今译夏夫兹博里）、赫邱孙（今译哈奇生）、休蒙（今译休谟）、伏尔夫（今译伍尔夫）等人的美学思想，特别指出了拨姆额尔登（今译鲍姆嘉通）对于美学作为一门学科走向独立的意义，还对汗德（今译康德）关于美的分类和美与道德之关系的观点做了较详细的论述。

继王国维之后，1903 年出版的著作中，含有介绍西方美学思想的西学书籍有《心界文明灯》和蔡元培翻译的《哲学要领》。前者《美的感情》一节中写道："美的感情可分为美丽、宏壮二种。美丽者，依色与形之调和而发之一种快感；宏壮者，如日常之语所谓乐极者是也。人若立于断崖绝壁之上，俯瞰下界，或行大岳之麓，而仰视巨岩崩落之状，则感非常之快乐。"[1] 又云："美丽者，唯乐之感情；而宏壮者，乃

---

1 上海时中书局编译所编译：《心界文明灯》，时中书局，1903 年。

与勇气想待而生快感,故为快之感情。"[1]此书还最早使用了"悲剧"一词。后者则最早介绍了"美学"的词源及其原初意义:"美学者,英语为欧绥德斯 Aesthetics,源于希腊语之奥斯妥斯,其义为觉与见。故欧绥德斯之本义,属于知识哲学之感觉界。康德氏常据此本义而用之,而博通哲学家,则恒以此语为一种特别之哲学。要之美学者,固取资于感觉界。而其范围在研究吾人美丑之感觉之原因。好美恶丑人之情也。然而,美者何谓耶?此美者何以现于世界耶?美之原理如何耶?吾人何由而感于美耶?"[2]梁启超在描述1902年至1903年前后各种西方理论思潮在中国的传播情形时指出:"壬寅癸卯间,译述之业特盛,定期出版之杂志不下数十种。日本每一新书出,译者动辄数家。新思想之输入,如火如荼矣。然皆所谓'梁启超式'的输入,无组织、无选择,本末不具派别不明,唯以多为贵,而社会亦欢迎之。"[3]这说的是1902年至1903年之间新思想在中国的译介情况,但用于评述这两年以前的新学或是西方美学思想在中国的传播同样恰如其分。然而,这种无组织、无选择并以多为贵的译介不但是异域文化渗入本土文化的一个必然阶段,而且还成为西方美学大规模输入中国的先导,为更加系统地译介西方美学论著提供了丰富的经验。

在晚清民初对西方美学思潮的译介中,这种无组织、无选择且多多益善的状况并没有长期存在。从1904年开始到1920年,不但译介西方美学的著译增多了,而且更有选择性,也更系统化了。此期译介的西方美学思想中既有康德、叔本华、黑格尔、尼采、柏洛克、柏拉

---

[1] 上海时中书局编译所编译:《心界文明灯》,时中书局,1903年。
[2] [德]科培尔:《哲学要领》,[日]下田次郎述,蔡元培译,商务印书馆,1906年,第11页。
[3] 梁启超:《清代学术概论》,朱维铮导读,上海古籍出版社,1998年,第97页。

图、柏格森、郝尔巴特、毕达哥拉斯和杜威等理论家的纯粹美学思想，又有歌德、斯宾塞、卡莱尔、莎士比亚、弥尔顿、雪莱、拜伦等著名文学家的文学美学思想，从而表现出一定的全面性、选择性和系统性。据笔者统计，仅1904年一年，王国维在《教育杂志》上就发表了十余篇介绍叔本华、康德、尼采、歌德等德国著名美学家的哲学、美学思想的文章，因此，《教育杂志》第124号专门刊登了王国维肖像，称之为"哲学专攻者社员"。次年，陈榥编的《心理易解》一书第二篇第三章第十节为《美的感情》，这一节率先介绍了西方著名美学家——勃洛克（罢路克）的美学思想，集中介绍了其所谓"物之足使吾人生美感"之"六种关系"，即"体量大小，表面宜滑，宜有曲线之轮廓，宜巧致，宜有光泽，宜有温雅之色彩"[1]，给人以耳目一新之感。

1912年，时任教育总长的蔡元培发表了《对于教育方针之意见》一文，提及康德、赫尔巴特、毕达哥拉斯和杜威等人的美学思想，并倡导美育。两年之后，蔡元培写出《哲学大纲》一书，内设《审美观念》一节，主要论述了康德美学思想，之后又于1916年专门写出了《康德美学述》，表现出译介康德美学的系统性。1917年《丙辰杂志》登出宗白华的《萧彭浩哲学大意》，对叔本华的哲学体系进行了综合性的介绍；《清华学报》刊发的《法国大哲学家柏格森学说概略》一文，则对心理学家柏格森的心理美学进行了较为详尽的介绍。

"五四"运动前后，最受关注的西方美学家是德国的尼采。在1918年到1920年的许多期刊上都可以见到译介尼采的文章，比较有名的如1918年凌霜在《新青年》发表的《德意志哲学家尼采的宗教》，田汉于

---

[1] 陈榥编：《心理易解》，教科书译辑社，1905年，第179页。

1919年在《少年中国》上发表的《说尼采的〈悲剧之发生〉》，茅盾发表在《解放与改造》上的译作——尼采的《市场之蝇》和《新偶像》，等等。1920年，除了李石岑发表的题为《尼采思想与吾人之生活》的演讲外，《民铎杂志》第2卷1号还专门出了一期"尼采号"，刊发出白山的《尼采传》、符的《尼采之一生及思想》、朱侣云的《超人和伟人》、李石岑的《尼采思想之批判》、S.T.W. 的《尼采学说之真价》和《尼采之著述及关于尼采研究之参考书》等文章，以各种形式、从各个方面对尼采的美学思想进行全面而系统的介绍。

与此同时，一些著名西方文学家的美学思想也陆续被译介进来。鲁迅于1908年写出了其著名的诗论——《摩罗诗力说》，倡导浪漫主义。文章介绍了柏拉图、洛克、斯宾塞、尼采、歌德、卡莱尔、莎士比亚、裴多菲、弥尔顿、雪莱，特别是拜伦等人的浪漫主义美学思想。从1911年到1916年，《小说月报》介绍了莎士比亚、司各特、雨果、拜伦、狄更斯、约翰生、本·琼森等西方著名文学家及其文学美学思想。这个时期，不但西方著名美学家及其美学思想成为译介的首选对象，而且这些著名西方美学家主要集中在古希腊、德国、英国和法国等哲学、美学最发达的国家。对美学大国的名家及其美学思想的译介，充分显示出这个时期译介西方美学思潮的主动性、选择性和系统性。

这种主动性、选择性和系统性还表现在对译介内容选择的侧重点上。例如，西方美育思想便是此期译介的主要内容之一。如上所述，西方美学思潮在晚清民初之最初传播，主要是凭借翻译西方心理学、教育学和哲学著作，美学思想往往只是那些心理学和教育学著作的部分内容。特别是教育学著作中，美学思想就是作为教育的重要内容——美育而存在的。王国维、蔡元培等译介西方美学思想的主将几乎都对教育表现出极大的热情。此期，王国维译介的西方美学论著大致有两类：其一是心理学、教育学的专门著作；其二是在中国最早的教育刊物——《教育世界》上发表的译介文章。在中国近代史上，提倡"美育"最得力、最见成效，"美育"思想最为系统的学者是中国现代著名教育家、美学家蔡元培。1912年1月，蔡元培出任中华民国临时政府教育总长，着手制定教育方针，进行教育改革。他于此年2月发表的《对于教育方针之意见》一文中，把美学教育作为教育的五大内容之一，提出了人格美育的方针："美育者，应用美学之理论于教育，以陶养感情为目的者也。"1916年12月，在江苏省教育会的演说中，他提出以"以美育代宗教"的主张。次年，在担任北京大学校长后，他又在北京神州学会发表了题为《以美育代宗教》的演讲，进一步阐明了其"美育"思想。蔡元培的这篇演讲稿在国内引起巨大震动，几乎当时国内外所有较有影响的杂志，如《神州学丛》（第1号，1917年9月）、《尚志》（第1卷第4号，1918年2月）等都予以转载，"以美育代宗教"响遍了中国学术界、教育界。《以美育代宗教》的发表，使得教育部于1918年发出了《普及美育之公函》（刊于《新申报》，《美术》杂志创刊号转载了这一公函），表明国民政府教育部对美育的重视，从此以后，美学在中国教育中的重要性获得了权威认同。

随后，一批艺术院校得以创办，许多师范学校、中小学都开设艺术课程。1919年，上海师范专科和爱国女学的教职员发起成立中学美学会的倡议，次年创办《美育》杂志。许多学者身体力行，发表文章、讲演，出版刊物，研究、传播美育思想，出现了高亚宾的《吾国古代良美教育之尊贵主义》（《安徽教育月刊》第1期）、钝庵的《论吾国美术之沿革》（《中华美术报》第3号）、邵拙的《美术之概论》（《中华美术报》第 4 号)、周湘(隐庵)的《近世美术家小传》(《中华美术报》第 4 号)、邓天乎的《论中国之美术》(《中华美术报》第 5 号)、欧阳亮彦的《西洋画浅说》(《中华美术报》第 6 号)、冰弦的《美感》(《华铎》第 1 期第 7 号)、守桐的《美术之观念》、慕慈的《美育与高尚趣味》(《美术》第 1 卷第 2 期)、唐隽的《什么叫美感?》(《美术》第 2 卷第 2 号)、王统照的《叔本华与哈特曼对于美学的见解》(《美术》第 2 卷第 2 号)、吕澂的《美学导言》(《美术》第 3 卷第 1 号),以及鲁迅的《拟播布美术意见书》、王统照的《美育的目的》、李石岑的《美育之原理》、吕澂的《论美育书》和《晚近美学说和〈美的原理〉》、孟宪承的《所谓美育与群育》、太玄和余尚同的《教育之美学的基础》、张竞生的《美的社会组织法》和《美的人生观》等大量论著。据初步统计,从 1920 年到 1949 年,译介西方美学或者论述美学问题的论文至少有两千余篇,平均每年在百篇以上。

从 1904 年到 1920 年,中国近代美学家对西方美学名家的译介有利于中国学者把握西方美学的主要脉络和流派,这些著名西方美学家的相对完整的美学理论体系也更容易对中国学界产生震动,从而吸引更多中国知识者关注西方美学。在蔡元培"以美育代宗教"说的影响下所产生的一系列美学杂志和美学论文,为中国人撰写系统的美学理论著作奠定了坚实的基础。

正是在这种背景下,系统性的西方美学译著逐渐出现。1917 年开始在《寸心杂志》连续五期连载的萧公弼的《美学》,是继 1907 年《震旦学报》所登出的《近世美学》之后又一部较系统的西方美学著作。1920 年,舒新城的《美学》(《新中国》第 2 卷第 2 期)、澄叔(吕澂)的《栗泊士美学大要》(《东方杂志》第 17 卷第 5 期)等文章对西方美学进行了详细的介绍，这些都是较为系统的美学著作的选译。曾经在《震旦学报》连载的系统化的西方美学断代史译著——《近世美学》单行本在1919年问世，开启了较为全面系统的西方美学史著作在中国传播的新纪元。继此之后，各种西方美学史或成体系的西方美学理论译著不断地出现在中国学术界，几乎所有的西方美学思潮都涌入了中国知识界，异彩纷呈，逞一时之盛。据笔者所知，从1919年到1949年，百部以上的西方美学著作被译介入中国，同时，中国美学家也编写了几乎同样数目的美学、艺术著作，比较著名的译著有托尔斯泰的《艺术论》(1921年)、柏格森的《笑之历史》(1923年)、厨川白村的《文艺思潮论》(1924年)和《出了象牙之塔》(1925年)及《苦闷的象征》(1925年)、亚里士多德的《诗学》(1926年)、普列汗诺夫的《艺术论》(1929年)、板垣鹰穗的《近代美术史潮论》(鲁迅译，1929年)、瑞恰慈的《科学与诗》(伊人译，1929年)、克罗齐的《美学原论》(傅东华译，1931年)、格罗塞的《艺术的起源》(蔡慕晖译，1937年)、瓦雷里的《现代诗论》(曹葆华译，1937年)、卢那卡尔斯基的《实证美学的基础》(齐明等译，1939年)、康德的《优美感觉与崇高感觉》(关琪桐译，1941年)、车尔尼雪夫斯基的《生活与美学》(周扬译，1942年)、铎尼克的《马克思主义的美学观》(焦敏之译，1946年)、克罗齐的《美学原理》(朱光潜译，1947年)，等等，这些译著直到现在仍然是美学和艺术研究者的必读书籍。

通过对西方美学思潮在晚清民初中国之传播情况的鸟瞰，我们大致可以把西方美学思潮在近现代中国的传播过程分为三个阶段：发生期(1866—1899)、发展期（1900—1919）、兴盛期（1920—1949）。即使从1866年英国来华传教士罗存德编成《英华字典》算起，到论题选定的二十世纪前半世纪（1949年以前），西方美学思潮在近现代中国传播的历史事实表明，中国知识者关注西方美学之日，就是西方美学思潮在中国传播兴盛期到来之时，西方美学思潮正式在中国传播始于二十世纪最初几年，基本上与二十世纪的脚步合拍。西方美学思想在晚清民初中国的译介始于西方传教士向中国传播西方文化的活动，发展于中国知识者对西方心理学、教育学、哲学思想的主动译介，兴盛于中国知识界大量而系统地译介著名西方美学家的美学思想。最后，中国美学家写出了一系列自成理论体系的美学论著。从中国文化发展史的角度来看，二十世纪最初二十年正是中国文化由传统向现代急剧转变的时期。在这个时期里，西方文化与中国传统文化的激烈冲突几乎达到了白热化程度，各种各样的西方理论如走马灯般在中国思想界纷纷闪现，展示着各自的风采，吸引着中国知识分子的注意力。在这众声喧哗中，西方美学思潮以其迷人的风采，在中国知识界独领风骚。并且，从西方美学思想引起中国知识分子的关注开始，其在二十世纪前半期的中国知识界的传播一直都保持着如火如荼之势。

第三节　中国审美观念之现代转型与西方美学

近现代中国知识界对西方美学思想的译介有自身的历史过程，这一过程本身就是中国知识者认同西方美学思想并主动接受其影响的过程，西方美学思潮对中国知识界的影响与中国知识界对西方美学思想的译介可以说是同步的。西方美学思想对中国知识界的影响也是随着中国知识界对其译介的深入而逐渐深入的。传教士正是在"洋务运动"中期开始把西方美学思想传入中国的，在洋务派看来，西方文化重视物质而轻视精神，物质发达故国力强盛；中国文化重于精神而轻于物质，故精神发达而物质落后，因而导致了贫穷挨打的局面。因此，他们所谓的"洋务运动"就是引进西方先进的科学技术，对西方社会科学则根本不重视。在"洋务运动"时期，超越功利目的的西方美学思想，不但译介极少，也不可能引起中国知识分子的注意。维新派虽然对西方社会科学倾注了高度热情，但他们所关注的西方社会科学主要以政治为中心，其所译社会科学书籍亦多与维新变法相关。如1897年，梁启超为其在上海开办的大同译书局所写的《大同译书局叙例》中写道："本局首译各国变法之书，及将变未变之际一切情形之书，以备今日取法。译学堂各种功课书，以便诵读；译宪法之书，以明立国之本；译章程书，以资办事之用；译商务书，以兴中国商学，挽回权利。"[1] 据另一个维新派的文化机构广智书局所刊广告不完全统计，在1901年内所译印的书中，有政治类书六种、社会学类书三种、哲学类一种、财政类两种、法律类三种、教育类一种、历史类五种。

之所以政治类和历史类最多，是因为政治类直接与变法相关，而历史类则可以为变法提供借鉴。维新派对西方社会科学的重视表现出极端的政治狂热，与洋务派一样，带有强烈的功利主义色彩，因此也不可能对译介进来的西方美学给予注意，如康有为虽然在《日本书目志》中"美术"类所列的第一本书就是《维氏美学》，但因为康有为编此书的目的仅在于介绍日本所出西学书目，以供中国学人选择译介。虽然此书所收书目达7700余种，但他只是收集书目，对于其内容未必了

---

[1] 梁启超：《大同译书局叙例》，《梁启超全集》第1集，中国人民大学出版社，2018年，第271页。

解。《维氏美学》的中译本直到 1905 年才在《新民丛报》第 70 号、第 72 号两期连载，题名《维朗氏诗学论》。此书是否对十九世纪末的中国知识界有影响仍是一个值得研究的问题。

此期，有一定影响的译介之作似乎只有颜永京翻译的《心灵学》，其中有关西方美学的思想，特别是这本译著所创译的美学词汇及内容，在当时和稍后的中国士人中产生过一些影响。如颜永京将"美学"译为"艳丽之学"，就对晚清产生过较大影响，孙宝瑄著名的《忘庐山日记》认为此书："述艳丽之章，谓物之艳丽，是物之灵气在块质透显。语为我国人所未经道。"[1] 书中将"美学"译为"艳丽之学"在学界也有一定影响。如益智书会负责人、统一外来名词的美国传教士狄考文，于 1902 年编就、1904 年正式出版的《中英对照术语辞典》(Technical Terms) 即采用了"艳丽之学"来对译"Aesthetics"。1908 年，颜永京之子颜惠庆主编、商务印书馆出版的影响久远的《英华大辞典》，在译"Aesthetics"为"美学""美术"的同时，仍保留着"艳丽学"这一美学对译词。但总的来说，这个时期对西方美学的译介本来就可以说是聊胜于无，对中国知识界没有什么影响也是情理中的事。

虽然纯粹的美学思想的译介对十九世纪末的中国并没有什么影响，但某些带有现实针对性和功利色彩的文学思想的译介却起到促使中国审美观念发生转变的作用。所谓的现实针对性，就是为当时寻求救国图强之路的重大活动张本。整个十九世纪末中国有两大中心事件，前期为"洋务运动"，后期为"戊戌变法"。"洋务运动"强调科技兴国，科技本身就不是审美意识领域的事。因此，所译介的科技著作虽

---

[1] 孙宝瑄：《忘庐山日记》，上海古籍出版社，1983 年，第 98 页。

然对人们树立科学的思想有一定的引导作用，却并没有触动人们固有的审美意识。"戊戌变法"从根本上来说就是一场思想解放运动，其目的就是从深层触动人们的思想观念，实现思想意识领域的深刻变革，因此，不但其所选译的西方社会科学书籍是围绕这个宗旨的，而且那些切近这个宗旨的其他译作也更容易引起他们的关注，由当时最著名的传教士林乐知译的《文学兴国策》就是如此。此书把欧洲国家富强的秘诀归结为文学的作用："夫文学之有益于大众者，能使人勤求家国致富耳。"[1] "文学之首务，所以使人生有用而必需之知识，得广布于众人之心中，且使人人共知度日之法，在于崇俭而习勤。"[2] 书中还举出正反两面的例子："三百年前之西班牙，实为欧洲最富之国，嗣因文学不修，空守其自然之利益，至退处于各国之后而不能振兴，此外各国亦多有然。"[3] "普鲁士为欧洲一小邦，国人振兴文学，鸿儒辈出，卓越他邦，曾不几时，成为今之德意志联邦，与欧洲诸大国相同。"[4] 因此，此书作者认为"文学为教化必需之端"[5]，强调把文学作品当作教科书，鼓励发展文化事业。强调文学的教化功能，恰恰是在中国历史传统中占主导地位的文学观念，更为重要的是，此书的文学主张与当时中国寻求富国图强的意志极为切合，因此引起很大的反响。此书刚一出版，

---

[1] [日]森有礼编：《埃尔博学书院监院华尔赛复函》，《文学兴国策》，林乐知、任廷旭译，上海书店出版社，2002年，第2页。

[2] [日]森有礼编：《纽约彼得哥伯复函》，《文学兴国策》，林乐知、任廷旭译，上海书店出版社，2002年，第8页。

[3] [日]森有礼编：《潘林溪教师复函》，《文学兴国策》，林乐知、任廷旭译，上海书店出版社，2002年，第21页。

[4] 同上。

[5] 同上，第13页。

梁启超就把它收入其所著的《西学书目表》中,并列为最佳书种之一。当时鼓吹发展教育事业的中国士大夫决定以文学作品来做教科书显然也是受其影响。梁启超的《变法通议》提出以俚语著群书,此后他又在《论小说与群治之关系》中倡导"欲新一国之民,不可不先新一国之小说"[1],从而把小说的地位提到了前所未有的高度。小说在当时还被视为"开通民智之津梁,涵养民德之要素"[2],以小说为教科书几乎成为十九世纪末二十世纪初小说界占主导地位的文学观念。中国传统观念中不登大雅之堂的小说被置于一切文学类型之上,文学界掀起了翻译西方小说的热潮。据日本学者樽本照雄教授统计:1995—1906 年间,读书界出现翻译小说 516 种。[3] 这无疑动摇了中国以诗文为正统的传统文学观念,标志着中国近代知识分子对文学类型及其地位的认识发生了转变。对以俗语俚语为主要表现媒介的小说的重视无疑标志着中国审美观念的重大转变,为后来倡导以白话为表现媒介的"五四"新文学运动奏响了序曲。

西方美学思想对中国审美观念产生较大影响始于二十世纪的前二十年。一方面,中国知识界对西方美学论著的选择和翻译本身就是近代中国知识分子对西方美学的逐步认同和对其影响的主动接受(如前所述);另一方面则表现在中国知识分子对西方美学思想的介绍和运用上,其突出表现是,近代中国知识分子不但对西方哲学家、美学家的美学思想进行了纯学理的探讨,而且在译介和宣传其思想的

---

[1] 梁启超:《论小说与群治之关系》,《新小说》,1902 年第 1 号,。
[2] 《新世界小说社报发刊词》,舒芜等编:《中国近代文论选(上)》,人民文学出版社,1999 年,第 258 页。
[3] 郭延礼:《中国近代翻译文学概论》,湖北教育出版社,1998 年,第 29 页。

同时，还自觉地把自己所理解的西方哲学家的哲学、美学思想运用到实践中。西方哲学、美学思想对中国审美领域的渗入，使得中国知识分子的文学观念发生了根本转变。梁启超的《论小说与群治之关系》一文，运用西方心理学和美学观念，把小说的审美功能归结为"熏""浸""刺""提"四大层次，黄摩西、徐念慈等人接受了黑格尔的理想美学和基尔希曼的情感美学，把文艺与现实的关系上升到了唯心与唯物的哲学层次上来理解，对文学的审美特性倍加关注："小说者，文学之倾向于美的方面之一种也。"[1]他们把文学的审美作用提到本体论的地位，显示出对中国传统的文学审美意识的突破，这显然是受了西方美学思想的影响。在中国现代知识分子的审美视界下，文学的审美功能得以突出，这使得本土原有的文学作品呈现出异样的光彩。

二十世纪的前十年，王国维在这方面做得最有成就。学术界通常认为，王国维的学术生涯曾经发生了两次巨大的转向：一是由对西方哲学、美学的译介和研究转向对文学特别是中国诗词曲的整理和研究；一是由对文学的热衷转向对金石考古的倾心。对西方美学的研究和运用贯穿了他前一次转向的全过程。就实质而言，所谓王国维的第一次学术转向，并不是严格意义上的转向，因为其对中国文学的整理和研究事实上渗透了西方哲学和美学的影响，换言之，他是以西方哲学和美学来重新阐释中国传统文化，文学研究本身就是其美学研究的有机构成部分。因此，与其说王国维的学术研究发生了两次转向，毋宁说只发生了一次：由审美领域向实证领域的转变。相应地，王国维的整

---

[1] 黄人：《小说林发刊词》，舒芜等编：《中国近代文论选（下）》，人民文学出版社，1999年，第499页。

个学术生涯就可以划分为两个阶段，审美研究阶段和实证研究阶段。

在第一阶段中，王国维不仅译介西方哲学、教育学、美学论著，而且发表了一大批运用西方美学理论来阐释中国文化传统的文章，仅在《教育世界》他就发表了《孔子之美育主义》(1904年)、《〈红楼梦〉评论》(1904年)、《论哲学家与美术家之天职》(1905年)、《奏定经学科大学文学科大学章程书后》《文学小言》(1906年)、《屈子文学之精神》(1907年)、《古雅之在美学上之位置》(1907年)等文章。此外，王国维还有其他一些论著，如1908年，王氏为其本人所辑的《唐五代二十一家词辑》各辑所作的跋——《词林万选跋》《王周士词跋》《竹友词跋》，以及1909年完成的《人间词话》《雍熙乐府跋》《乐章集跋》《南唐二主词补遗一卷校勘记一卷并跋》等，这些论著已经不是对西方美学思想的单纯译介，而是以中国传统的视界来吸收和融合西方美学思想，同时又反过来用西方的美学理论对中国传统文化中的某些问题重新进行富有深度的思考。由于王国维酷爱叔本华、尼采和康德，因此，以上论著中受这三位德国美学大家美学思想的影响很深，甚至可以说，王国维是用这三位哲学家的美学思想来对《红楼梦》等中国文学进行重新的阐释。总的说来，二十世纪的前十年，对西方美学的译介比较多，而像王国维这样不但努力译介西方美学思想，而且把西方美学思想运用到中国审美领域，用西方美学来阐释中国传统文化的"哲学专攻者"并不多。

除王国维所发表的一系列论著之外，只有刘师培的《古今画学变迁论》(《国粹学报》第26期，1907年)、《论美术与征实之学不同》(第33期，1907年)和金松岑的《文学上之美术观》(《国粹学报》第28期，1907年)等屈指可数的几篇文章。但是，在王国维从审美领域转向实证领域之后，译介和学习西方美学并以西方美学思想来解决中国审美问题者却逐渐增多，如蔡元培、谢无量、孙毓修、了庵、宋廷珍、李涛、周树人和周作人兄弟、陈国惠、夏丏尊、王朝阳、闲云、顾谷成、蒋兆燮、马君武、李石岑、杨昌济、宗白华、萧公弼、凌霜、龚自知、高亚宾、欧阳亮彦、冰弦、守桐、陈独秀、胡适、刘半农等，在他们所写的研究各种艺术的文章中，都可以捕捉到受西方美学影响的痕迹。其中接受西方美学影响最系统、最深刻，对当时中国审美领域影响最大的是蔡元培和胡适。

　　王国维、蔡元培和胡适对西方美学的接受和运用开启了中国近现代融通中西美学的两种思维理路。如果说王国维对西方美学的接受是一种审美主义的视界，那么蔡元培和胡适接受西方美学采取的则是功利主义的立场。三者对西方美学的接受活动又是维新派所开启的思想启蒙思潮的继续，因此，从本质上来说，王国维对西方美学的接受和阐释理路着重于审美启蒙，而蔡元培接受和宣传西方美学的目的在于思想启蒙。胡适虽然身处思想启蒙的阵营之中，但其对西方美学的接受及这种接受对中国社会产生的影响主要在于文学启蒙。王国维虽然最早提倡审美教育，但他基本上是从学术的高度来考虑的，其对西方美学学术化的译介和接受及审美启蒙的立场，使得他对西方美学的译介和融通之功只局限于小范围的学术圈内。蔡元培则不是以纯学术的立场，而是既以教育家的眼光，又以思想家的睿智和社会活动家的号召力来接受和宣传西方美学思想的，其对审美教育的提倡虽后于王国维，但后来者居上，其美学实践活动对于宣传普及审美教育和美学意识起了重大作用，特别是其"以审美代宗教"说对二十世纪初期中国的审美意识产生了深远的影响。胡适对西方美学的接受则更多地偏重于文学启蒙的视角，因此，对中国审美观念的转变影响深远。

正是由于王国维、蔡元培、胡适等近现代中国知识者对西方美学的译介、引进、接受和运用，逐渐激发起中国知识界现代文学审美意识的觉醒。王国维接受和融通中西美学、试图建构美学理论体系的尝试，蔡元培对"以审美代宗教"运动的倡导，胡适所发动的文学革命运动都是西方美学在近代中国所激起的巨大反响，对中国文学审美观念的转变起了关键性的作用。

如果说梁启超、王国维等的美学活动标志着西方美学在中国产生影响并促使中国文学审美观念由传统向现代转变的开始，那么蔡元培和胡适对西方美学的译介、接受和运用则掀起了中国文学审美观念由传统向现代转变的巨浪。显然，蔡元培和胡适等人对西方美学的译介、接受和运用是梁启超、王国维等先辈所开启的事业的继承与发展。无论是梁启超、王国维，还是蔡元培、胡适等人，他们接受西方美学的目的都是试图在西方美学中寻找解决中国问题的良方。但是，双方的方式却截然不同。前者试图把西方美学作为观照和重新阐释中国传统文化的参照物，并且试图吸收其合理成分与中国传统中的优秀因素相融合，他们接受西方美学的方式是在保持自身优秀传统的基础上的主动摄取；而后者则提出重新估定一切价值，他们以西方审美经验来估价中国传统，得出的结论是，西方的什么都比中国的好，因此，他们主张彻底地反传统，并掀起了轰轰烈烈的反传统浪潮。虽然，在现在看来，这种彻底的反传统浪潮导致了某种程度上的民族虚无主义，并且成为中国学术界长期以来一直存在的"西方中心主义"思想倾向的主要根源，对于中国现代文学审美观念的建构也产生了极为不良的影响。但是，从历史现实来看，由于当时存在的中国传统势力的保守观念非常强大，因此，一定程度的反传统浪潮是必要的。如果没有这次彻底的反传统运动，中国现代文学审美观念的确立将会是一个漫长的过程。而胡适等人的著名口号"重新估定一切价值"正是德国哲学家、美学家尼采提出的。这种类似政治宣言似的口号，不但对中国思想领域产生了不小的影响，对文学审美领域的影响更为深刻。在二十世纪第三个十年，"为艺术而艺术"和"为人生而艺术"的艺术宣言几乎成为除革命文学之外的最主要的艺术纲领，几乎所有的艺术家都曾经成为这两个口号的信奉者或艺术实践者，这对中国审美观念转型期的影响是深刻的。

这些口号的提出与中国知识界在二十世纪第二、第三个十年对西方美学的译介和接受存在着极为紧密的关系。在此期间，中国知识界对西方美学思想的译介不仅有成百上千的单篇文章，而且在译介西方美学思想的同时，他们还筚路蓝缕地开始了编写具有理论体系的美学论著的工作。1907 年《震旦学报》所登出的《近世美学》是中国知识界译介的第一部较系统的西方美学著作，但《震旦学报》登出的只是选译本，而非全本。直到 1919 年，此书的全本才由刘仁航译出，并在商务印书馆出版。1917 年开始在《寸心杂志》连续五期连载的萧公弼的《美学》，也许是中国人写的第一篇全面介绍美学知识的长文。此后，赵英岩的《美学论端》(《新中国》第 1 卷第 8 期)、舒新城的《美学》、澄叔的《栗泊士美学大要》等文章对西方美学进行了详细的介绍，这些都是较为系统的美学史著作译介。继此之后，各种各样的美学史或成体系的美学理论著作不断地涌现，如黄忏华的《近代美术思潮》(1922年)、《美学略史》(1924 年)、《美术概论》(1927 年)，吕澂的《美学浅说》(1923 年)、《美学概论》(1923 年)、《晚近美学思潮》(1924 年)、《晚近美学说和美的原理》(1925年)、《现代美学思潮》(1931年),李石岑的《美育之原理》(1925年),范寿康的《美学概论》(1927年),陈望道的《美学概论》(1927年),徐庆誉的《美的哲学》(1928年),俞寄凡的《艺术概论》(1932年),朱光潜的《谈美》(1932年)、《文艺心理学》(1936年),李安宅的《美学》(1934年),金公亮的《美学原论》(1936年)等,这些美学、艺术学论著都构成了自己较为系统的理论体系,体现了西方美学思潮在近现代中国传播之最高成就,标志着西方美学思潮在中国传播的蓬勃兴盛之势。这些论著无论从美学概念还是理论构架上来说,都基本沿袭了同类的西方美学论著。

吕澂最成体系的美学论著是《美学概论》,此书于1921年写成,1923年由商务印书馆出版,1924年再版。全书除绪说外,共分为五章,分别探讨了美的价值、美的形式原理、美的感情移入、美之种类、美的观照及艺术等问题,形成一个较为严密的体系。吕澂在此书《述例》中说:"述者尝有志建立唯识学的美学,对于栗氏(引者按,即里普斯)学说以感情移入为原理,颇与唯识之旨相近者,不禁偏好。又我国近时艺术,浮薄鄙陋,其弊已甚,栗氏学说归美恶判别之根底于人格,又觉有针砭时病之用。以是述者年来在上海美术学校,专科师范学校先后讲授此学,皆首先采取其说。当时草为口演之蓝本,即是篇也。"[1]可见,吕澂《美学概论》的理论体系基本上来自里普斯。

第二个写出了有理论体系的美学论著的中国现代美学家是范寿康,他于1927年出版的《美学概论》一书所探讨的问题与吕澂的《美学概论》所提出的问题大同小异。范著有《美的经验》一章,而吕著则

---

[1] 吕澂:《述例》,《美学概论》,商务印书馆,1923年,第1页。

有《美的价值》一章，除此以外两书所列问题全部一样，可见二者的理论来源大致相同，但范著在"格"问题的论述上比吕著要深刻透彻得多。陈望道于1926年也写出了自成系统的《美学概论》，于1927年出版，全书分七章，分别研究美和美学、美意识概说、美的材料、美的形式、美的内容、美的感情、美的判断等问题。显然，在体系上，陈著与前二著截然不同，但作者在编后记中也提到了他与里普斯美学的关系："一、二年前曾因某种必要，采黎普思底学说，编成一书，也不久即自觉无味，现在原稿也已不知抛在那一只书箱里去了。"[1]

可见，西方美学家的美学思想及其理论体系仍然是中国现代美学草创期的主要理论来源和理论借鉴。中国知识者通过创建中国现代美学理论体系而成为中国现代美学家，他们通过自己的美学论著和美学活动特别是美学教学，对当时中国的审美观念产生了一定的影响。例如，当时的许多作家都对美学有着浓厚的兴趣，胡适、陈独秀、郭沫若、宗白华、俞平伯、王统照、鲁迅、胡适、李金发、李安宅、萧石君、王平陵、俞寄凡、徐庆誉、闻一多、戴望舒、冯至等人，都既是诗人又曾经是美学的热衷者。作为美学实践活动核心的诗歌创作主体，其审美观念可以说基本上反映了当时社会的审美趣味。因此，这些作家、诗人审美观念的转变过程代表了中国审美观念之现代转型的一般过程和一般趋向，而西方美学的影响则贯穿了这种转型的整个过程。

1　陈望道：《美学概论》，民智书局，1927年，第194页。

第二章 晚清民初西方美学名家译介

在晚清民初西方美学译介的过程中，一些西方美学名家获得了集中详细的译介。其中，译介最多的莫过于康德、叔本华与尼采。纵观晚清民初西方美学的译介，既有对他们生平的介绍，又有对其美学思想的译介与评价。值得注意的是，某些译介者在对这几位西方美学名家的译介过程中，注重用本土思想去格义与契接这几位西方美学名家的思想，从而使得学界对这几位西方美学名家的思想获得了更为深入细致的领会。

第一节　晚清民初康德美学译介

最早系统介绍康德美学思想的是维新变法的"巨头"梁启超，他于1900年写了长篇文章《近世第一大哲康德之学说》，并在他所创办的报纸《新民丛报》上连载。正如梁启超所说，这篇文章的材料来自日本等国对于康德的研究成果："康德学说条理繁赜，意义幽邃，各国硕学译之，犹以为难，况浅学如余者。兹篇据日人中江笃介所译法国阿勿雷脱之《理学沿革史》为蓝本，复参考英人、东人所著书十余种，汇译而成。"[1] 文章分为《发端及其略传》《学界上康德之位置》《康德之"检点"

---

[1] 梁启超：《近世第一大哲康德之学说》，《梁启超全集》第4集，中国人民大学出版社，2018年，第128页。

学派》《论纯智（即纯性智慧）》《论道学为哲学之本》《申论道学可以证自由》《论自由与道德法律之关系》七部分。

其中，最值得注意的是，梁启超在阐述康德思想的时候，常常将之与佛学思想进行比较，用佛学来格义康德的哲学思想。在文章的第三部分《康德之"检点"学派》中，他指出康德哲学乃是调和偏主论定派与偏主怀疑派的："彼二派则从事于外，康德则从事于内者也。"[1] 梁启超对此下一按语："康氏哲学，大近佛学，此论即与佛教唯识之义相印证者也。佛氏穷一切理，必先以本识为根柢，即是此意。"[2] 在文章第四部分《论纯智（即纯性智慧）》中，梁启超指出："今专以色言，吾人所见之色，特就其呈于吾目者，自我名之而已。使吾有目疾，覆视此物，则不复能如平时。譬之病黄疸者，触目所见，皆成黄色。又如戴著色眼镜，则一切之物，皆随眼镜之色以为转移。自余声、香、味等，其理亦复如是。是故当知我之接物，由我五官及我智慧两相结构而生知觉，非我随物，乃物随我也。"[3] 接着，梁启超下一按语："此义乃佛典所恒言也。《楞严经》云：'譬彼病目，见空中华，空实无华，由目病故，是故云有。'即其义也。其谓由我五官及我智慧两相结构而能知物，五官者，《楞严经》所谓前五识也，智慧者，所谓第六识也。"[4] 由此，梁启超总结说，康德所谓的"感觉"就是佛学里的"受"，并指出："康德以为，吾人智慧所以总彼众感觉而使就秩序者，其作用有

---

1 梁启超：《近世第一大哲康德之学说》，《梁启超全集》第4集，中国人民大学出版社，2018年，第129页。
2 同上。
3 同上，第130页。
4 同上。

三：一曰视听之作用，二曰考察之作用，三曰推理之作用。"[1]梁启超认为，在康德哲学中，智慧之第一作用为视听作用，"康德以为视听之作用，主总合宇宙间各事物者也。譬如仰空见日，我何以知其为日，实由日体所发诸现象感觉于吾眼帘，而我之智慧能综合之"[2]，所以，"吾人智慧之作用"必有赖于"空间"和"时间"。梁启超对此下一按语："空间，时间者，佛典通用译语也。空间以横言，时间以竖言，佛经又常言横尽虚空，竖尽永劫，即其义也。"[3] 在述及康德所谓智慧之第二作用，即考察作用时，梁启超写道："考察作用何？观察庶物之现象，而求其常循不易之公例是也。""欲求此等公例，当凭所谓三大原理者考之，一曰条理满足之理，谓甲之现象，其原因必存于乙现象之中，彼此因果，互相连属也；二曰庶物调和之理，谓凡百现象恒相谐相接，未有突如其来，与他现象无交涉者也；三曰势力不灭之理，谓凡现象中所有之力，常不增不减也。"[4] 接着梁启超下一按语："此三大原理，黎菩尼士所倡，而康德大发明之也，其义与华严宗之佛理绝相类。所谓条理满足者，即主伴重重，十方齐唱之义也；所谓庶物调和者，即事理无碍，相即相是之义也；所谓势力不灭者，即性海圆满，不增不减之义也。华严以帝网喻法界，康德所谓世界庶物如大网罟然，正同此意，考求物理者，必至此乃为具足焉。"[5]

在第五部分《论道学为哲学之本》中，梁启超指出，康德哲学是以

---

[1] 梁启超：《近世第一大哲康德之学说》，《梁启超全集》第4集，中国人民大学出版社，2018年，第131页。

[2] 同上。

[3] 同上。

[4] 同上，第132页。

[5] 同上。

道学为本的,从而使得"哲学有所附丽",因为在康德的思想里:"物之现象,其变者也;物之本质,其不变者也。其变焉者固托身于虚空与永劫之间,有生而不能无灭,至其不变者,则与时间、空间了无交涉。凡物皆然,而吾侪侪类亦其一也。人之生命,盖有二种,其一则五官肉体之生命,被画于一方域、一时代而与空间、时间相倚者也。其有所动作,亦不过一现象,与凡百庶物之现象同,皆有不可避之理而不能自肆。虽然,吾人于此下等生命之外,复有其高等生命者存。高等生命者,即本质也,即真我也。此真我者,常超然立于时间、空间之外,为自由活泼之一物,即非他之所能牵缚。故曰:自由之理,与不可避之理,常并存而不悖者,此也。"[1]梁启超还从佛教教义的角度来阐释康德的这一思想:"此论精矣尽矣,几于佛矣。其未达一间者,则佛说此真我者实为大我,一切众生皆同此体,无分别相,而康氏所论未及是。通观全书,似仍以为人人各自有一真我,而与他人之真我不相属也。又,佛说同一真我,何以忽然分为众体而各自我?盖由众生业识妄生分别,业种相熏,果报互异。苟明此义,则能知现象之所从出,若康氏犹未见及此也。"[2]显然,梁启超从佛教教义的理路来格义康德哲学思想,认为像康德这样的大哲学家,其认识也有不及佛教之处。在梁启超看来:"康德又曰:吾侪肉体之生命,既与他现象同被束缚于彼所谓不可避之理,则吾之凡有所为也,必受其一公例所驱遣,

---

[1] 梁启超:《近世第一大哲康德之学说》,《梁启超全集》第4集,中国人民大学出版社,2018年,第136页。
[2] 同上。

而不能自肆者也。"[1] 梁启超为之下一按语:"吾昔读佛典,佛言一切众生有起一念者,我悉知之,吾昔以为诞言,及读康氏此论,而知其无奇矣。何也?众生之身,既落于俗谛,为物理定例所束缚,则其所循一定之轨道,固无不可以测知者。夫常人不能测日食,而天文家能之。然则常人不能测众生之举动,而佛能之,有何奇乎?不过佛之治物理学,较深于吾辈耳。"[2] 梁启超指出,在康德看来:"吾人毕生之行为,皆我道德上之性质所表现也。故欲知吾性之是否自由,非可徒以躯壳之现象论,而当以本性之道德论,夫道德上之性质,则谁能谓其有丝毫不自由哉。道德之性质,不生不灭,而非被限被缚于空劫之间者也。无过去,无未来,而常现在者也。人各皆凭借此超越空劫之自由权,以自造其道德之性质。故我之真我,虽非我肉眼所能自见,然以道德之理推之,则见其有俨然迥出于现象之上而立乎其外者。果尔则此真我,必常活泼自由,而非若肉体之常范围于不可避之理明矣。"[3] 也就是说,有真我之人,可以自由选择做善人还是做恶人。梁启超以佛教的"真如"观来格义康德的这种理论,认为:"佛说有所谓'真如',真如者,即康德所谓真我,有自由性者也。有所谓'无明',无明者,即康德所谓现象之我,为不可避之理所束缚,无自由性者也。佛说以为吾人自无始以来,即有真如、无明之两种子,含于性海识藏之中,而互相熏,凡夫以无明熏真如,故迷智为识,学道者复以真如熏无明,故

---

[1] 梁启超:《近世第一大哲康德之学说》,《梁启超全集》第4集,中国人民大学出版社,2018年,第137页。

[2] 同上。

[3] 同上。

转识成智。"[1]

梁启超译介康德哲学思想的第六部分是《申论道学可以证自由》，首先指出格致家与论理家皆不可以证自由，认为唯有道德学可以证自由。"康德乃言曰：学者试返观内照，静自省察，必见夫吾人良智之中，有所谓道德责任者存，此责任者实自然之法令，常赫然临命于吾心曰，汝必当如是，必当勿如是。此责任者不属于现在，不属于过去，不属于未来，实独立而不倚，亘古而无变者也，使吾人惟有肉体之生命，惟有过去现在未来之现象，而无复有所谓无限者。所谓不灭者，以位夫其上，则夫道德之法令，必不可得立。今也不然，人虽或不为善，而无不知善之必当为，虽或偶为恶，而无不知恶之必当去，故为善为恶者肉体之我也，现象之我也。知善之当为，知恶之当去者，灵魂之我也，真我也。以真我能以道德之责任临命于吾心故，故知真我必常自由。"[2] 梁启超指出，"康氏此论，实兼佛教之真如说，王阳明之良知说，而会通之者也"，然后，他用佛教教义格义康德的上述哲学观点："又佛氏言真如以为众生本同一体，由妄生分别故有迷惑，有迷惑故有恶业，故佛氏所谓真我者，指众生之灵魂之集合体言也。康氏所谓真我，则指众生各自之灵魂而已，其理论自不能如佛氏之圆满，然其言各自之灵魂，各有责任以统治各自之躯壳，与孔子所谓'我欲仁斯仁至矣'之理相一贯，其言尤为亲切有味也。康氏所以能挽功利主

---

[1] 梁启超：《近世第一大哲康德之学说》，《梁启超全集》第 4 集，中国人民大学出版社，2018 年，第 138 页。
[2] 同上，第 139 页。

义之狂澜，卓然为万世师者，以此而已。"[1]

梁启超译介康德哲学思想的第七部分为《论自由与道德法律之关系》，康德认为人对自己的本质拥有控制权："是故自由者，自以自为目的，自以自为法令，惟自能实守此法令者，乃能实有其自由。质而言之，则我命我使勿受我以外之牵制，而贯彻我良知之所自安者云尔。是故权威也，自由也，立法人也，法律也，主也，宾也，皆合为一体，无差别相，所谓中立而不倚强哉矫者，正在于是。是故讲学者，苟以真我之自由以外之物为目的，虽有善言，终不免奴隶之学，此康氏一针见血之教也。"[2]

梁启超对康德哲学思想之译介无疑对当时的知识界产生了巨大影响，最值得注意的就是其按语，主要是以佛学思想来阐述康德的哲学思想，这体现出梁启超对于康德哲学思想的独特理解，但也难免有附会和误读之处。

1908年，章行严（章士钊）写出《康德美学》一文，刊登在《学报》1908年第10期，较为详细地介绍了康德美学思想。章行严指出："康德之论美也，谓美之使人满足也，唯外观而已，无与物体之实在。凡属实在之物体，皆吾人痛苦之源泉。唯美术者，离实在之物体而描写此现察世界之影像，使吾人观之，类释利害荣辱之系缚，而与世相忘，不啻以尘劳不净之身，浴于汪洋静海，是美之快感，属于冥想之乐，绝无关于物体与实用者也。凡离实用愈近者，则去美也愈远。真及善也，自属吾人之义务，而美则非所谓义务也。人间道德行为及日

---

[1] 梁启超：《近世第一大哲康德之学说》，《梁启超全集》第4集，中国人民大学出版社，2018年，第140页。
[2] 同上，第142页。

用生活，虽荣辱各殊，罔不相伴于利害，而美则反此。"[1]章行严在此介绍了康德的"美感"观念。

章行严接着介绍了康德对美的本质的认识，也就是康德关于美的本质的四个要素。"一曰定性。离利害之见而得快感之现象者，美也"，"是真正之美，必远于利害之感情者也"[2]。这种定性是康德所谓"美"的第一个要素。第二个要素是"定量"，即事物引起的单独个人的快感，不是"美感"，"美感"是不同的人共同感觉到的"快感"，这样的"快感"才是"美感"："美者，离利害之束缚，全属于自由之境，故能供世人一般之快感而无所扞隔。"[3]第三个要素是"关系"："美术离于利害，自无持别目的之关系。"[4]第四个要素是"形态"："凡生快感者，未必皆美，而美之不生快感者，非美者也。"[5]"故美之为美，必要求世人普遍之快感，不可以个人之主观为判断也。"[6]

接着，章行严介绍了康德关于"想象力"的学说，指出："人间种种能力之中，想象力无疑居重要之地位。吾人若不赖想象力，则但有感觉而无知识，盖万有之物，不能同时映入吾人之目。若无想象力，则耳之所闻，目之所见，皆不过物体分离之一部分已耳。而欲得万有统一之知识，舍想象力无由也。"[7]章行严指出，康德认为美感的产生是想象力与理性调和的产物，在审美活动中，想象力与理性调和，则美

---

1 章行严：《康德美学》，《学报》，1908年第10期，第123—124页。
2 同上，第124页。
3 同上，第125页。
4 同上。
5 同上。
6 同上，第126页。
7 同上。

感生焉。

　　章行严对康德关于美术的学说也进行了较为详细的介绍。章行严指出，康德将美术之美与自然之美一分为二："美术之美，必适合于理性且成于意志之作用；自然美者，纯然出于机械之作用，决不可称为美术。"[1]"自然美者，美之实在也，美术之美者，美之现象也。凡观自然，如见美术，故美也；凡见美术，如见自然，亦美也。美术克肖自然，则其制法之精神曲包隐蔚，益发幽情。"[2]章行严不同意康德的所谓"美术如肖自然"之说，提出异议："盖余以为未足者，美术必肖自然，而肖自然者未必皆美也。若依康德之说评论美术，执'如见自然为美'为前提，则判断必非确论。"[3]章行严指出，康德对于美术与科学也有较为严密的区分："美术与科学共属人间之能力，然二者之性质绝异，科学为理论的能力，美术乃实际的能力。"[4]除此之外，美术与工艺品也不同："同一人间实际的能力，然前者应于理想，后者应于实用。"[5]

　　章行严在文章的最后对康德的"天才观"及美术之分类展开译介，指出："康氏称天赋之能力得以变更美术之规律者为天才。"[6]康德将美术分为言语美术、形象美术和感觉美术。[7]

　　1923年在，常文安在《互助》杂志上发表了《康德美学研究》，集中译介康德关于美的学说。他引用康德的原话说："美的对象，在性

1　章行严：《康德美学》，《学报》，1908年第10期，第128页。
2　同上。
3　同上。
4　同上。
5　同上。
6　同上，第131页。
7　同上，第132页。

质上属于主观，但是不限定一个人主观的见解，这是什么意思呢？因为人类的判断性，原来是属于先天的，全世界的人类都是这样的一致的，所以在客观世界上一切认识及判断，完全引到主观之内，然后主观遂含有认识欲望与判断的先天性。先天性原来在主观上本是没有何种性能，不过是普遍的必然定律的一种罢了。然而我们若是愿意循着这个道路而达到一贯的原理，也能够成为一种有定性的哲学方式。"[1]常文安在此强调了康德美学关于"美"的发生的原理，即"美"发生于普遍的人类的主观上。常文安指出，在康德的学说中，"美"的成立有两个条件："一须知美的所在的地位，是与自己以外的物象不相干的；第二须知主观自然有判别美的能力，性质及美的概念。"[2]常文安指出，解释这两个问题的著作就是康德所著的《判断力批判》的主要内容。他认为，康德所谓的判断性，也是以"目的"概念做基础的："我们若依目的概念来看客观世界，这就叫做判断性，这种判断性，本来是先天必然的形式。但是所谓目的概念者，纯以意识的自由，做目的自由的本性，这是目的自由性与现象世界的必然是相调和的性能。"[3]常文安一再强调，"康德的美学，是从主观上组成的"，"依他的见解，美之所以成为美，是由我们心中二种能力调和而生的——即是悟性和写象力——我们没若要想调和这两者的媒介物，即可以叫他为美，不然，那就不能叫他为美，只好叫他为丑了"[4]。

虞山的《康德审美哲学概说》刊于《学艺》1924年第5期，这篇文

---

[1] 常文安：《康德美学研究》，《互助》，1923年第3期，第62页。
[2] 同上，第63页。
[3] 同上，第64页。
[4] 同上。

章主要介绍了康德的审美哲学，其核心就是康德关于审美判断的学说。虞山指出，在康德的哲学中，审美判断与一般的感官判断的差别在于，后者是个别的、人人不同的感觉判断，"感官上的快感是差别的，而审美上的快感却应该是一致的"，"审美的判断上所表示的快感为主观的而同时却单为一物的形式所唤起的缘故。详言之，一物的形式适合于我们的想象力与悟性的作用，而凡是人类既具有同样的想象力与悟性，所以该物的形式也就不得不适合于人人所同具的想象力与悟性了"。[1] 康德给美下一定义："把只由其形式（就是不由于概念的媒介，也不浮起目的的想念之那种目的的适合）而不与利益的观念相结合的快感来普遍地及必然地授予我们的，就是美。"[2] "康德在美学上是采取的纯粹的形式说；但是在其他方面他终究对于内容的美不能全行抛弃；所以他在美的中间分别之为独立美与依存美二种。"[3]

吕澂的《康德之美学思想》刊于《民铎杂志》1925年第4期。在这篇文章中，吕澂指出："康德之释美也，用其范畴之分类法，别为四方面以详其定义。（一）性质：美者，引起无关心的满足，且属于自由游戏的愉快之对象者也；（二）分量：美非概念，而为表象以成普遍愉快之对象者；（三）关系：美非确定之目的，而为适合目的者；（四）样态：美为有主观的必然性者。"[4] "约其意义，则美者能引生普遍且必然之无关心的快感者也。"[5] 吕澂进而指出，康德认为"美感"与一般"快

---

[1] 虞山：《康德审美哲学概说》，《学艺》，1924年第5期，第3页。
[2] 同上，第5页。
[3] 同上，第6页。
[4] 吕澂：《康德之美学思想》，《民铎杂志》，1925年第4期，第2页。
[5] 同上。

感"的联系与区别是:"其意以为一切适合目的者皆生快感"。"有满足吾人之感觉于要求者,谓之愉快;有趋向这种快感之努力者,谓之利益;又有满足道德的人任务者,谓之善。是数者生起之原因虽不同,而所以成其快感者皆无异,即要求及关心事实之满足而后为快也。美之快感则不如是,主观之于对象不问其与经验之实在有何关系,亦无待于某种要求与对象相一致,乃为纯粹主观之无关心之快感也。"[1]"即事物与主观观照力相一致时,得生快感,而判为美。"[2]

吕澂指出,康德对于美的解释有两点值得注意:"一,归美的原理于主观判断能力,即趣味,而以其形式为先验的;二,严别美的快感与一般快感,由以严别美的判断与其他判断以及与真若善之界域。"[3]接着,吕澂还对康德关于"优美"与"壮美"的区别加以论述,康德认为:"优美之生人快感以质,崇高之生人快感以量,优美之快感直接而积极,崇高之快感间接而消极。盖崇高之美皆使吾人不胜其强大印象,而生一种不快,而后吾人心中起目的适合性而成更强大之快感,如此以成其美,则又可见其道德的意义。"[4]

蔡元培的演讲题为《美学底进化》,主要依据康德的美学思想展开,蔡元培指出:"康德言美要考察人底知识确否,分三层说:(一)批评人底理性,用十二范畴分判之。(二)美底知识,分一部分的知识与普遍的知识。(三)判断的批评,康德以真与善的中间有一种

---

[1] 吕澂:《康德之美学思想》,《民铎杂志》,1925年第4期,第2页。
[2] 同上,第3页。
[3] 同上。
[4] 同上,第2页。

过渡，这过渡就是美；以有趣味为美。"[1] 在此，蔡元培指出康德"以有趣味为美"的思想。接着，蔡元培介绍了康德关于"优美"与"壮美"（崇高美）的思想。蔡元培指出："优美具有二性，（一）有超脱性：就是说个人底舒服，不算美；必定研究其人的道德如何；人之常言好的，美的，都是没有利害的关系；言美学的，必定要有一切的超脱性。（二）有普遍性：就是说个人的，普遍的，非专有的，非不公共的。康德说美必定有以上的两性，才能算美；并可以养成人底公共道德性。"[2] 蔡元培对康德关于"崇高美"的思想介绍道："崇高的美，就是说取其高的大的，如见高岳、大海、长天，皆令人有一种进境无已的思想。凡人都有一种自高自大的心，如见高岳底巍巍，湖海底汪洋，自己赏鉴起来，不觉自己就是高岳湖海。这种地方，就可以令人感到既有自适性，又可以增进人底道德性。"[3]

1924年6月26日，陈尔越在《时事新报·学灯》上发表《雪莱尔的美学》一文，详细地介绍了席勒（雪莱尔）的美学思想。文章指出，席勒的美学思想是对康德美学思想的继承与发展，他继承了康德的美无关心与无目的论，矫正了康德的"美在主观论"，认为美是主观与客观相调和的产物。席勒提出了美的假象论与游戏动机说，而这两个学说也源自康德的美学思想。他指出："康德在《判断性批叛》（引者按，即《判断力批判》）一书中，给美的判断以两个解答：一，美之所在不关自己以外的物；二，吾人主观可以判断美的性质及概念。他说，美

---

[1] 蔡元培演讲：《美学底进化》，李济民、杨文冕记，《民国日报·觉悟》，1920年11月14日。
[2] 同上。
[3] 同上。

是先天的观念，是由判断的形式，遇着一个对象而起的一种快感。这种快感之起有二原因：一，吾人预有一种理想，将此理想与对象调和，即认为美的存在；二，吾人素无此种理想，不过由主观的观照力与对象一致而认为美的存在。总之，无论如何，对象之所以能认为美者，全系主观作用，全系从对象的实物游离而出所发生的一种快感，进而言之，美的判断，乃是主观现象从对象方面离开具象观念之实体而生的一种无目的，无关心的判断。这个判断康德谓为悟性与写象力（即观照力）的调和。"[1]

瞿世英（瞿菊农）的演讲题为《唯心主义的美学》，由王一夫记录，后发表于1923年12月16日的《时事新报·艺术》。该演讲涉及到康德、雪莱（雪篓）、谢林（西陵）及黑格尔（郝智尔）四位美学家的美学思想，瞿世英概称为唯心主义美学。他指出，在康德看来，"物之美不在物，在物的表现，美的根本，全靠直觉去倾会全体，美有四个元素：一，美为无目的的自性观照；二，美无理智作用；三，美是有目的的方式而无终了的意思；四，美是普遍的快感的对象"[2]。

1925年5月30日至6月19日，儒丐（穆儒丐）编述之《美学史纲要》第七章《康德之美学》在《盛京时报·神皋杂俎》连续三十期连载，对康德美学做了极其详细的介绍。儒丐指出："康德氏之哲学，与从来哲学家之独断论，颇异其趣，可以称之为批评论。盖独断论所研究者，仅止于既现之思想，康德氏则对于此等思想，而研究其所以出现之因缘，所谓就于思想之主观性质，而加以说明是也。且氏之批评

---

[1] 陈尔越：《雪莱尔的美学》，《时事新报·学灯》，1924年6月26日。
[2] 瞿世英演讲：《唯心主义的美学》，王一夫记，《时事新报·艺术》，1923年12月16日。

论，决非怀疑论，亦不以虚无说为尚。康德之哲学研究，是把感觉之先天的形式，树立二柱，曰'时'，曰'空'。更把悟性之先天形式，定为十二范畴，皆为主观的。而所以否定事物之客观的认识者。同时，对于主观的认识，而赋以普遍且必至之根据，使人类在客观方面所失之知识，再复于主观。但康德氏对于主观以外之物，虽谓其本性上，原不可以认识，而非否定其存在。其所著《纯粹理性批判》书，即所以解释理性的认识之职能，而与人类之认识以平等普遍之根据者。与怀疑论即虚无说，绝对不同也。"[1]

介绍完康德的哲学思想之后，儒丏又介绍了康德的美学思想："康德氏之美学，可以目为氏之哲学中一重要部分。夫关于客观世界之存在，氏之《纯粹理性批判》中，本难下何等之判断。是书，原系专就理论的认识之职能，而为主观的研究者。关于认识之对境，即客观世界，根本上无有发言权故也。但是，当他研究实际的欲望之职能，而著为《实际理性批判》时，则明明可将客观世界之存在，而加以肯定。盖在理论的认识，所谓物之本体，已完全超越彼岸而无涉。若在实际的欲望，则意志原属自由，彼客观世界，自然能直接现于吾人主观中也。前者谓之现象界之认识，故关于自然界之法则，为必至之势。至于意志，乃为本体界之物，故为自由，此现象界之必至，与本体界之自由，将如何而调和之？康德氏则据判断性之批判。对于此问题，而作解答。"[2]

儒丏指出："所谓判断性者，有特别与普通之别，且特殊的判断性

---

1 儒丏：《美学史纲要》第七章《康德之美学》，《盛京时报·神皋杂俎》，1925年6月1日。
2 同上。

实包含于普通判断性之中,而属于心灵中之一职能。我们依据我们的经验,由自然界中,可以得到无数之事实,把这些散漫的事实,统一于一个原理之中的职能,即为判断性。换言之,判断性便是把'自然界之目的'调摄于一个先天的概念之中者是也。盖对于无联络经验的事实,而加以统一者,多不能离快感。非然者,则不能离不快之感。所谓判断性者,与快不快之感情,至有关系。"[1] "但观感自然界之方法,自然有二大区别。所谓主观的及客观的是也。在主观的情感,快不快之感情是由对境直接惹起的,精细言之,便是依对境之形式,与观照之职能之调和与否,而遂起快不快之感。若在客观的,则吾人关于对境,先起一种理想,而后考察此对境之形式,与此理想相称与否,如其相称,则起快感,否则必生不快之感。故主观的方法,称为'美学的',客观的方法,称为'究竟的',故关于快不快,在主观是由观照而生;客观的,是由考察而起。康德氏之美学,即偏重主观方面的研究。"[2]

此外,儒丐还对康德美学的主观性进行了阐释:"据康德氏之意见,吾人所见者,非物,我也。换言之,表现于我之中者,为物;而写于我心之观念中者,为美。反是,惹起吾人观念之物,则无美也。以眼喻之,如于有色之灯,在无美之界,本来无美。吾人以眼眺之,感其为美而已。凡物之形状因果等,在客观的,本无何等意义,与外物之美,亦均无意义也。美,始终存于主观,而不在客观。康德既如此看重主观,则论理上之自然结果。美,遂不等不为个人的,但彼当

---

[1] 儒丐:《美学史纲要》第七章《康德之美学》,《盛京时报·神皋杂俎》,1925年6月2日。
[2] 同上。

批判理论的认识及实际欲望之际，亦依同样之论法。巧避此等困难。以为美者，其性质上为主观的，固勿论矣。但虽为主观的，而却非个人的。何则判断性者由来为先天的。人类之判断性无不同也。云云。"[1]

儒丐认为："关于客观世界一切之认识及判断，统摄于主观之下，并谓在主观中。关于此等认识欲望及判断之形式，原为先天之所有，虽为主观的，而实普遍必至之物。康氏持论如此。遂到达一贯之原理，而成立其哲学之方式。换言之，在康德氏以前，以认识欲望及判断之统一原理，无非认为客观之同质。及氏，始认为主观之同质。但在主观如何而有此同质乎？人类之先天性，何故为人类一般普遍且为必至者乎？刻康德氏于此处无一言。康德每谓前之哲学家，皆持独断论。实则康德亦不免为独断论之哲学家也。所不同者，以前之哲学，在客观的独断；康德氏则为主观的独断论也。"[2]

儒丐指出："氏对于认识及欲望，认为各有特能，而关于美的判断，亦谓不能无特殊之能力。研究此特殊之能力之学问，即为美学。人欲试其认识及欲望，实以判断之特能为始。此说可分两层：（一）所以明美之所在，不在我以外之物。（二）所以明在主观下判'美'能力之性质，及美之概念。氏所著《判断性批判》一书，即所以解释此二问题者。"[3]

儒丐认为："据康德氏之言，所谓判断性者，是包含于普遍中的一种心的职能，总之，不外一种'合性'。此合性不存于我以外之客观世界，而存于主观世界，即我人之心中，无非先天所具之判断形式而已。

---

1 儒丐：《美学史纲要》第七章《康德之美学》，《盛京时报·神皋杂俎》，1925年6月2日。
2 同上。
3 同上。

彼散在客观世界之事物，以此合性而认识之。觉有一种快感。是等快感，即是由判断性之批判，而使其美化者是也。"[1]

儒丐还对康德的"快感起源"说进行了译介："快感之起，大别为二。吾人对于对境，预立此对境的理想，将此理想与对境比较，两者若是一致时，换言之，即认为合作性存在时，则当然兴起快感。又虽无预立理想，直接与对境接触时，亦得兴起快感。快感之原因，在第一个情形，是对境与对境之理想相调和；第二个情形，是对境与主观之一致，精言之，便是在主观之下所感受之对境，与写象力之一致。判断性之作用，属于前者时，为'究竟的'；属于后者时，为'美的'，换言之，判断性在究竟的作用时，预先须把曾经经验的对境理想把持在心内。此概念与对境相称时，则自然起一种快感。若属于美的作用时，则观照方面之先天的写象力，与现在所经验之对境，恰相调和，亦自然兴起快感也。总之，前者是考察的结果，后者是观照的结果。"[2]

儒丐认为："依据所谓目的之概念，而观察现象世界，是判断性先天具有之形式。而所谓目的之概念，原以自由为本性。此时目的之自由性，与现象世界之必然性，必彼此调和，而成其判断性之形式。但此调和乃主观的，换言之，必然与自由之两世界，绝非可以被客观的而调和，无非在主观之下，认识世界之两大能力之调和而已。所谓主观下之二能力者，在'究竟的考察'时，是构成对境观念之观念力，与构成对于观念之理想之悟性，彼此之调和而已。若在'美的观感'时，则为悟性与写象力之调和也。在彼客观世界之本身，果有合性与否，

---

1 儒丐：《美学史纲要》第七章《康德之美学》，《盛京时报·神皋杂俎》，1925年6月2日。
2 同上，1925年6月4日。

则无由而知。不过在吾人以为其有合性而已。假使离却主观,不但无有所谓合性,即美的等一切事物,均归无意义矣。切言之,美学对境之美,全在主观,而不存于客观。"[1]

儒丐还译介道:"由主观之立脚地,所组成之康德美学,果为如何乎?则亦不难想象矣。美者,是吾人心中之二能力,即悟性与写象力之调和。而调和二者之媒介物,即美的事物是也。非然者,即为不美之事物,或丑的事物也。康德据此见地,先对于'趣味'有所分析。"[2]"康德云,趣味者,是判断事物而使其为美的一种能力,精言之,即离却一切之关心,纯使快不快之评语,以观照事物之一种能力是也。快者,即呼之为美;不快者,即呼之为不美,或丑。所谓关心者何也?是与事物实在之观念相结合所起之快感。关心,必不能离去官能之快感。诚以离却实在,则不能成立官能之快感故也。关心,必对于惹起之事物,而催促其发生一种欲望。然则,官能的快感,同时必有欲望相伴而生。且所谓关心,又必常常与善为伴。在'美',则不然。美者,决不能起吾人之欲望,亦无何等效用目的等之观念。在官能的快感,以'善'等观念,与欲望之能力,实有密切之关系,而美的快感,绝不尔也。"[3]

儒丐对康德的"美之趣味判断"说也进行了详细的译介:"对于美之趣味判断,全为观想的,精言之,即完全与事物实在之观念而脱离,仅与吾人以快不快之感而已。与事物之实际,绝无何等关系也。'官能的快感'、'美'、'善'此三者,须确立界限,不可混同。即以动物言之,

---

[1] 儒丐:《美学史纲要》第七章《康德之美学》,《盛京时报·神皋杂俎》,1925年6月2日。
[2] 同上。
[3] 同上,1925年6月5日。

亦得享受官能上之快感，人类之大多数，能解为何物者，多矣。至于离却事物之实在，而能感受快不快者，始为高等之人类。官能的快感，以及善的认识，在此等快感及善之自身以外，恒抱有一种目的，欲远此目的，不恤施行有价值之方法。至于'美'则不然，在美之自身以外，绝无其他目的也。"[1]

儒丐还指出："由是观之，美者，是脱离关心，而能使人怡悦者也。在人类，亦属普遍平等之物。诚以无关心之快感，乃人类普通之所望也。人之于世，利害不同，目的各异。对于同一之物，其估价每每不同，但一旦脱离利害与目的，则其判断，必一致相同，无可疑也。美者，性质上本为主观的，藉使以其性质，与外物无殊，而加以判断，亦必如论理学及数学之原理，普遍且为必至之数也。"[2]

关于美之性质，儒丐译介道："今试比较'官能的快感'、'善'、'美'三者，则以美之性质，至为明了。在官能上之快感，假使其快感之兴起，不有何等之目的，如饮美酒，而甘其味，如嗅好花，而觉其香，则是等之香味，对于或种目的，不因有利而感其快，则此等无目的之点，即可等于美的，但官能快感，本属于个人的。嗜酒者，固能得酒趣，若在不嗜酒之人，则不能得此美感也。"[3]

接着，儒丐还译介了康德关于"美"与"善"之关系的相关论述："综上所述，则美者，乃为平等的，与个人的官能快感，绝不同也。至于'善'，与'美'同为普遍的而为一般人类所公认。但在'善'的认识，常常为一种目的而发，故'善'为有目的，与'美'亦完全相反也。

---

[1] 儒丐：《美学史纲要》第七章《康德之美学》，《盛京时报·神皋杂俎》，1925年6月2日。
[2] 同上。
[3] 同上，1925年6月6日。

盖美乃完全平等的，且无目的也。今比较如下：官能快感（无目的、个人的）；善（有目的、平等的）；美（无目的、平等的）。"[1]

由此，儒丐总结道："趣味判断之普遍性，由离却目的而生。若由目的之见地而观察事物，其美即立地消灭。然则，关于美之一点，欲规定其原则，要在人人自行观照而已。"[2]并且，美之趣味判断不能脱离"善"："康德氏，在他方面所规定之美的义，谓义者是现于形式上的合性也。但兹所谓合性者，并非一个观念。在对境之中，而得认识者，该所谓目的，即对境，不外与此对境之理想相称而已。至于美，则不问其为主观客观，皆无何等之目的。若在主观，而有目的，则此等之快感，必不免与关心相偕；若在客观，而有目的，此时即为'善'。但此等趣味判断，无论内外，如将一切目的完全脱离，而成游戏状态，单凭悟性或写象力之作用，始可得到纯良美感。盖纯粹之趣味判断，不但须与'善'之观念脱离，即'完全'之观念，亦不可有也。"[3]

关于康德"纯粹之美"的观念，儒丐译介道："所谓完全者，在完全以外，不无或目的，依据此目的而品量之，符合者，即完全也。譬如今谓其人为美，则是人即为完全之人，而近于理想乎，亦即此人与理想相称，而谓之为美。虽然，此美，决非纯粹之美也。又如谓此花为美，则于称人之美，大不同矣！谓花美者，无论何人，绝不能先将此花比较，度其是否为理想之花，然后始下判断。谓花美者，一触即得尔！故纯粹之美，为'自由美'。所谓自由美者，初步准据理想，亦不规定客观的之为何物，更不必根据何等趣味判断之法则，而求其相

---

[1] 儒丐：《美学史纲要》第七章《康德之美学》，《盛京时报·神皋杂俎》，1925年6月2日。
[2] 同上。
[3] 同上，1925年6月10日。

称与否，如是感得者，始为纯粹之自由美。彼不纯粹之美，无非一种附庸美。必有规范之原则，而品题之。至与一切目的游戏之自由美，则不依何等规则也。故趣味者，非可学而得，教而知也。有以技巧而模仿一范型者，然其技之熟练可称也。至于批判此范型，惟有趣味而已。最高之典型，可以谓之为趣味之本原，亦即理想也。与理想相称之物，为理想体。理想体者，非实在也，亦非吾人心中之具体的观念。但吾人对于此理想体，实每日渴想，而努力希望其实现者。然则，如何而使此理想体实现乎？亦惟有综合为人所经验之无数个体，取其中庸而已耳。如是构成之理想，谓之'规范理想'。"[1]

儒丐还译介了在康德美学思想中关于"审美判断"的相关论述："凡关于一对境，而为美的判断者，趣味也。但所谓美者，是一种观照，而非考察，是直下的判断，而不由于法则所规定。所谓美者，初不准据如何之理想，而认定其价值，且在美之自身以外，绝无何等之目的。其快感，是由写象力与悟性之主观的一致而来。既为主观的，则在客观的，绝难成立何等之法则也。然则，美者，亦惟有感受而已，决其不可证明。而更以主观为其所在，若世无人类，而非今日所见人类之性质，则吾人之所谓美，虽无目的，而不可不称之为目的；虽无关心，而却使人关心者也。虽不依何等概念而表现，而能使人喜，且为普遍必至之物也。凡关于艺术及自然，而发生美感时，吾人不知不觉，以为艺术及自然其物，即为美之所在，而不思主观以外无美，是实大误也。然，此错误，即所以证明美之普遍性也。盖吾人之心，在平素不必调和，有时倾向于悟性，有时偏于写象力，此二职能，若调

---

[1] 儒丐：《美学史纲要》第七章《康德之美学》，《盛京时报·神皋杂俎》，1925年6月13日。

和一致，而恢复其标准关系时。"[1]

值得注意的是，王中君在其《美学底特质》中还介绍了康德对美的假象的论述："美的假象在理想上，固然可以称为实在的，但是与真和伪，却又没有关系，无论由诗歌、音乐或由图画、雕刻、建筑所构成的美的假象，在实际上能否实现？理论上是否相合？在美学上都是不研究的，因为真伪的问题，是属于哲学认识论的职务，美学决不管到这个地方，这也是美的假象的一件要素。美的假象，除却这个要素以外，还有一件最重要的事项，这个事项，就是指美的假象，不仅要与客观的实在为抽离，而知觉上所生的意识作用，也要抽离；换句话说，美的假象，要把客观的实在物与主观的我的自己，及我心的作用一并忘却，所以要做到物我都忘、利害尽化的境界，然后美的假象方能实现。"[2]

舒新城在其著作《美学》中介绍康德美学，指出："在十八世纪，有位最伟大的哲学家，他的学说传遍世界，在哲学史上开一个新纪元，就是德国的康德。康德的哲学，是集实验与推理两派的大成的，美学占他的哲学中之一大部分。他所著的 Kritik der Reinen Vernunft 论美的地方最多。中间有两个问题，一，说明美的所在，他以为美不在我以外的物件上。二，说明主观方面，判断美的能力，及美的概念。他以为我们对于一件东西，称他为美，是因为我们现在所经验是对象。"[3]此外，他还对康德的"三大批判"进行了介绍："与先天的能力相调和。

---

[1] 儒丐：《美学史纲要》第七章《康德之美学》，《盛京时报·神皋杂俎》，1925 年 6 月 17 日。
[2] 王中君：《美学底特质》，《互助》，1923 年第 4 期，第 70 页。
[3] 舒新城：《美学》第一章第二节《德国之美学史略》，《新中国》，1920 年第 2 卷第 4 期，第 108 页。

这种调和，全由主观。所以他说，无论什么美的东西，离了主观，就不能成其为美。一七九零年，他著 Kritik der Urteilskraft，讲美的地方很多。在那本书上面，论宏壮 Sublimity 及纯美 Beauty 甚详。他以为纯美的对象，表现于我们的面前，是间接的。我们认识他，不是由于感觉，是由于想象。Imagination 美的领悟，是由于我们内部机能调和的工作。宏壮的表现，不存在于机能中间。我们认识他的时候，只能予机能以搅扰。并且宏壮在想象中间，是一种不定的状态。所以那宏壮可以说是纯粹壮丽的定量元素。我们把元素增多些，那宏壮的量也大些。故他说无限的宏壮，就是绝对的宏壮。他讲宏壮，表面上似乎与美没有关系，实则宏壮是美的一部分。他讲绝对，讲无限，正可见他对于美的根本观念。故他对于美的领受，除主张主观外，并以美有普遍性，是超乎利害关系的，所以他在 Kritik der Urteilskraft 说：我们说一件东西是美，我们觉得很愉快。这种愉快，不是因为我们对于这件东西，有据为己有的心思。是不关于利害，是无私的……若我们据件普通物象，在我们的判断与感觉中间以为是美的。我们可以说别人的，一定要同我们一致。康德说美的构成，属于主观；说美有普遍性；说无限的宏壮，为绝对的宏壮，虽说不是到了完全的地方，但在美学史上，实在是开一个新纪元，实是近世美学之祖。"[1]

值得注意的是，晚清民初对康德的译介于二十世纪二十年代达到高潮，不仅出现了关于康德生平的研究成果，而且还在某些杂志开辟了"康德研究"专号。1924 年，《学艺》杂志第 6 卷第 5 期整本杂志开辟

---

[1] 舒新城：《美学》第一章第二节《德国之美学史略》，《新中国》，1920 年第 2 卷第 4 期，第 109 页。

了"康德研究"专号,刊登了范扬编著的《康德传》《康德年表》、虞山所著的《康德审美哲学概说》、周昌寿所著的《康德之时空论》、陈掖神所著的《康德之历史哲学》、陈汇曾所著的《康德之法律哲学》《康德著书及关于康德之文献》等文章,集中、全面地介绍了康德的哲学思想和美学思想。

第二节　晚清民初叔本华美学译介

王国维是较早译介叔本华的中国美学家,他于1904年在《教育杂志》上发表长文《叔本华与尼采》,比较叔本华与尼采的美学思想。在他看来,叔本华和尼采是十九世纪德国的两大伟人,而二者的美学思想"以意志为人性之根本也同",具有直接的联系:"夫尼采之学说,本自叔本华出,曷为而其终乃反对若是?岂尼采之背师,固若是其甚欤?抑叔本华之学说中自有以启之者欤?自吾人观之,尼采之学说全本于叔氏。其第一期之学说,即美术时代之学说全负于叔氏,固可勿论。第二期之学说,亦不过发挥叔氏之直观主义。其末期之学说,虽若与叔氏相反对,要之不外以叔氏之美学上之天才论应用于伦理学而已。"[1] 王国维在论述尼采学说出自叔本华学说之后,先对叔本华之学说进行了深入细致的阐述。王国维指出:"叔本华由锐利之直观与深邃之研究,而证吾人之本质为意志,而其伦理学上之理想则又在意志之寂灭,然意志之寂灭之可能与否,一不可解之疑问也。"[2]

1　王国维:《叔本华与尼采》,《教育世界》,1904年第84期,第1页。
2　同上。

王国维指出，叔本华认为，我们的知识没有不遵从充足理由的原则的：“一切科学，无不从充足理由原则之某形式者，科学之题目，但现象耳，现象之变化与关系耳。今有一物焉，超乎一切变化关系之外，而为现象之内容，无以名之，名之曰理念。问此理念之知识为何？曰美术是已。夫美术者，实以静观中所得之理念，寓诸一物焉而再现之。由其所寓之物之区别，而或谓之雕刻，或谓之绘画，或谓之诗歌、音乐，然其惟一之渊源，则存于理念之知识，而又以传播此知识，为其惟一之目的也。一切科学，皆从充足理由之形式，当其得一结论之理由也，此理由有不可无他物以为之理由，他理由亦然，譬诸混混长流永无停潴之日，譬诸旅行者数周地球而曾不得见天之有涯，地之有角。美术则不然，固无往而不得其息肩之所也。彼由理由结论之长流中拾其静观之对象而使之孤立于吾前，而此特别之对象，其在科学中也，则藐然全体之一部分耳，而在美术中则遽而代表其物之种族之全体，空间时间之形式，对此而失其效，关系之法则至此而穷于用，故此时之对象非个物，而但其理念也。吾人于是得下美术之定义，曰美术者，离充足理由之原则而观物之道也。此正与由此原则观物者相反对。后者如地平线，前者如垂直线；后者之延长虽无限，前者得于某点割之；后者合理之方法也，惟应用于生活及科学，前者天才之方法也，惟应用于美术；后者雅里大德勒之方法，前者柏拉图之方法也；后者如终风暴雨震撼万物而无始终无目的，前者如朝日漏于阴云之罅，金光直射而不为风雨所摇；后者如瀑布之水瞬息变易而不舍昼夜，前者如涧畔之虹立于鞳鞺澎湃之中而不改其色彩。”[1] 接着，王国维指出，叔本华的上述论述虽然源于席勒

---

[1] 王国维：《叔本华与尼采》，《教育世界》，1904年第84期，第2—3页。

的游戏说,但是,这无疑是叔本华最重要的美学思想。

王国维指出,叔本华倡导知力上之贵族主义:"知力之拙者常也,其优者变也。天才者,神之示现也。不然,则宁有以八百兆之人民,经六千年之岁月而所待于后人之发明思索者尚如斯其众也。夫大智者固天之所吝,人之幸也,何则?小智于极狭之范围内,测极简之关系。此大智之冥想宇宙人生者,其事逸而且易。昆虫之在树也,其视盈尺以内,较吾人为精密,而不能见人于五步之外,故通常之知力,仅足以维持实际之生活耳。而对实际之生活,则通常之知力固亦已胜任而愉快。若以天才处之,是犹用天文镜以观优,非徒无益而又蔽之。固由知力上言之,人类真贵族的也,阶级的也。此知力之阶级,较贵贱贫富之阶级尤著。其相似者则民万而始有诸侯一,民兆而始有天子一,民京垓而始有天才一耳。故有天才者往往不胜孤寂之感。"[1]

王国维引用叔本华的话来说明天才超越一般众人之处:"人之观物之深浅明暗之度不一,故诗人之阶级亦不一。当其描写所观也,人人殆自以为握灵蛇之珠,抱荆山之玉矣,何则?彼于大诗人之诗中不见其所描写者,或逾于自己非大诗人之诗,果然也?彼之肉眼之所及实止于此,故其观美术也,亦如其观自然,不能越此一步也。惟大诗人见他人之见解之肤浅,而此外尚多描写之余地。始知己能见人之所不能见,而言人之所不能言,故彼之著作,不足以悦时人,只以自赏而已。若以谦逊为教,则将并其自赏者而亦夺之乎?然人之有功绩者,不能弃其自知之明,譬诸高八尺者暂而过市,则肩背昂然齐于众人之

---

[1] 王国维:《叔本华与尼采》,《教育世界》,1904年第84期,第6—7页。

首矣。千仞之山自巅而视其麓也，与自麓而视其巅也等。"[1]

王国维在《叔本华与尼采学说之关系》一文中，引用巴尔善的话来评介叔本华："叔本华之学说与其生活实无一调和之处，彼之学说在脱屣世界与拒绝一切生活之意志，然其性行则不然，彼之生活非婆罗门教佛教之克己的，而宁伊壁鸠鲁之快乐的也。彼自离柏林后，权度一切之利害，而于法兰克福特及曼亨姆之间，定其隐居之地，彼虽于学说上深美悲悯之德，然彼自己则无之。古今之攻击学问上之敌者，殆未有酷于彼者也。虽彼之酷于攻击或得以辩获真理自解乎？然何不观其对母与妹之关系也。彼之母妹，斩焉陷于破产之境遇，而彼独保自己之财产，彼终其生惴惴焉唯恐分有他人之损失，及他人之苦痛，要之，彼之性行之冷酷，无可讳也。然则彼之人生观果欺人之语欤？曰否。彼虽不实践其理想上之生活，固深知此生活之价值者也。人性之二元中，理欲二者为反对之两极，而二者以彼之一生为其激战之地，彼自其父遗传忧郁之性质，而其视物也恒以小为大，以常为奇，方寸之心充以弥天之欲，忧患、劳苦、损失、疾病迭起互伏，而为其恐怖之对象，其视天下人无一可信赖者，凡此数者，有一于此固足以疲其生活而有余矣。此彼之生活之一方面也。其在他方面，则彼大知也，天才也，富于直观之力而饶于知识之乐，视古之思想家有过之无不及。当此时也，彼远离希望与恐怖，而追求其纯粹之思索，此彼之生活中最慰藉之倾也。逮其情欲再现则畴昔之平和破，而其生活复以忧患恐惧充之，彼明知其失而无如之何，固彼每曰'知意志之过失而不能改之，此可疑而不可疑之事实也。'故彼之伦理说，实可谓其罪恶之

---

[1] 王国维：《叔本华与尼采》，《教育世界》，1904 年第 84 期，第 9 页。

自由也。"[1] 王国维指出，作为天才的叔本华，"彼之苦痛，生活之苦痛而已，彼之快乐，生活之快乐而已，过此以往，虽有大疑大患不足以撄其心"[2]。天才不同于常人之处在于，常人不能清醒认识生活中的患难苦乐，而天才与常人不同。"天才，彼之所缺陷者与人同，而独能洞悉其缺陷之处。彼与蚩蚩者俱生，而独疑其所以生，生之何自来，何所归，其原因若何？性质若何？皆彼之所大惑而不得其解者也。一言以蔽之，彼之生活也，与人同，而其以生活为一问题也，与人异。彼之生于世界也，与人同，而其以世界为一问题也，与人异。"[3]

蔡元培在一次演讲中指出："叔本华说：美是抽象的，在世界上找美稍难。因世界不能离开痛苦；这痛苦，就是因为有知识的原故；所以要说美必定要到那无知识的境界去求。人的欲望需求，是无止境的，是有痛苦的；当其欲望未遂，需求未得的时候，不知道有多少的痛苦。想遂那欲望，得那需求的快乐，及至遂了得了的时候，其快乐又完全失掉了，苦痛反又从这里生了。所以这个美术是使人愿向那无知识的方面走，要无知识，总是抽象；故叔本华说美学愈抽象愈好，图画雕刻，这些美术，其内容不若音乐底抽象，所以说音乐底美，比图画雕刻底美高尚些。"[4]

瞿世英编著之《近代哲学家》第十五章《叔本华》在上海的《时事新报·学灯》上连载，较为系统地介绍了叔本华的哲学思想，指出："快乐

---

[1] 王国维：《叔本华与尼采学说之关系》，《教育世界》，1904 年第 85 期，第 1—2 页。
[2] 同上。
[3] 同上。
[4] 蔡元培演讲：《美学底进化》，李济民、杨文冕记，《民国日报·觉悟》，1920 年 11 月 14 日。

是反面的，邪恶或灾祸是真实的。我们感觉苦痛，却不能感受非苦痛。我们感受恐惧，却不能感受安全。只有熟睡是人生最安乐的时候。"[1]

王统照翻译的《叔本华评传》在《晨光》杂志1923年第5期上发表，在前言中，王统照介绍道："此书共四章：——序言不计——一为《叔本华传》，二为悲观主义，此二章在去岁时已连日在《中大日刊》上发表过，今将《艺术论》及《价值论》在本志上发表。"[2]王统照指出，在叔本华看来："艺术的全部功能，是永存的观念的再生，执着到此种观念，便是在世界中之一切现象的重要与存待，艺术惟一之源泉，是真实之真，——即观念的智识。艺术的一种标的，是为此智识的交通物。按照物质上说：在这些真实之真中的幻象，是再生的，如建筑，雕刻，绘画，诗歌，或音乐。"[3]王统照指出："叔本华说，艺术在言辞完满的兴趣之中，是生命之花。我们领受快乐，由一切的美中而得，而由艺术所给予的安慰，可使我们忘却人生的烦忧。这种快乐，是包容在诸'观念'的默察中，在生命内在之真的默察中。其启示我们如富有之戏剧。"[4]叔本华把音乐作为最高等的艺术，置于诸种艺术之首位。叔本华指出："音乐的效果，在人的深秘的天性上，是最有权威的，在其他艺术的权威之上，因为伟大与特异的高贵艺术，是独立的，完全与其他艺术分离。"[5]"音乐不是'观念'的模本，却是意志本体的模本。为何音乐的效果比其他艺术的强力与激刺力为更甚？因其他艺术只是阴影的

---

1 瞿世英：《近代哲学家》第十五章《叔本华》，《时事新报·学灯》，1921年10月20日。
2 王统照译：《叔本华评传》，《晨光》，1923年第5期，第1页。
3 同上，第2页。
4 同上，第8页。
5 同上，第9页。

叙说，而音乐却是物象本体的叙说。"[1]

在王统照看来，叔本华将建筑置于音乐之后，为第二等的艺术，将诗歌置于建筑之后，为第三等的艺术。叔本华认为，"诗也是代表个人中观念的创造，如他艺术，然其标准是观念的启示。诗人必了解怎样去抽出结合的，与个人之抽象与普遍，诗人于此等状态中再化合之"，"诗域之范围绝无限制，但思想与情绪乃为诗歌之特别领域，固无其他艺术可相比"[2]。在叔本华的美学系统中，"艺术几乎须求有宗教性，艺术由宗教性中乃变为最终的本素——一切生存的灵魂——是由物质世界中解脱出而且'在此等本分上，等待着每一种表号，是被物象的灵魂，所能视得，而艺术之最后，可以达到其自由'"[3]。

汤用彤讲、张廷休记录的《叔本华之天才主义》一文，对叔本华的天才论有较为详细的介绍。汤用彤指出："天才主义为叔本华学说中扼要之部分，其形而上学及伦理学中，在在均与此有甚深之关系。"[4]"叔氏引申康德所言，其哲学可分两方面说，即谓一切现象，无论为心理的或物理的，皆属于思想，心物不可偏废，二者相合即为现象。一方面则谓世界本质为意志，非理性所可管束，理性管束之特征，为多数有限之个体。"[5]"以无限意志而对付此有限之现象的世界，故此世界为悲观，为苦恼，氏之悲欢主义，即以此为出发点。"[6]叔氏以为欲超脱此有限之世界者，只有天才与圣才。而人欲脱苦海，必须具有两个

---

1 王统照译：《叔本华评传》，《晨光》，1923年第5期，第9页。
2 同上，第17页。
3 同上。
4 汤用彤讲、张廷休记：《叔本华之天才主义》，《文哲学报》，1923年第3期，第1页。
5 同上。
6 同上。

条件:"其一,不受世间一切限制者;其二,无一切意志欲望者,而能做到这两点的,只有天才。天才以何种心理作用而能认识柏拉图所谓概念,俾超脱此有限世界乎?此心理作用有二:一,知觉或直觉;二,想象。"[1] 叔本华指出,只有天才或圣才能拥有这两个条件:"天才圣才与常人之所以不同者,则以常人知识不能达到柏拉图所谓概念,常限于物象之中,而不能超脱,无地不为苦所窘也。而天才与圣才之别,而天才对意志不用压迫之法,而圣才则极力克制,使不能发生;天才以由主观发出之观念而客观化,圣才则断没一切主观的意志,因是之故,天才所得之快乐,只是暂时的,而圣才则除恶于根,故能永久解脱。"[2]

1929年,上海青年协会书局出版了Durant著、詹文浒译的《叔本华》。作为"哲学丛书"之一,此书详细地介绍了叔本华所处的时代、叔本华的生平及其哲学思想。该书分为《时代》《为人》《观念的世界》《意志的世界》《恶的世界》《生的智慧》《死的智慧》《批评》八章。Durant指出,叔本华在《作为意志和表象的世界》第二版中批评了当时的哲学界:"哲学最倒霉的时期,就是一般人,一方面毫无羞耻地,拿它来谋达政治上的目的,他方面拿它来当作骗饭吃的工具……'先吃饭,后玄思'的老古话,真的不可亲返了吗?打开天窗说亮话,这般像其煞有介事的绅士,无非要吃饭,要靠哲学而吃饭,要将妻子儿女的生活,都靠在哲学身上;所以老古话也就神圣了……'我为那施舍的人歌唱',果然是一条到处适用的金科玉律,但拿哲学来卖钱,自古引为可耻,视为诡辩家所独有的品格……其实,金钱所能购买的,只

---

[1] 汤用彤讲、张廷休记:《叔本华之天才主义》,《文哲学报》,1923年第3期,第3页。
[2] 同上,第4页。

有庸凡的媚俗……要把一个黑智儿——智识上的巨兽——跻于所有的哲学家之上，决不是这样短促的时期所能独断的……真理究竟只能留待于少数人，只能候那般超拔的思想家去赏识……生命是短促的，真理的历史与生命是悠久的，所以让我们谈真理吧！"[1] 在 Durant 看来，虽然叔本华冠冕堂皇地表白自己对于哲学的执着，抨击其他哲学家的庸俗，但并不意味着叔本华不求名利，事实上，没有谁比叔本华更希望寻求世人的知晓了。叔本华一方面标榜自己研究哲学并不求名利，另一方面却自我标榜："自康德到我的时代之间，我看不出哲学上有什么进步。"[2] 打开叔本华的《作为意志和表象的世界》，第一句话便是"世界是我的观念"，Durant 认为，"他说这句话的时候，他已全盘接收了康德的立足，——即世界是借我们的感觉与观念而认识的，所以是我的观念。这句话开端之后，接着就清清楚楚劲劲健健的把观念论开了一篇细账"[3]。在叔本华看来，"意识只是人'心'的浮面，像地球一样，我们除了它的外壳之外，究不知它的内容是什么"，而且，"在自觉的理智内部，只是那若有意识若无意识的'意志'，只是那奋勇而顽强的'生之力'，只是那自然而涌溢而滂沱的活力，只是那野心勃勃的'欲念'，理智好似领导了'意志'，其实，只是'意志'所雇佣的一个向导"，所以，"'意志'是一个勇猛强劲的盲人，理智仅是它负在肩上的亮眼猴子"[4]。关于意志与身体之动作的关系，Durant 介绍道："意志的动作，与身体的动作，在客观上，像是两件事情，似乎全靠因果的纽

---

[1] Durant:《叔本华》，詹文浒译，青年协会书局，1929 年 7 月，第 15—16 页。
[2] 同上。
[3] 同上，第 17 页。
[4] 同上，第 21 页。

儿，将他们连接起来；但实际上，两者的关系，并不是原因与结果的关系，只完全是一种事的两种表现，即前者是直接的动，而后者是限于知觉的动……肉体的动作，不是别的，就是意志的动作的客观化。肉体上一切动作，无不是意志的动作……即全个身体，也就是客观化的'意志'，所以肉体各部分的一举一动，无一不须求合于意志所赖以表现的种种欲望。"[1]

程启槃的《叔本华悲观论与近代文艺思潮》一文，介绍了叔本华悲观论哲学对于近代文艺思潮的深远影响。在叔本华看来："人生一切快乐，不过是苦痛暂时的填补，根本讲起来，便无所谓快乐，不过只有瞬息的不痛苦而已。这痛苦是与生俱来的，因为人们生而具有欲望，生而感觉到缺乏和需要，势不能不努力寻求他的满足，这寻求是无穷，而痛苦也便无穷。所以这无尽的缺乏和需要，便是人生苦痛之根源啊！"[2]接着，程启槃从两个方面论述了叔本华悲观论对近代文艺思潮之深刻影响：其一是叔本华的悲观论使近代文艺呈现出浓厚的颓废倾向；[3]其二是叔本华的悲观论使得近代文艺蕴含着深厚的理想主义倾向。[4]

第三节　晚清民初尼采美学译介

中国学界对尼采的批评与研究在二十世纪二十年代初形成一股热

1　Durant：《叔本华》，詹文浒译，青年协会书局，1929年7月，第25页。
2　程启槃：《叔本华悲观论与近代文艺思潮》，《国立中央大学半月刊》，1930年第4期，第47—48页。
3　同上，第49页。
4　同上，第54页。

潮。1902年，梁启超首次将尼采的名字介绍到中国，随后，王国维于1904年写了《叔本华与尼采》一文，给予尼采极高的评价。王国维指出："尼采亦以意志为人之本质，而独疑叔氏伦理学上之寂灭说，谓欲寂灭此意志者，亦一意志也。于是由叔氏之伦理学出，而趋于其反对之方向，又幸而于叔氏之伦理学上所不满足者，于其美学中发现其可模仿之点，即其天才论与知力的贵族主义，实可为超人说之标本者也。"[1]

王国维指出，尼采超人说的渊源是叔本华的天才论，但又超越了叔本华的天才论："由尼采之说，则道德律非徒无益于超人超道德而行动，超人之特质也。由叔本华之说，最大之知识在超绝知识之法则，由尼采之说，最大之道德在超绝道德之法则，天才存于知之无所限制，而超人存于意之无所限制。"[2]

王国维引用尼采《查拉图斯特拉如是说》(《察拉图斯德拉》)中第一章开头论述灵魂的话，原文为："察拉图斯德拉说法于五色牛之村曰：'吾为汝等说灵魂之三变，灵魂如何而变为骆驼？又由骆驼而变为狮？由狮而变为赤子乎？于此有重荷焉，强力之骆驼负之而趋，重之又重，以至于无可增。彼固以此为荣且乐也。此重物何？此最重之物何？此非使彼卑弱而污其高严之衮冕者乎？此非使彼炫其愚而匿其知者乎？此非使彼拾知识之橡栗而冻饿以殉真理者乎？此非使彼离亲爱之慈母而与聋瞽为侣者乎？世有真理之水而使彼如水而友蛙龟者非此乎？使彼爱敌而与狞恶之神握手者，非此乎？凡此数者，灵魂苟视其力之所能及，无不负也，如骆驼之行于沙漠，视其力之所能及，无

---

[1] 王国维：《叔本华与尼采》，《教育世界》，1904年第84期，第2页。
[2] 同上。

不负也。既而风高日黳，沙飞石走。昔日柔顺之骆驼，变为恶猛之狮子，尽赖其荷而自为沙漠主，索其敌之大龙而战之，于是，昔日之主，今日之敌，昔日之神，今日之魔也。此龙何名谓之"如宜"？狮子何名谓之"我欲"？邦人兄弟，汝等必为狮子，毋为骆驼。岂汝等任载之日尚短而负担尚未重欤？汝等其破坏旧价值而创作新价值。狮子乎？言乎破坏则足矣，言乎创作则未也。然使人有创作之自由者，非彼之力欤？汝等胡不为狮子邦人兄弟，狮子之变为赤子也，何故？狮子之所不能为而赤子能之者何？赤子若狂也，若忘也，万事之源泉也，游戏之状态也，自转之轮也，第一之运动也，神圣之自尊也。邦人兄弟灵魂之为骆驼，骆驼之变而为狮，狮之变而为赤子，余既诏汝矣！'"[1]

在王国维看来，尼采之赤子之说无疑受到叔本华天才论的影响。叔本华在其《作为意志和表象的世界》中有这样的论述："天才者，不失其赤子之心者也。盖人生至七年后，知识之机关，即脑之质与量，已达完全之域，而生殖之机关尚未发达，故赤子能感也，能思也，能教也。其爱知识也较成人为深。而其受知识也亦视成人为易，一言以蔽之，彼之知力盛于意志而已。"[2]

在王国维看来："至尼采之说超人与众生之别，君主道德与奴隶道德之别，读者未有不惊奇其与叔氏伦理学上之平等博爱主义相反对者。"[3]

田汉翻译的《说尼采的"悲剧之发生"》对尼采的名著《悲剧的诞生》进行了详细的介绍："尼采的哲学，出发于叔本华，他和这位伟大的厌世家，一样的承认世界之本质是意志，而从这种见地来看古代希

---

[1] 王国维：《叔本华与尼采》，《教育世界》，1904 年第 84 期，第 4—5 页。
[2] 同上，第 5 页。
[3] 同上，第 6 页。

腊之精神。照他所讲，那么希腊人的思想里头，一方伏了乐天的光明的思潮——就是由美神亚波罗的神话表现的希腊人之思想，同时有由笛尼阿琐丝神所表现的反对之思想。笛尼阿琐丝就是酒神巴卡司为神放恣无度，有时使人烂醉如泥，有时诱人犯种种罪恶，若比起那亚波罗的思想那样乐天的来，那么笛尼阿琐丝的思想，便是悲观的。这两个相异的思想，与叔本华的哲学所谓'观念之世界'与'意志的世界'两者相应。更详讲起来，古代希腊的人民，自来厌世的倾向很强，对于生存的恐怖悲哀，不容易逃避，因此创造种种的神，靠那些所创造的群神，挽回那灿烂的'人生之春意'，这个神便是亚波罗之神，就是他们要把这个不可复居的苦世界，化之为艺术，化之为幻影，化之为美。是这么生活起去，于是，这个'要描个好梦而生存于这梦中'的亚波罗思想所作出的艺术！——代表亚波罗的艺术的，就是雕刻，绘画，叙事诗等。然而，一方面要同化'为世界之本体'的意志——即宇宙意志，顺从宇宙意志，使个体意志与宇宙意志，全然一体的精神，便是笛尼阿琐丝的思想。这个思想，发而为艺术的，便是音乐。音乐这东西，实在是野生的意志之表现，同时是潜流宇宙深底的，永远意思之完全象征。在这样笛尼阿琐丝的情态，人类虽然意识那求而不能满足，欲满足而不得的苦处，而同时可悟到他所抱合的自然之永远性，感想他自身之不灭性，就是于他的自身中，发现那无论什么力，都不灭的永远意志之生命。亚波罗的思想，是观念的，笛尼阿琐丝的思想，是意志的。把观念之世界和意志之世界两者，都化之为艺术，由那种艺术的人生观，忘掉人生之惨苦——这就是古代希腊人之生活。"[1] 尼采由

---

[1] 田汉译：《说尼采的"悲剧之发生"》，《少年中国》，1919年第3期，第39—40页。

希腊文明的发展过程说明悲剧之发生:"希腊首先发达的是亚波罗的文明,彼诗圣何美就是这个亚波罗的希腊精神之精髓。一方笛尼阿琐丝的文明,次第与亚波罗的文明对抗,侵蚀希腊国民,其起源即行于野蛮人间的舞宴。彼等烂醉乱舞狂歌,委其身心于放恣无度的逸乐。这种风习不知不觉传到希腊人之间,而希腊人不会忘记把亚波罗的精神抑制这笛尼阿琐丝的精神,使这两个精神调和,表示这个调和之状态的,就是希腊的悲剧。"[1]尼采指出:"这个悲剧的最初之形式,便是人羊神之合唱,人羊神者,人体羊头之神,希腊人以为这是自然人的模范。这个神有不污于文明,也不堕于兽类的一种崇高而神圣的性格,代表那潜伏于所有的文明背后的不朽之自然。"[2]由此,尼采引出对希腊悲剧精神的探讨:"人羊神之合唱,是由笛尼阿琐丝的欢喜,诱起亚波罗的幻象。希腊悲剧不过比此更复杂些。要而言之,笛尼阿琐丝的精神与亚波罗的精神之微妙的调和,便是希腊悲剧之精神。"[3]

白山的《尼采传》集中介绍了尼采的生平及哲学思想,对尼采所著《悲剧的诞生》的思想做了深入细致的介绍:"悲剧之发生者,即以生命之欢悦力,充实,肯定等等,为理想之希腊主义,与夫昌言存在之痛苦之萧宾霍尔(引者按,即叔本华)哲学,及由艺术而欲实现'人生救济'之瓦格纳之暗示,三者相融合而成之者也。尼采于此虽为厌世主义,然甚富于肯定生活之悲剧的气氛,以希腊古代之悲剧与近代瓦格纳之音乐所体现之悲剧的艺术为焦点,彼由阿婆罗(引者按,即阿波罗)之名对于空想与梦幻之美的假象世界所生之大喜悦,即以表

---

[1] 田汉译:《说尼采的"悲剧之发生"》,《少年中国》,1919年第3期,第40页。
[2] 同上。
[3] 同上。

现由生成之解脱。由爵尼索斯（引者按，即狄俄尼索斯）之名以生成乃伴于破坏之创造者之喜悦，即以表现能动的所捆捉，主观的所感想者。前者但希现象之永续，视人类如静寂平明之物；后者惟希创造与破坏于生成而得人类之意义，'生成'一语，自内视之为不满者，过丰者，及无余之紧张与压缩者之不断地创造也。于此而'存在之苦恼'，乃由不断之变迁递嬗而得攻破之，摆脱之。故假象非视为瞬间之解脱，以常住之破坏贯注之不可，即阿婆罗须由爵尼索斯之精神，乃得真正之意义也。尼采于此乃有艺术的形而上学，谓人生之极致全在艺术。艺术非如萧宾霍尔所称，自'受者'而来，乃自'与者'而来，自艺术家之必然的创造欲而来，自爵尼索斯之要求而来也。最高之艺术，所谓悲剧的艺术者，合阿婆罗爵尼索斯一炉而冶之者也。"[1]

白山进而介绍尼采思想之价值："尼采由打破一国价值之权威，深感自由之伟大，对于一问题，虽感情一度达于冰点，然即旋以热情注入之。尼采之自由精神，任是何事，皆不置信，而以或然之态度出之，在相反之二物间，得以自由移行。于是，智识与信念皆为流动的生命，以自己之手段而为自由之进行。故大怀疑为大创造之必然的条件。生命之内所潜伏之肯定，即由'智识之否定'与'或然'而出之纯粹之发动也，故怀疑者，生活肯定之确实地盘也。"[2]

白山介绍尼采后期代表作《查拉图斯特拉如是说》(《察拉都斯脱拉如是说》)："可与诗并观，彼较之一切艺术家，尤善使用思想。此书所论者，皆关于'生活自身'，尤其著者为超人理想与永久回归说。回归

---

1 白山：《尼采传》，《民铎杂志》，1920 年第 1 期，第 6 页。
2 同上，第 12 页。

者,尼采自己所云'生活肯定之最高形式'也。尼采以此非视为论理的说明,乃视为艺术的表征。此种可惧之气氛与锐勇之生活,肯定之浑合,更使生活强烈而投入神秘之中。现在与永久,不断之流转与永恒之生存,无一物固定者,亦无一物消灭者。——现前之生活,于此乃有绝大之价值。——故超人者,以自我(或宇宙生命)响于向上与创造之方向而生价值也。自我与宇宙之本质的同一者,非以为感觉的个体也,乃视为全存在与同一之与'地'之意义而启示其尊严,阐扬自我之意义。而启示其创造之深刻之理想,所谓生活,所谓自我者,即以青年期与过渡期之思想为背景者也。于此,则尼采思想之成熟可见矣。"[1]白山指出:"此书几全以'启示'之态度而成之者,以不可言说之确实与微妙,忽然而见某物,忽然而闻某声,非所以求之,实所以与之,与者何? 人不可知而忽有受此时之思想,殆如电光之闪烁,然以带有必然之色彩,故无选择之余裕,此大愉悦之状态之非常之紧张,忽而入于缓流,然旋复归于剧烈,有似旋律之掀波推澜之暴风,故一切幸福有似光之横流中之必然的色彩,而以苦痛为必须之条件。一切既在自由意志之圈外,然复在自由感,无制约感,力感之暴风之内。心象与比喻,皆非意欲,而皆为自己表现者,故心象与比喻并不含有他之意味,此则所谓直接之内生活之表现也。夫自身直接表现,所以显示生命之本质。此种创作之状态,仅尊贵之艺术家是认之。尼采之著作,泰半本此种状态成之,故欲了解尼采哲学,不可不伴以艺术的鉴赏也。冷静之解释之中,不无情热与情调之感,表面之文字言语夹缝之中,不无精刻深入之意义潜伏之感。此则非真了解尼采者,不能

---

[1] 白山:《尼采传》,《民铎杂志》,1920年第1期,第14—15页。

会此意也。"[1]

白山介绍道:"尼采赋有丰富之艺术的天才,彼之直观,极锐利而极迅速,直达事物之深处,惟彼无冷静之论理的整齐之余裕,彼之头脑仅含许多不可分解之本质的融合物,惟在彼之比较的论理之忠实之青年期。然彼之著作尚乏精致之叙述,不过为显著之象征的描写而已,此固源于彼之著作之大部分,以闪电的思想为基础者也。彼乏系统的联络之能力,固由于疾病,亦由彼之直观,有丰富之素质以种其因耳。彼之哲学之真髓与谓为论理的彻底,宁谓出于敏锐之真觉也。"[2]

徐松石著《评尼采哲学》一文,译介了尼采关于社会实况方面的哲学思想:"因其坚信'求能志愿'一理,故在社会实况方面,尼氏攻击最烈者,即近世之道德准程。氏区分人类为两大党,一则属于主性的阶级,一则属于奴性的阶级。此项分类非依据其所处地位而言,乃依其所具性质而别,知强于自是性者,吾人可称之为有主性阶级之性质,反之则为奴隶阶级之特性。隶于前一阶级者,常有引导他人之态度,而受他人引导之一种态度,则以奴性阶级为最强。若自生物学与生理学心理学等方面观之,凡具主性者,其身心多为健全,亦即进化原理上之所谓适者。不然,苟其身心为不健全,则其性情必多有奴隶阶级之气味,而吾人可称之为不适宜于生存之分子。"[3]

李石岑在《尼采思想之批判》一文中集中介绍了尼采的"权力意志论"思想:"尼采思想之出发点为萧宾霍尔之生活意志说。惟尼采之意志不视为生活意志,而视为'权力意志'。尼采以权力意志为至高无上

---

[1] 白山:《尼采传》,《民铎杂志》,1920年第1期,第19—20页。
[2] 同上,第19页。
[3] 徐松石:《评尼采哲学》,《青年进步》,1921年第43期,第21—22页。

之原则，吾人之真接与纯粹之内的经验，悉伴吾人一缕之权力意志而产生。今欲辨尼采与萧宾霍尔之歧点，不能不先述萧宾霍尔生活意志说之概略。萧宾霍尔之认识论，兼有康德惟现象的倾向与印度哲学与梦幻的观念论之色彩。彼谓世界不过吾人之表象，并无何等实在的根据，实在之世界绝非吾人之知能所能捆捉，然普遍之认识（即根本之原理之范围外）有与宇宙之本质相交通之方法。萧宾霍尔乃以直觉为能得直接与超越主客对立之认识。而以世界之本质为生活意志，视若吾人之身体，身体为现象界之建设者，同时又为意志之直接表现者，故人类之主观不仅可以见现象之自己之身体，且于主观之内可以体认身体，直感意志。此康德全不可知之本体界，至是由内的秘密之直觉，可以确实感得之。故生命之真髓之意志为自认识。由直觉而捆捉之意志（视若生命之本质）存于一切存在之根源。意志有'生之热欲'，为强烈的，盲目的，非理性的，不厌不倦的活动，为知力以上之物。故不为论理与理性所驱使，亦不受时间与空间之束缚。在生活意志之内部，有对于杂多与进化之欲望，由意志本来之性质之努力，而成'观念界'。而现象界者，观念之摹写也，观念之反影也。萧宾霍尔以厌世的气质，贯彻上述之主张，谓不厌不倦之'生之欲求之意志'，为一切苦患与害恶之根源。"[1]

在比较了叔本华和尼采的意志论思想之后，李石岑还详细译介了尼采的名著《悲剧的诞生》："尼采最初受萧宾霍尔之影响，于《悲剧的发生》一书内，以阿婆罗代表个别之原理，以爵尼索斯表现意志之直觉。前者立于梦幻的认识之上，后者立于生命之直接之酣醉欢悦之上。然萧宾霍尔以意志之自认识为较高之认识，尼采反此，则视为较高之活动酣

---

[1] 李石岑：《尼采思想之批判》，《民铎杂志》，1920年第1期，第4—5页。

醉欢悦者，人类一切象征的能力达于最高潮之状态也。欲达人类生活之高潮，不恃言语与概念，而恃浑身一切力之解放之自我之象征的表白。萧宾霍尔'生活否定'之意志之直觉，即尼采所视为生活之高潮也。故没却意识的自我，而突入于生活之涡卷之中，于此乃以纯粹之生命，而与存在之永劫之快乐相融合，此即吾人本来之生活也。生活固为不断之创造，然同时必伴有破坏之痛苦，以痛苦为必然之条件。而生活乃进行，为痛苦之故而否定生活，乃未曾尝试'悲剧的生活'之人之所出也。若是，则生活不免陷于凝固与拘束，而真实之光辉乃悉消灭以尽也。若是，则知识与道德之害恶宁有终极耶？"[1]

李石岑对尼采所说的"权力意志"的确立过程展开介绍说："尼采以直接经验之世界为流动之'力'，为不为时间与空间之解释所污之'浑然体'，既非单一，亦非全体，乃以强烈之统一力而作用之者也。尼采始名此力为'欲动'，继名'力感'，'力感之欲求'，'权力意识'，继又名'权力之爱'，'向权力之努力'，最后乃于《查拉图斯特拉》确定'权力意志'之名词。尼采所标之权力，非物理学上之力，乃对于力之作用深感不满，而欲以内的意志完成之也。因名此内的意志为'权力意志'。权力意志者，生生不息自强不已之活动也，以人类之心喻之，即欲表示权力之不断之欲求也。"[2]

尼采为什么用"意志"一语，而不用"精神"一词呢？因为："尼采'意志'一语，用以表现'自内涌出之力'，其所以摈'精神'一语而不用者，以其伴有理性与灵魂之色彩。又'权力'一语含有战斗与征服之

---

[1] 李石岑：《尼采思想之批判》，《民铎杂志》，1920年第1期，第5—6页。
[2] 同上，第6页。

性质，故权力意志者，为活力，为有生命之力，为自治之力，同时复为生长、征服、创造之力也。凡一切现象、运动、法则，皆不过权力意志之征候而已。"[1]

尼采之"权力意志"虽渊源于叔本华之"生活意志"，但二者具有本质区别："权力意志为盲目的，尼采视之为'感情'或'纯粹体认形式'，活动之时即体认之时。凡论理与理性，悉由是涌出焉。然权力意志非如吾人之论理与理性，为一单纯之物，理性不过权力意志之一种活动，由此活动所成之世界，虽得而支配之，然权力意志决不自缚其身，权力意志不随法则以进行，非直反对理性也。盖人类所造之法则，决不适用于现象世界以上者也。故权力意志为一种人类知能以上之直接的，复杂的，完全的知能，质言之，一种之神秘的知能也。"[2]

李石岑指出，尼采之"权力意志"思想还受到达尔文之进化论的影响，但二者有本质不同："尼采融合目的与活动为一，而以进化亦归之权力意志；谓生物之进化乃权力意志通于生物而起之活用，非仅为机械的变化，乃严密的统一与持续之变化也。其变化自内涌出，常贯彻于富创造性之力，故进化乃可能。是则非受外围之影响，乃使役外围也。故尼采之进化固为权力意志，同时亦为生活进行。习麦尔至许尼采之进化说，为进化思想最纯粹之叙述，以其不置绝对价值于终极之上，而置于进行之上故也。"[3]"自达尔文至斯宾塞，其进化论皆不过机械的说明。尼采进化之概念为机械的'变化'与目的的'统一'之折衷。生成之世界，自外视之，但刻刻变化，而自内的经验言之，则于各别

---

1 李石岑：《尼采思想之批判》，《民铎杂志》，1920年第1期，第6—7页。
2 同上，第7页。
3 同上，第8页。

错杂之内，为严密之统一，故迥非纯粹之机械观可相提并论。唯变化乃活用于争斗、征服、生长、创造之权力意志，以人类之感觉翻译之者，统一乃引起一切变化之权力意志，以同一律而图式化之者。故真实之进行，既非无联络之变化，亦非不变化之统一。以权力意志，虽活动于征服与创造，而其活动自身即目的也。故虽有目的可言，而无终极态可言。此则达尔文至斯宾塞进化之观念，又远不同矣。"[1] "吾人活泼泼之权力意志，为人类之内力，复同时为外力，尼采置人类生活之根据于其上，而以权力意志为人类之真之自我，一切机械的运动与精神的活动，皆于自我而成一凝厚之结晶点。故自我为世界之本质，同时复为个人之本质，真之个人不为凝固之思想所污，但为赤裸裸的自我之开展，不断之进化。乃于此肇其基，亦仅于此肇其基，故生活于真之自由之人（即生活于权力意志），对于群众自不禁生距离之感。尼采谓文明史大都否定人类之进化，现代欧罗巴人较文艺复兴期之欧罗巴人尤劣败，以其仅置重凝固之人类，而忽视纯粹之生活也，换言之，置重生物学的见解，而忽视真之自由也。故人类之进化非起于生物学的种族，乃起于生活于真之自由之人类，所谓超人也，乃起于最具个性的'生活之形式'，如超人者是也。"[2]

那么，尼采之所谓超人，又是怎样的人呢？李石岑介绍道："是则超人者，人类进化之象征也。超人为人类之解放，可以指示权力意志之自由之进化。唯超人非终极目的，不过生命进行——进化——之途上之指标而已。超人一度产生，换言之，生活一度归于自由，则人类之生

---

[1] 李石岑：《尼采思想之批判》，《民铎杂志》，1920年第1期，第8页。
[2] 同上，第10—11页。

活,即发强烈之光辉,而一切美善强大悉由是涌出,故人类以超人而意义益明,是则超人者,又人类救济之象征也,超人之内容约可识矣。"[1]

尼采关于艺术的见解,体现在他对太阳神阿波罗(阿婆罗)与酒神狄俄尼索斯(爵尼索斯)之阐释,李石岑对此进行了详细的介绍。"尼采最初受萧宾霍尔之影响,于爵尼索斯的艺术之外,兼及阿婆罗的艺术。其后乃以阿婆罗的态度,亦为爵尼索斯的态度之一种,而萧宾霍尔之影响,乃全消失。意谓阿婆罗之梦幻不过为在爵尼索斯酣醉欢悦之极度时,风调稍缓之一态度而已。酣醉欢悦之感之静止,单化集中以幻影而现于此,乃有最高之力感。从梦与幻影所造出之阿林勃斯之神之世界,在扩张生活之高潮之时空感觉之中,若将此置于急调之时空感觉之中,则成爵尼索斯之酣醉欢悦。故无论阿婆罗的与爵尼索斯的,皆可称为酣醉欢悦之种类。阿婆罗的欢悦足以刺激视觉与想象力而促起幻影。画家,雕刻家,叙事诗人,乃幻影家之最著者也。爵尼索斯的欢悦足以兴奋感动系统之全部,故一切表现能力同时并起,不仅视觉与想象力,也即听觉与运动能力,暨其他之能力皆杂然并兴。此可于音乐、舞蹈时见之也。惟有一最著之特征,即变形之轻易与反动之不可能是已。"[2] "酣醉欢悦多表现之生活之高潮,生活自身常为不断之流动与创造,凡人类就本性言之,既自为艺术家,又为艺术品。酣醉欢悦之娱乐状态,为应于力之增进所起之力感,内部燃烧之强烈生命之征候,故酣醉欢悦之生活,既为不断之创造活动,又为不断之自我伸张,而皆以自我之表现,权力意志之表现为鹄的。自我之

---

[1] 李石岑:《尼采思想之批判》,《民铎杂志》,1920年第1期,第10—11页。
[2] 同上,第23—24页。

表现，权力意志之表现者，乃真正之艺术也。最高之生活，最强之活动，以吾人之肉体为象征之权力意志之活动，实乃艺术之本根也。故人类以自己之权力意志而成一艺术品，方有最高之意味，方有最高之价值也。"[1]

---

[1] 李石岑：《尼采思想之批判》，《民铎杂志》，1920 年第 1 期，第 24 页。

第三章 从审「善」到审「美」：中国诗学视域之现代转型与西方美学

所谓诗学视域，就是诗学家观照诗学现象的态度和理论视角，也就是诗学家的诗学观照方式、切入诗学现象的基点和理论基础。朱光潜在《文艺心理学》中为了说明美感经验与一般经验的区别，举了一个例子：同是一棵梅花，可以引起三种不同的态度——科学、实用和审美[1]。朱光潜先生所谓的"态度"，就是我们所说的"诗学视域"的一个主要内容，即观察事物的态度与切入点。然而，仅仅只是观察态度，还不能算是诗学视域，诗学视域还必须有理论基础，也就是诗学家们用以观照诗学现象的理论知识乃至哲学思想背景。其中，理论基础是最根本的，诗学观照态度也是由其决定的。就中国诗学视域之现代转型而言，必然包含着两层内涵：一是中国诗学理论基础之现代转型；二是中国诗学观照方式之现代转型。

西方美学的输入，对中国传统诗学产生了极其巨大的影响：其一是消解了中国传统儒家诗学的审美观念，唤醒了中国传统的道家诗学、佛教诗学的审美观念；其二是中国传统的儒家伦理本位诗学观的"善"被置换为"科学""民主"与"自由"等现代观念，西方审美诗学逐渐与中国传统的佛道诗学相融合，从而形成中国现代的审"美"诗学观念。

---

[1] 朱光潜：《文艺心理学》，安徽教育出版社，1996年，第3页。

尤其是美学视域的确立，使得艺术评价标准由传统的重审"善"转变为现代的重审"美"，艺术鉴赏也由传统的审"善"转变为现代的审"美"。一些受西方美学思想影响的哲学家、艺术家，同时又是诗学家或诗人，他们纷纷自觉地以审美眼光观照诗歌，或者从审美角度进入诗歌现象，对古今中外诗歌进行深入的研究，或者以自觉的审美意识来创作诗歌，传统诗学的伦理视域被置换为现代诗学的审美视域，审美视域的确立是对中国传统审美主义诗学命脉的延续与超越。

第一节　价值中心的转变与中国诗学理论基础之现代转型

一、西方美学输入与价值中心的转变

从现存的古代文献来看，先秦时代，《诗》经常被作为一种交际辞令而广泛引用，对《诗》的运用就是中国诗学的最早形态[1]。此期文献所载关于诗歌的评论主要在儒家典籍和史册之中，其他诸子论著中虽也有所引用，但并不多见。可见，儒家诗学是中国先秦时代的主要诗学形态。先秦之时，道家思想由于致力于对宇宙本体的追索和超越世俗之途的探求，较少现世关怀，因而在那种诸侯争锋、世道乱离的社会似乎不合流俗。而且，由于道家主张"绝圣弃智""返朴归真"及"无为而无不为"，反对"立言"之类的一切功利主义思想，因此，对诗歌评论不多，相应地，道家思想在先秦时代也就没有什么影响。到了汉代，由于崇尚神仙道教的风气一度兴盛，于是，以道家思想为基础的道教发展为一种独立的宗教，对当时的社会产生了较为深刻的影响，

---

[1] 参见朱自清：《诗言志辨·诗言志》，华东师范大学出版社，1996年。

其超越功利的思想和寻求永生之法的理想同时也渗透到了当时的诗学领域，并逐渐成为当时诗学的一种理论基础，构成了独立的道家诗学形态。

到了汉代，印度佛教传入中国，由于其教义和文化性质与中国本土的道家文化相似，因而很快与之融合，并且其中的某些因素逐渐演变为后来的以庄禅之学为基础的魏晋玄学，并对魏晋时期的中国诗学产生一定的影响。隋唐之时，儒、释、道三足鼎立，虽说佛教文化对审美领域的渗入比以前更深，但其影响仅局限于中国诗学的某些思维方式和概念，只对中国诗学的思维方式和理论形态等某些方面发生了一定的影响，并没有像儒家思想和道家思想那样成为中国诗学的哲学基础，更没有形成独特的诗学形态。因此，历代以来，中国传统诗学实际上是指儒家诗学和道家诗学。

但是，越到后来，所谓的儒家诗学和道家诗学之分也越来越具有相对的意义，因为中国文化的每一个流派的思想自它产生之日起，就总是面临着发展问题，要发展就必然会与其他流派的思想发生矛盾与冲突，并在互相的影响下适时调整自己的思想，吸收他人的有益成分，这是各流派思想发展的必然趋势。各流派思想之间的相互融合随着历史进程向后推进而逐渐加深，其思想特色也越来越不纯粹。因此，后世所谓的儒家思想渗透着各种各样的其他思想，所谓的道家思想也已经只是以道家思想为主的多种思想的混合体。相应地，中国诗学家的思想也是纷然驳杂，常常是儒、释、道三家并存，或本于儒，或偏于道，或重于释。于是，中国诗学的理论形态越来越丰富。儒家诗学固然是以儒家伦理教化为本位（或称人文本位）的诗学形态，但往往渗透着道家的宇宙论和佛教的某些思维方式，从而形成一定的世俗超越性和审美倾向；而道家诗学也不断地融合佛教参禅的思维方式和儒家的现实关怀、道德伦理倾向，调整自己的思维路向和诗学观照方式，从而呈现出一定程度的驳杂状态。总之，中国传统诗学的理论基础是以儒家思想、道家思想为主，佛教思想为辅的思想体系。这是中国传统诗学在蜂拥而入的"西学"对中国发生影响之前的基本状况。

但是，随着中国历史的不断演进，这种状况逐渐被改变。十六世纪末至二十世纪初，西方各种理论思想随着"西学东渐"浪潮逐渐进入中国，对中国原有的知识、思想与信仰世界产生了巨大冲击，这不能不影响到中国传统诗学的理论基础。葛兆光的《中国思想史》形象生动地描绘了西方思想对十六世纪末至十九世纪末的中国所产生的根本性文化震撼。他认为，西洋知识、思想与信仰于十六世纪末开始进入中国，而"两三百年后，西洋强势与域外新知相互支持，并在十九世纪下半叶的数十年中随着坚船利炮与商贸往来双管齐下，才真正地深入了中国，并在十九世纪末，最终导致了传统中国知识、思想与信仰世界的瓦解"[1]。受此影响，中国传统的地理观念、历史观念及文明评判标准发生变化，中国人逐渐从以伦理道德为中心的文明优劣观转变到以强弱为中心的文明优劣观，从而把"富强"当成了评价文明的最重要的价值标准。于是，追求"富强"成为十九世纪中期以后中国知识者实践活动的主题。所有这些变化不能不对中国传统诗学的理论基础产生影响，其中关系最为密切的也许是价值中心的转变，但是，作为新的价值中心的"富强"毕竟只是一个总体的价值观念，它可以影响实践，

---

[1] 葛兆光：《中国思想史（第二卷）——七世纪至十九世纪中国的知识、思想与信仰》，复旦大学出版社，2000年，第441页。

却没有实践意义，真正能够颠覆传统的价值中心的是在"富强"名义下进行的实践活动，尤其是这种实践活动的方式及其有效性。因为，只有这种实践活动及其有效性才能赋予"富强"这种价值中心以真实意义，否则，这种价值中心就是虚构的。

然而，从具体的历史事实来看，十九世纪中期兴起的在物质层面实行的"富强"实践，只是单纯地把"富强"理解为"富国强兵"，所以实践活动也只单纯地停留在科技和军事层面。科技和军事实际上只能触及中国传统价值中心的一个层面——器物，并没有触及中国传统价值的核心，因为，作为价值观念核心的往往是制度化的意识形态，这才是中国传统价值观念最稳定的部分。因此，只有触及作为中国传统社会基础的儒家伦理本位思想，才能从根本上瓦解传统的价值中心，实现价值观念的根本转变。由此看来，十九世纪中期兴起的科技与军事兴国浪潮，虽然触及了传统价值的某些方面，但没有也不可能完成颠覆传统价值中心的任务。这恰恰是"中体西用"观念的历史悲剧。

那么，如何走出这一悲剧？要走出这种悲剧，必须寻求一种能够彻底颠覆传统价值中心并重新组构一个能够取而代之的价值中心。因为，作为价值观念核心的意识形态，是一种思想体系，所以，只有一种更为合理的新的思想体系才能摧毁旧的意识形态。从历史事实上来看，十九世纪末的中国知识者已经自觉不自觉地意识到了这一点，其转变表现在三个方面：其一是对传统学制的改革；其二是对西学的关注由以前偏向于自然科学转变为倾向于社会科学，但自然科学仍然是其重要的关注点；其三是对传统经典的重新发现和诠释。西方社会科学和自然科学思想为中国传统学制的改革和传统经典的诠释提供了思路和理论基础,而传统学制改革则从教育实践层面对传统思想进行解构,重新解读和诠释传统经典的结果是,传统价值观念赖以存在的理论依据逐渐被瓦解。传统经典是传统价值的经典化形态,是传统价值获得合理性的根本依据。"盖经者非他,即天下之公理而已。"[1]正因为这些传统的经典代表着"天下之公理",所以,"经典真伪是非原则的变化,可能也意味着整体真理观念的变化。在那个时代,这些占据了中心位置的儒家经典在知识系统中的任何一点变化,都可能意味着整个中国思想世界的巨变"[2]。因此,只要能论证传统经典的某一点不合理,就会从根本上触及甚至动摇传统价值的基础,因而也更容易对传统价值中心产生致命的颠覆。当时的中国知识者不但对儒家经典进行了重新诠释,而且对道家、佛教乃至诸子学说也进行了全盘的审视和重读。正是在这种重新诠释传统经典文本的浪潮之下,代表着中国传统思想体系的经典文本逐渐被解构。也正是在这种对中国传统经典文本的解构过程中,作为"手术刀"的西方思想逐渐获得了中国知识界的认同和接受,给新的西方思想传播到中国提供了契机与动力。

然而,这种以西方思想为参照对中国传统经典进行重新阐释却是一个漫长的过程,几乎贯穿了十九世纪末以后的中国近现代史,其根本原因就在于,中国数千年所积累下来的儒家思想为主导、道家和佛教思想为辅助的思想系统极为稳固,要完全解构它,彻底颠覆其价值中心,需要一个极为漫长的过程。正是从这一意义上来说,"五四"以来彻底的反传统浪潮的兴起就不是无源之水、空穴来风了,而是以西

---

1 [清]永瑢等撰:《四库全书总目·经部总序》,中华书局,1965年。
2 葛兆光:《中国思想史(第二卷)——七世纪至十九世纪中国的知识、思想与信仰》,复旦大学出版社,2000年,第611页。

方思想对传统经典文本进行重新解读与重新阐释的历史行为的延续与发展。这种重新解读和重新阐释一般有三种方式：或摒弃传统，或坚决维护传统，或在二者之间进行调和，"对传统进行创造性转化"。前一种是彻底地反传统的方式，次一种是复古者的立场，第三种则是合理继承传统的方式。十九世纪末到"五四"运动前，中国知识界对传统经典的重新解读和重新阐释属于后者，而"五四"运动的发动者们则采取了彻底的反传统立场。但有一点非常清楚，无论是激进派还是保守派，甚至包括中间调和派，他们之间所进行的一系列论争，都是围绕着对传统经典及其所承载的内在蕴含的重新解读和重新阐释这个中心展开的。保守派往往在中国传统思想中寻找西方理论的源头和理据，以证明传统思想价值的合理性；激进派和调和派则在西方各种理论思潮中寻找解构中国传统经典的更为优良的理论武器。经过十九世纪末到二十世纪二十年代近三十年的斗争与冲突，中国传统思想的价值中心逐渐被解构和颠覆。因此，这一历史时段既是中国传统的价值中心逐渐解体的时段，也是西方理论思潮蜂拥而入的时段。在中国传统思想的价值中心发生动摇并逐渐走向解体的时候，西方各种理论思潮逐渐成为一部分中国知识者的价值基础。

  虽然我们并不认为历史事件，哪怕是重大的历史事件是判断一种诗学分期的根本标志，但事实上，重大历史事件的确对诗学发展有一定的影响，甚至无意之中成为推动诗学发展的巨大动力。中国诗学现代转型过程中的某些历史事件即是如此，1898年的"戊戌维新"可以说是西方各种社会理论思潮涌入中国的推进器，促成了西方理论思潮在中国传播的巨大转型，如果没有这次变法活动和梁启超等人的大力提倡，西方各种社会理论思潮在中国的传播也许根本不能形成一股狂潮。没有这股狂潮,也就没有西方美学思想在二十世纪初的中国的广泛传播。1911年的辛亥革命和1919年的"五四"运动,同样也对中国诗学之现代转型起了重大的推动作用。这些政治事件不但有力地促进了西方各种理论思潮在近现代中国的传播,而且有的还直接推动了中国诗学的发展,如"五四"运动就不是单纯的政治运动,而且同时是思想运动和文学运动,直接促使了中国新诗及其理论的诞生。

然而,这些政治事件得以发生的理论背景乃至思想武器仍然是西方各种理论思潮,"戊戌维新"凭借的是西方的政治思想,特别是日本明治维新的变法思想,"辛亥革命"运用的是西方资产阶级革命的思想,"五四"运动则从西方各种理论中提炼出科学、民主、自由、平等的思想并将之作为运动的理论旗帜。所以,中国诗学现代转型的最大动力仍然来自西方各种理论思潮。正是这些理论思潮成为这些重大历史事件的理论武器,同时这些重大历史事件又反过来进一步强化了西方各种理论思潮在中国社会中的影响,加速了中国传统思想价值体系的崩溃,逐渐确立了西方思想在中国现代思想价值系统中的地位。这是一个相辅相成的发展过程。

关键的问题是:当作为中国传统思想体系的价值中心被解构和颠覆之后,有没有一种思想成为新的价值中心呢?这种价值中心是什么?

我们之所以要问这样一个问题是因为,虽然西方思想逐渐笼罩了中国思想界,但是,并不意味着所有传入中国的西方理论思潮都衍生出了中国近现代知识界评价和衡量一切事物的标准,也并不意味着所有的西方理论思潮都成为二十世纪前半期中国思想的价值中心。事实上，当中国传统思想的价值中心被解构和颠覆之后，在一般情况下也许可以这样笼统地说，中国知识者所输入的具体的西方理论思潮是西方五花八门的思想理论的总称。但是，如果我们稍微加以注意就会发现，十九世纪末二十世纪初中国所引入的西方各种理论思潮内部，相互之间呈现出巨大差异，甚至截然对立。因此，我们说西方思想逐渐成为中国近现代社会的思想基础，并不意味着各种理论思潮都成为中国新的思想价值体系的有机成分，因为被输入并不等于被认同、被接受，更不等于能够成为中国知识界评价和衡量事物的价值标准。许多西方理论思潮是当时中国知识者在"病急乱投医"的情形下被引入的，其合理性被中国现实所审视、质疑，很快便烟消云散了。有些西方理论对中国思想界的影响虽然能够保持一段时间，但当其与中国现实问题的差距被逐渐发现以后，也逐渐销声匿迹。历史的选择虽然具有一定的偶然性，但是否能够解决历史所产生的现实问题却是这种选择的根本标准。

然而，无论西方各种理论思潮内部存在着多么巨大的差异，也无论历史的选择多么无情，事实是，西方理论思潮所衍生出来的几个共同的价值范畴——科学、民主、自由、平等，却逐渐地被中国思想界深深地认同并接受下来，成为其解构和颠覆中国传统思想体系价值中心的有力的"远程导弹"，并且，在作为中国传统思想价值中心的伦理道德本位被解构和颠覆之后，这些价值范畴逐渐成为中国思想体系新的价值中心。显然，科学、民主、自由、平等这些新的价值范畴并不单纯是一种新的伦理观念，较之于中国传统的伦理观念，它们不但更合乎人性的发展，而且更具有开放性，因而也更为合理。并且，新形成的中国思想体系在吸收西方思想的合理成分的同时，并没有彻底排除中国传统思想中经过了历史选择之后所留存下来的某些合理成分。因此,新形成的中国现代价值中心的基础较之于中国传统思想体系也更为广泛。

二、价值中心的转变与中国诗学理论基础之现代转型

但问题在于,这种新形成的中国思想体系是否都已经成为中国近现代诗学的理论基础呢?答案是否定的。在西方各种理论思潮逐渐成为中国新的思想价值中心的过程中,西方关于"诗"及"诗学"的观念也逐渐传入中国,影响并更新了中国传统的"诗"和"诗学"观念。因此,要弄清中国现代诗学的理论基础,就先要弄清中国近现代时期随着"西学东渐"浪潮涌入中国的西方"诗"及"诗学"观念,尤其是十九世纪末二十世纪初中国所引入和接受的西方诗学的理论基础。由于西方思想对于"诗"和"诗学"的理解也有一个逐步现代化的过程,因此,要弄清楚中国近现代所引入的西方"诗"和"诗学"观念,首先还得梳理这些观念自身的变化。

西方的学科意识萌发得很早,早在古希腊亚里士多德时代就已经有了政治学、伦理学、修辞学、诗学等严密的学科体系。亚里士多德把知识或科学分作三类,即理论或思辨科学(theoria);实践或行为科学[即有关praxis(行动、行为)的学问];制作或制造科学[即有关poiesis(制作)的学问,poietike或poietike techne]。制作科学(包括制鞋和写诗等)的任务是"制造",其目的体现在制作活动以外的产品上。[1] 可见,"诗学"是亚里士多德整个思想体系的有机组成部分。在他

---

[1] 参见陈中梅:《柏拉图诗学和艺术思想研究》,商务印书馆,1999年,第380页。

第三章　从审"善"到审"美"：中国诗学视域之现代转型与西方美学

看来，"诗学"就是"关于诗艺本身和诗的类型，每种类型的潜力，应如何组织情节才能写出优秀的诗作，诗的组成部分的数量和性质，这些，以及属于同一范畴的其他问题"[1]。在亚里士多德那里，"诗学"就是关于诗的制作技艺的学问；"诗"，包括音乐、舞蹈、戏剧、史诗、抒情诗、绘画与雕塑，这些都是被当作一门技艺来看待的。在十八世纪中期以前，亚里士多德关于"诗"及"诗学"的思想一直统治着西方诗学界。

十八世纪中期，某些西方哲学逐渐萌发了"美学"的学科意识，一些新的美学概念也逐渐被提了出来，如1747年，法国学者查里斯·巴托在其论著《归结为同一原理的美的艺术》里首次用"美的艺术"来指绘画、音乐、诗歌、舞蹈、建筑与修辞，由此标准化了现代"艺术"概念的基本界限[2]。十八世纪下半期，鲍姆嘉通写出了《美学》一书，创建了独立的美学学科，音乐、舞蹈、戏剧、史诗、抒情诗、绘画与雕塑被作为"现代艺术"纳入了美学研究的基本对象，从而使得"诗"及"诗学"成为美学问题。鲍姆嘉通之后的康德和黑格尔等人建立了更为完善的美学理论体系，这些完备的美学理论体系都把诗当作一种艺术来研究，诗学研究已经成为其美学研究的有机构成部分。更为重要的是，在康德和黑格尔的美学理论体系所论述的美学问题中，诗学问题占有极为重要的地位，他们不但强化了诗学的美学地位，而且还提出了判断诗歌艺术价值和评价诗歌艺术成就的更为系统和完善的标准。从此以后，审美特性被作为诗歌的根本特性在西方理

---

[1] ［古希腊］亚里士多德：《诗学》，陈中梅译注，商务印书馆，1996年，第27页。
[2] 参见余虹：《中国文论与西方诗学》，生活·读书·新知三联书店，1999年，第28页。

论界获得普遍认同和接受，相应地，美学思想也逐渐成为西方诗学的基本理论基础。那么，西方美学是怎样成为中国诗学新的理论基础的？其具体过程如何？

如前所述，十九世纪末二十世纪初，随着"西学东渐"浪潮涌入中国的西方理论思潮中，康德和黑格尔等人的美学思想是其中最重要的部分。值得注意的是，中国现代知识者在译介著名西方哲学家、美学家的同时，并没有忘记对那些较为全面译介西方美学发展过程的论著的介绍，他们在关注"点"的同时，并没有忘记"面"的拓展。一些综合介绍西方美学的论著就是证明，如王国维于1902年所译的《哲学概论》就简明扼要地描述了西方美学学科走向独立的过程：

> 抑哲学者承认美学为独立之学科，此实近代之事也。在古代柏拉图屡述关此学之意见，然希腊时代尚不能明说美与善之区别。雅里大德勒应用美之学理于特别之艺术上，其所著《诗学》，虽传于今，然不免断片。其他如普禄梯诺斯、龙其奴斯等亦述审美之学说，尚不与以完全之组织。至近世英国之谑夫志培利、赫邱孙、休蒙等皆论美的感情之性质，尚未组织美学，而美学之具系统者，反在大陆派之哲学中。伏尔夫之组织哲学也，由心性之各作用而定诸学。而于知性中设高下之别，以高等知性之理想为真，对之而配论理学。然对下等之知性，即不明之感觉，别无所言。拔姆额尔登补此缺陷，而以下等知性之理想为美，对之而定美学之一科。其中：一、如何之感觉的认识为美乎？二、如何排列此感觉的认识则为美乎？三、如何表现此美之感觉的认识则为美乎？

第三章　从审"善"到审"美"：中国诗学视域之现代转型与西方美学

美学论此三件者也。自此以后，此学之研究勃兴，且多以美为与其属于感觉，宁属于感情者。又文格尔曼（引者按，今译文克尔曼）、兰馨（引者按，今译莱辛）等，由艺术上论美者亦不少。及汗德著《判断力批评》，此等议论始得确固之基础。汗德之美学分为二部，一优美及壮美之论，一美术之论也。汗德以美的与道德的、论理的快感的不同，谓离利害之念之形式上之愉快，且具普遍性者也。[1]

由这段译文我们可以获得以下信息：其一，《哲学概论》出版于1902年，表明至少在这一年，中国学术界就已经有了较为系统地介绍西方美学发展历史的文字；其二，至少在1902年前后，中国知识界就有人了解了西方美学从哲学分离并形成独立的美学学科的过程；其三，至少在这个时候，西方把诗学归结为美学的历史事实已经进入中国知识者的视野；其四，至少在这个时候，中国知识界已经能够从这本著作了解到西方美学观念，以及从伦理的"善"与艺术形式的"美"不相区分到逐步分离的过程。这些只能显示出中国近现代知识界最早较为全面地了解西方美学思想的一个侧面。事实上，中国近现代知识界能够从《哲学概论》一书了解的西方美学知识远远不止这些，中国近现代知识者对西方美学思想的译介也远远不止《哲学概论》这一本书。正是这些译介成为西方美学思想对中国产生影响的基础，强化这一基础的方式有两种：一是中国知识者在其美学活动中对西方美学思想的吸收

---

[1] ［日］桑木严翼：《哲学概论》第六章第二十节《自然之理想——宗教哲学及美学》，王国维译，《王国维全集》第17卷，浙江教育出版社、广东教育出版社，2009年，第287—288页。

和具体运用；二是利用学制改革把美学作为学校课程固定下来。前者是个人化的方式，后者则是集体化的途径；前者能够促使中国学术界对西方美学译介和美学研究的进一步深化，后者则可以扩大西方美学对中国知识界影响的广度，起到普及美学知识的作用。这种作用对中国知识界所产生的巨大影响同样能够波及中国诗学界，并对中国诗学现代转型产生巨大影响。我们可以从西方美学对中国诗学产生影响的事实来加以具体说明。

中国知识者一方面有意识地运用西方美学思想来观照中国的审美问题，对诗学现象进行研究，另一方面则试图模仿西方美学体系建构中国现代美学学科。与此同时，他们还通过倡导美育来培养国人的审美意识和审美素质。二十世纪初，在把西方美学运用于诗学研究方面，王国维功劳最大；在倡导美育方面，王国维和蔡元培的贡献都很卓著。这两方面对于创建中国现代美学学科都有着极为重要的意义。所有这些都或直接或间接地为中国诗学新的理论基础的构筑起到一定的作用。

最早把西方美学作为诗学理论基础的是王国维，他译介了大量的西方美学论著，是最早把西方美学思想运用于自己的诗学实践的中国知识者。以下是王国维对叔本华美学思想的理解和介绍：

> ……于是，叔氏更由形而上学而说美学。夫吾人之本质，既为意志矣。而意志之所以为意志，有一大特质焉：曰生活之欲。何则？生活者非他，不过自吾人之知识中所观之意志也。吾人之本质，既为生活之欲矣。故保存生活之事，为人生之唯一大事业。且百年者，寿之大齐，过此以往，吾

人所不能暨也。于是向之图个人之生活者,更进而图种姓之生活;一切事业皆起于此。吾人之意志,志此而已;吾人之知识,知此而已。既志此矣,既知此矣,于是满足与空乏,希望与恐怖,数者如环无端,而不知其所终;目之所观,耳之所闻,手之所触,心之所思,无往而不与吾人之利害相关,终身仆仆而不知所税驾者,天下皆是也。然则,此利害之念,竟无时或息欤?曰:有。唯美之为物,不与吾人之利害相关系;而吾人观美时,亦不知有一己之利害。何则?美之对象,非特别之物,而此物之种类之形式;又观之之我,非特别之我,而纯粹无欲之我也。夫空间时间既为吾人直观之形式;物之现于空间皆并立,现于时间皆相续,故现于空间时间者,皆特别之物也。既视为特别之物矣,则此物与我利害之关系,欲其不生于心,不可得也。若不视此物与我有利害之关系,而但观其物,而此物已非特别之物,而代表其物之全种;叔氏谓之曰"实念"。故美之知识,实念之知识也。而美之中,又有优美与壮美之别。今有一物,令人忘其利害之关系,而玩之而不厌者,谓之曰优美之感情。若其物直接不利于吾人之意志,而意志为之破裂,唯由知识冥想其理念者,谓之曰壮美之感情。然此二者之感吾人也,因人而不同;其知力弥高,其感之也弥深。独天才者,由其知力之伟大,而全离意志之关系,故其观物也,视他人为深,而其创作之也,与自然为一。故美者实可谓天才之特殊物也。若夫终身局于利害之桎梏中,而不知美之为何物者,则滔滔皆是。且美之对吾人也,仅一时之救济,而非永远之救济,此起伦理学之拒绝意志之说，所以不得已也。[1]

叔本华的这些思想是王国维诗学论著的重要理论基础。他写于1904年的《〈红楼梦〉评论》，就是用叔本华的美学思想来阐释《红楼梦》的价值。首先，王国维认为"生活之本质为何？欲而已矣"，而人生的痛苦正是源于"欲"，因此"欲与生活与痛苦，三者一而已矣"。知识和实践两方面都是与生活的欲望和痛苦相联系的，因此，一般人几乎不可能采取一种审美的态度来观照这些自然万物，只有天才才能超越物我关系，将其所观察到的自然万物呈现于美术中。正因如此，"故美术之为物，欲者不观，观者不欲；而艺术之美所以优于自然之美者，全在于使人易忘物我之关系也"。世界上存在着两种美：优美和壮美。以审美态度观赏无害之物，则此时的心态即为"优美之情"，谓此物曰优美。对有害之物仍能以审美态度观之，则此时所生发的感情为壮美之情，名此物为壮美。王国维正是用这些观点来分析《红楼梦》的，认为在《红楼梦》中，"壮美"多于"优美"。依据叔本华对悲剧的划分标准，《红楼梦》不但是一部悲剧，而且是叔本华所说的最高类型的悲剧，是作为诗歌的顶点的悲剧。根据亚里士多德的看法，由于悲剧能够感发人的精神趋于高尚，因而是有伦理目的的，并且其审美价值与其伦理价值密切相关。"故美学上最终之目的，与伦理学上最终之目的合。"[2] 王国维认为，伦理上的最终目的是"解脱"，是"使吾人自空

---

[1] 王国维：《叔本华之哲学及其教育学说》，傅杰编校：《王国维论学集》，中国社会科学出版社，1997年，第271—272页。
[2] 王国维：《〈红楼梦〉评论》，傅杰编校：《王国维论学集》，中国社会科学出版社，1997年，第361页。

乏与满足、希望与恐怖之中出，而获永远息肩之所"，这不但是世界各大宗教的唯一宗旨，而且也是柏拉图、叔本华等西方哲学家的最高理想。正是在此意义上，王国维认为"以解脱为理想者"正是《红楼梦》的最高伦理价值所在。

综观王国维的《〈红楼梦〉评论》，主要是以老庄哲学会通西方哲学，特别是叔本华的美学思想作为其哲学基础的。王国维受到西方美学的影响，建立了自己的纯文学观。其写于1906年的《文学小言》则以席勒的"游戏"说和康德、叔本华的"天才"观为理论基础，认为："文学者，游戏的事业也"；文学的发达除了充分的物质条件之外，还要有"天才"，不但"个人之汲汲于争存者，决无文学家之资格"，而且，天才作家的缺少也是一个民族文学不发达的根源[1]。而到了1908年的《人间词话》，王国维则进一步将中国的佛道哲学与西方康德等人的哲学思想有机融合，创立了较为系统的词学批评理论。如其中的"境界"一词就源于佛教，"有我之境"与"无我之境"的划分显然与老庄思想有关；而客观之诗人与主观之诗人的划分则继承了西方美学思想中把世界划分为客观与主观的观点。

其实，王国维并不是孤军奋战。与他同时，也有其他人把西方美学作为自己诗学观点的理论基础，如金松岑就在1907年发表的《文学上之美术观》中称"世界之有文学，所以表人心之美术也；而文学者之心，实有时含第二之美术性"。"故夫肺脏欲鸣，言词斯发，运之烟墨，被之毫素者，人心之美感，发于不自已者也。若夫第二之美术者，则

---

[1] 王国维：《文学小言》，傅杰编校：《王国维论学集》，中国社会科学出版社，1997年，第310—314页。

以人之心，既以其美术表之于文，而文之为物，其第一之效用，故在表其心之感；其文而行之远者，竖则千古，横则六合。千古者不朽之心，六合者相感之志。夫不朽无如金石，相感莫如音乐，斯盖艺术之鼎彝，词林之韶濩矣。"[1] 金松岑从美术的角度对文学的表现艺术及其价值进行了较为细致的考察，肯定了美感在文学中的作用，这都是与西方美学密切相关的。

不仅如此，中国知识界的美学意识还表现在对艺术的重视上。1907年，《国粹学报》首设"美术篇"专栏，登载研究金石书画、戏剧等方面的文章。随后，其他各种刊物也相继开设艺术专栏或发表从美学角度研究艺术或文学的论文，这表明，一种美学（艺术）的文学观念逐渐成为中国知识界的共同趣尚。著名翻译家林纾虽用古文翻译西洋小说，但他也注意到了西方文学重视艺术这一点，在《书黄生剳记后》写道："积理者，文之质也；因声而求气者，文之用也。宋儒语录，为理岂浅，顾乃不能为有声之文。西洋归古文于美术，此中正须锻炼之法。"[2]

陈独秀对胡适的"八不主义"持保留态度，除了"须讲求文法之结构"和"须言之有物"两项外，其余六项他都合十赞叹。陈独秀指出："若以西洋文学眼光，批评工部及元、白、柳、刘诸人之作，即不必吹毛求疵。其拙劣不通之处，又焉能免？""窃以为文学之作品，与应用文字作用不同。其美感与伎俩，所谓文学、美术自身独立存在之价

---

[1] 金松岑：《文学上之美术观》，舒芜等编：《中国近代文论选（下）》，人民文学出版社，1999年，第518页。
[2] 林纾：《书黃生剳记后》，舒芜等编：《中国近代文论选（下）》，人民文学出版社，1999年，第727页。

第三章 从审"善"到审"美":中国诗学视域之现代转型与西方美学

值,是否可以轻易抹杀,岂无研究之余地?"[1]自称"晋后学"的常乃德也对胡适的"八不主义"有所保留,认为:"美术之文,虽无直接之用,然其陶铸高尚之理想,引起美感之兴趣,亦何可少者?譬如高文典册、颂功扬德之文,以骈佳乎?抑以散佳乎?此可一言决矣。仆以谓改革文学,使应于世界之潮流,在今日诚不可缓。然改革云者,首当判文、史之界(今假定非美术之文,命之曰史)。一面改革史学,使趋于实用之途;一面改良文学,使卓然成为一种完全之美术,不更佳乎?"因此,他主张说理记事之文,提倡用白话、美术之文,但白话"不可施于美术之文"[2]。

胡适本人的西方美学修养较为深厚,因此,在其倡导文学运动的文章中,处处涉及美学的文学观念。他在《文学改良刍议》中就认为"今人所谓'美感'者亦情感之一也"[3]。其实,整篇《文学改良刍议》建构的新文学观念都是以西方文学观念为基础的。他提出的"八不主义"模仿了西方意象派的基本原则,而且,他把小说作为文学的正宗,把施耐庵、曹雪芹置于归庄、姚鼐之上,认为"元代文学、美术,本蔚然可观"的观念都受到了西方艺术美学关于文学类型和特质观念的影响。他认为:"以今世之眼光观之,则中国文学当以元代为盛,可传世不朽之作,当以元代为最多,此无可疑也。当是时,中国之文学最近言文合一,白话几成文学的语言矣。使此趋势不受阻遏,则中国几有一'活文学出现',而但丁、路德之伟业,几发于神州。"此观点的得出也是以欧洲文学史的事实为依据的:

---

[1] 《新青年》,1916年第2卷第4号"通讯"。
[2] 同上。
[3] 胡适:《文学改良刍议》,《新青年》,1917年第2卷第5号。

> 欧洲中古时，各国皆有俚语，而以拉丁语为文言。凡著作书籍皆用之，如吾国之以文言著书也。其后意大利有但丁诸文豪，始以其国俚语著作。诸国踵兴，国语亦代起。路得创新教，始以德文译《旧约》《新约》，遂开德文学之先。英法诸国亦复如是。今世通用之英文《新（旧）约》，乃一六一一年译本，距今才三百年耳。故今日欧洲诸国之文学，在当日皆为俚语。迨诸文豪兴，诗以"活文学"代拉丁之死文学。有活文学而后有言文合一之国语也。[1]

西方的文学观念是西方美学发展的产物，在西方现代艺术美学中，一般把文学当作一种艺术来看待，尤其是诗歌，更是一种典型的艺术。此时"美文"观念的盛行也是受西方美学影响的结果。方孝岳指出中西文学之异同在于：一、中国文学主知见，欧洲文学主情感。二、中国文学界广，欧洲文学界狭。三、中国文学为仕宦文学，欧洲文学为国民文学。因此："今日言改良文学，首当知文学以美观为主，知见之事，不当羼入。以文学概各种学术，实为大谬。物各有其所长，分功而功益精，学术亦犹试也。今一纳之于文学，是诸学术皆无价值，必以文学之价值为价值，学与文遂并沉滞，此为其大原因。故著手改良，当定文学之界说。凡单表感想之著作，不关他种学术者，谓之文学。故西文 Literature 之定义曰：All literary productions except those relating to positive science or art, usually, are confined, however, to the belles-

---

[1] 胡适：《文学改良刍议》，《新青年》，1917年第2卷第5号。

lettres者，美文学也。"[1]作为美文的诗歌，更是如此。俞平伯认为，"但诗歌一种，确是发抒美感的文学，虽主以写实，亦必力求其遣词命篇之完密优美"[2]。虽然初期白话诗人主张以白话作诗，但并没有忘记文学的美感特征。之所以如此，就是因为，不但他们的白话文学主张是受到西方文学观念的影响的结果，而且受西方的艺术美学观念影响也较深。他们这种美的诗学观念是以西方美学，尤其是艺术美学理论为基础的。

然而，由于西方美学思潮毕竟只是来自西方的各种各样的美学理论的总称，不但这种西方美学思潮各有自己的特征，而且，某些思想观点还可能是对立的。"五四"运动时期，西方历史上存在过或正在盛行的理论思潮都一并输入中国，从而产生了众声喧哗的局面。如西方的古典主义美学、浪漫主义美学和现代派美学，在二十世纪二十年代的中国诗坛都有非常大的影响。此时的中国诗学也相应地形成了各种各样的流派，各个诗学流派的诗学理论基础也存在着较大的不同，某些诗学流派甚至兼采几种西方美学理论作为自己的理论基础。接受哪一种西方美学理论，固然决定于这些诗学家接触的西方美学思想的类型，但与其本身的中国传统诗学修养所形成的审美趣味也是有一定的关系的。如梁实秋等人的新人文主义诗学观来自美国白璧德的新人文主义；胡适的实验主义诗学观来自其老师杜威的美学观念；闻一多的古典主义诗学体系源自西方的古典主义与中国古典诗学的融合；朱光潜的诗学体系则融合了克罗齐等西方美学家的诗学思想和中国古典诗

---

1 方孝岳：《我之文学改良观》，《新青年》，1917年第3卷第2号。
2 俞平伯：《白话诗的三大条件》，《新青年》，1918年第6卷第3号。

学的某些合理成分。出现这种现象的深层根源在于,当中国传统思想体系的价值中心被解构与颠覆之后,中国传统诗学的理论基础并没有被完全摧毁,虽然作为中国传统诗学理论基础的儒家思想的价值中心,随着其伦理道德本位的崩溃而被颠覆了,但作为中国传统诗学理论基础的道家思想和佛教思想并没有被完全解构,而儒家思想的某些合理因素也仍然存在。而且,这两种诗学理论基础的超功利性和某种程度的审美主义倾向,成为中国近现代诗学引入、认同和接受西方审美理论的前提和契机。西方美学思想一涌入中国就迅速与这些传统诗学理论基础合流,经过中国近现代诗学家们的选择、接受和重新阐释,逐渐成为中国诗学新的理论基础的基本成分。

第二节 中国诗学观照方式之现代转型与西方美学

无论是中国还是西方,审美意识的起源都很早,但是,"现代意义上的作为哲学或科学的一个有机分支的'美学',在古代东方与西方都不存在"[1]。在西方,美学被当作一门独立的学科来研究始于十八世纪中期的鲍姆嘉通,而在中国则是二十世纪初才出现真正意义上的美学学科。因此,在"美学"学科出现之前的中国和西方国家,其审美观念都是包含在哲学、伦理学、政治学等学科之内的,关于"美"的论述也只是作为这些学科的一部分内容而被涉及。相应地,在古代中国和西方,对事物审美价值的判断存在着不同的评价标准和衡量尺度,但有一点是相同的,那就是在所有的评价标准中,美与善的价值同一性获得普

---

[1] [美] 托马斯·芒罗:《东方美学》,欧建平译,中国人民大学出版社,1990年,第73页。

遍认同，伦理意义上的"善"都被置于突出的地位，至少，在美学成为一门独立的学科之前是如此。

在西方，"美""善""好"没有严格的区分是苏格拉底之前的古希腊美学的一个突出的特点[1]。苏格拉底也认为美与善是一回事："你以为美与善是截然不同的两回事吗？你不知道凡是从某个观点看来是美的东西，从这同一观点看来也就是善的吗？""因为任何一件东西如果它能很好地实现它在功用方面的目的，它就同时是善的又是美的，否则它就是丑的又是恶的。"[2]柏拉图把世界划分为理念世界、现实世界和艺术世界，这三个世界又可以被归结为两个世界：前者为可知世界，后二者为可见世界。理念世界是根本的，永恒不变的，现实世界模仿理念世界，而艺术世界又是现实世界的模仿。理念世界又划分为四种：善和美的理念、数的理念、自然物的理念、人造物的理念。世界上所有的事物都有自己的理念，善的事物、正义的事物、勇敢的事物、公正的事物、美的事物都分别有善的理念、正义的理念、勇敢的理念、公正的理念、美的理念。由此出发，他认为，对事物之理念的理性认识才是我们判断事物和行为的真正依据。这种理性观念也渗透到了其诗学观念中，柏拉图主张把诗人逐出理想国的理由是诗不能教给人们对事物之理念的理性认识。他以当时最负盛名的《荷马史诗》对"神"的描写为例，具体阐述这一理由。柏拉图首先依据其理念论，设定"神"之为"神"或"神的理念"有两大规定性——自身恒定的同一和

---

1 汝信：《西方美学史上"美"的概念的发展》，上海市美学研究会、上海社会科学院哲学研究所美学研究室编：《美学与艺术讲演录》，上海人民出版社，1983年，第217页。
2 克塞诺封：《回忆录》第3卷第8章，北京大学哲学系美学教研室编：《西方美学家论美和美感》，商务印书馆，1980年，第18—19页。

至善，而荷马笔下的神却是喜怒哀乐反复无常，勇敢又怯懦，变化不定，这与神自身恒定的同一性和至善显然是背道而驰的，因此，他不能真正教给人们神是什么，人应该如何行善。不仅如此，柏拉图还认为，由于在诗人的人格结构中情欲起着支配作用，因此，诗非但不能教会人们如何对情欲进行控制，甚至还一味地描写反复无常的各种情欲，煽动和挑逗人本应加以控制的情欲，破坏了正常人格的和谐，而所有这些都是违背"善"的，所以要将他们赶出"理想国"[1]。

亚里士多德则明确认为，评价事物的价值要从审视它们的功用入手。人所特有的功用是理性或理性的思考，因此要在理性的指导下从事实践和制作活动，功用的圆满实施也要遵循事物本身的善好，即事物特有的德或德性。人的德性分两种：智能美德和伦理（或道德）美德，前者可以通过学习获得，后者则须通过反复的训练习得。智能美德包括理论智慧、实践智慧、系统知识和技艺；道德美德包括节制和慷慨等。智能美德为道德美德提供理论基础，但实践美德的获取必须通过反复的实践，所以，包括节制在内的各种道德美德实际上构成了指导人行为习惯的准则。由这种道德原则出发，他在给悲剧下定义时也把"模仿高贵者（即严肃）行动"作为其要义之一，并且还强调音乐和悲剧的净化作用，这显然也是从悲剧能够使人向善的角度着眼的。正如亚里士多德所说的："美是一种善，其所以引起快感正因为它是善。"[2] 由此可见，古希腊

---

1 参见北京大学哲学系、外国哲学史教研室编译：《古希腊罗马哲学》，生活·读书·新知三联书店，1957年，第199页；[古希腊]柏拉图：《理想国》，郭斌和、张竹明译，商务印书馆，1995年，第72—81页、第404页、第407页。
2 北京大学哲学系美学教研室编：《西方美学家论美和美感》，商务印书馆，1980年，第41页。

诗学传统中，虽不能说他们把伦理的"善"看作高于"美"的东西，但至少有着深厚的"以善为美"的传统。但是，西方诗学独立的审美意识也非常早。早在公元前一世纪，古罗马美学家西塞罗认为："(诗)可以陪我们度夜，可以陪我们旅行，可以陪我们消遣。""诗若有益，固然最好，否则作为正当的娱乐，亦无不可。"[1]比西塞罗稍后的贺拉斯提出了著名的"寓教于乐"的观念，他认为："诗人的愿望应该是给人益处和乐趣，他写的东西应该给人以快感，同时对生活有帮助……寓教于乐，既劝谕读者，又使他喜爱，才能符合众望。"[2]但是，这种超功利的审美愉悦说刚一萌芽，就被中世纪的神学美学扼杀了。中世纪的神学美学重新确立并强化了"以善为美"的观念，神学哲学家奥古斯丁认为："天主是美善的，天主的美善远远超越受造之物。"[3]因为上帝是绝对善的，因此，奥古斯丁把上帝看作一切的来源和最崇高的美。

十六世纪的文艺复兴把艺术从宗教神学的控制之下拉回到了自由的境界，审美特性被看作诗学的重要特征，诗歌不再像亚里士多德诗学传统那样被当作一种"技艺"，而是被当作一种"艺术"来看待。十八世纪中期，某些西方哲学逐渐萌发了"美学"的学科意识，一些新的美学概念也逐渐被提了出来，如1747年，法国学者查里斯·巴托在其论著《归结为同一原理的美的艺术》里首次用"美的艺术"来指称绘画、音乐、诗歌、舞蹈、建筑与修辞，由此标准化了现代"艺术"概念的基本界限[4]。

---

1 转引自梁实秋：《浪漫的与古典的》，人民文学出版社，1988年，第98页。
2 [古希腊]亚里士多德、[古罗马]贺拉斯：《诗学·诗艺》，罗念生、杨周翰译，人民文学出版社，1962年，第155页。
3 [古罗马]奥古斯丁：《忏悔录》，周士良译，商务印书馆，1963年，第118页。
4 参见余虹：《中国文论与西方诗学》，生活·读书·新知三联书店，1999年，第28页。

十八世纪下半期，鲍姆嘉通写出《美学》一书，创建了独立的美学学科，音乐、舞蹈、戏剧、史诗、抒情诗、绘画与雕塑被作为"现代艺术"纳入了美学研究的基本对象，从而使得"诗"及"诗学"成为美学问题。鲍姆嘉通之后，康德、席勒和黑格尔等人建立了更为完善的美学理论体系，他们的美学理论体系都把诗当作一种艺术来研究，美学成为诗学的理论基础，超功利的"美"成为评价和衡量诗歌最重要的标准和价值尺度。"西方诗学发展经历了由技艺学向美学的转变过程，理性与感性的对立与融合的不同程度，使得西方诗学沿着三大线路发展：一、在理性与感性冲突下，坚持理性中心，且将理性主义推到极端的十七世纪的古典主义诗学；二、调和理性与感性的冲突，中心模糊，保留理性主义的基本原则但逐步肯定感性的价值，从而导致向感性诗学转换的十八世纪的美学诗学；三、在理性与感性的冲突中，颠倒理性中心论，并将感性主义推到极端的十九世纪的浪漫诗学及尼采诗学。"[1]在余虹这里，他把以柏拉图为代表的伦理诗学观照归于理性传统，把以鲍姆嘉通美学为代表的审美诗学观照看作感性传统，而把以尼采为代表诗学看作极端感性传统或者说极端反理性的传统。

弄清了西方诗学的观照方式以后，我们再来看中国诗学观照方式是如何变化的。从中国诗学史的事实来看，魏晋六朝基本上奠定了中国传统诗学的基本形态，那就是儒家诗学和道家诗学。虽然随着历史的发展，由于每个诗学家具体的诗学理论在以儒家思想和道家思想为主干的基础上，对包括佛教思想在内的其他思想的汲取程度不同而呈现出一定的差异，但是，其基本特征是不会变的，用以评价和衡量诗

---

1 余虹：《中国文论与西方诗学》，生活·读书·新知三联书店，1999年，第116页。

歌价值的标准和尺度也基本上是稳定的。由于"西学东渐"以前中国传统社会赖以建立的思想基础是儒家文化，因此，儒家思想体系的价值中心也就是整个中国传统社会的价值判断标准，相应地，儒家诗学在中国传统诗学中占据着绝对主导的地位。道家诗学的理论渊源是老庄思想，老庄思想是一种与儒家思想截然对立的思想系统。如果说儒家思想是一种极为重视人伦世务、强调现实功利性的入世思想的话，那么相对来说，道家思想则是一种偏重于"无为""自然任运"，反对事功、超越功利的出世思想，因此，道家往往与现实社会拉开很大的距离，在以儒家思想为理论基础和价值中心的中国传统社会里难以占据主导地位。因此，贯穿整个中国传统诗学史的主脉仍然只是儒家诗学，道家诗学则是中国诗学的支流。当然，随着中国诗学史的向前推进，儒家诗学不断地吸收了道家和佛教的一些思想，其诗学形态与原始儒家诗学的差距也越来越远，但其诗学本质并没有改变，仍然是儒家文化的派生物。

由于儒家诗学的理论基础是以伦理道德为价值中心的儒家思想，因此，伦理道德便成为儒家诗学评价和衡量诗歌的根本标准和价值尺度，伦理教化被置于这种诗学的核心地位。"经夫妇，厚人伦，成孝敬，变风俗，莫过于诗"是这种诗学形态的诗学功能论的基本观点，作为道德伦理范畴的"善"成为诗歌批评的基本准则。《论语·阳货》中写道："子曰：小子何莫学乎《诗》？《诗》可以兴，可以观，可以群，可以怨。迩之事父，远之事君。多识于鸟兽草木之名。"[1]这是中国儒家诗学功能观的最早表述。值得注意的是，"兴""观""群""怨"以

---

1 《论语·阳货十七》，朱熹集注：《论语（下册）》卷之九，中华书局，1941年。

及"迩之事父,远之事君"都强调儒家所主张的教化作用,而这种教化作用又是围绕儒家的伦理思想这一中心,并在伦理思想范围内展开的。《今文尚书·尧典》:"诗言志,歌永言,声依永,律和声;八音克谐,无相夺伦,神人以和。"郑玄注云:"诗所以言人之志意也。永,长也,歌又所以长言诗之意。声之曲折,又长言而为之。声中律乃为和。"[1]朱自清认为:"这里有两件事:一是诗言志,二是诗乐不分家。"[2]其实,这段话并不止于朱先生所说的两件事,还有更重要的一件,那就是,它不但说明了儒家诗学观念中之诗体的基本要素,而且指出这些诗体要素的最终目的在于"八音克谐,无相夺伦"。"无相夺伦"意味着伦理功能在中国儒家诗学观念中是作为诗歌的终极价值而存在的,这里的"志"也就必然是那些带有伦理教化色彩的情感和志向。对伦理教化的诗学功能的强调从根本上说是由儒家的思想特征所决定的,也许从儒家诗学和道家诗学的共同范畴"道"的内涵,更能看出这一点。"道"在儒家文化和道家文化中都是一个使用较多的概念,但在两家思想中引申为两个相对的含义。"道"字最早见于金文,本义指道路,故《说文解字》中写道:"所修道也,一达谓之道。"但儒、道两家思想中的"道"之涵义却不是本义,而是其引申义。孔子说"吾道一以贯之",这个"道"是指一种理想或主张,但孔子的"道"多指"人道",所谓"夫子之言性与天道,不可得而闻也"(《论语·公冶长》)。"人道"就是人类行为所依恃的规则,即儒家所提倡的封建宗法礼制及人伦规范。孔子言"志于道,据于德,依于仁,游于艺"(《论语·述而》),称子

---

[1] 《诗谱序》"然则诗之道放于此乎"句下引,[汉]毛公传、郑玄笺,[唐]孔颖达等正义:《毛诗正义》,上海古籍出版社,1990年,第3页。
[2] 朱自清:《诗言志辨》,华东师范大学出版社,1996年,第1页。

产有"君子之道"(《论语·公冶长》),这些"道"都是指"人道","艺"指"六艺"之类的技艺。在孔子的观念中,"道""德""仁""艺"是相互关联的,而"道"居其首。把作为伦理范畴的"道""德""仁"与作为技艺范畴的"艺"相关联,显现出儒家思想浓重的伦理本位意识。在儒家思想中,"人道"也就是先王之道,孔子经常缅怀过去"邦有道"的时代,赞叹"先王之道,斯为美"(《论语·学而》),感叹"天下之无道也久矣"(《论语·八佾》),可见孔子的"道"基本上是以周礼为基础的。他主张"以道事君"(《论语·先进》),并认为"本立而道生"(《论语·学而》)。这种主张与儒家主张"以德治天下"极为相似,"德"则是与"道"(人道)类似的概念,现在仍然通行的并列式联合词"道德"即由此而来。"道"在道家思想中则是指"天道"即所谓的自然规律,老子的"道"是从推究世界本原的角度出发的。老子认为,"道"是作为"天下母"而存在的,"道生一,一生二,二生三,三生万物"(四十二),因此,"道"又是自然万物的根源。如果说儒家的"人道"是人的行为规范的话,那么,道家的"天道"则是自然规律,由此看来,儒家和道家在"道"的概念上推衍出两种对立的含义。老子非常憎恨社会的不公平现象:"天之道,损有余而补不足。人之道则不然,损不足奉有余。"(七十七)这表明,老子并没有完全置社会现实于不顾,其"天道"观的立足点仍然是"人道"。从根本上来说,道家的"天道"观是以自然规律来推衍人世的结果。道家与儒家的根本区别在于,儒家并没有超出人世间的实在事物来看待一切,没有超出道德主义的渊薮;而道家则是站在人世以外,似乎是用旁观者的立场看待一切,因而既能入乎其内,又能超乎其外。如果说儒家是道德经验主义,那么,道家则有着浓厚的道德反思主义色彩。儒家对人世伦理道德的强调停留在经验层面，而道家对人世道德的反思则充满着思辨色彩，正是在这一意义上，黑格尔把孔子的哲学称为道德哲学，而把老子的哲学称为思辨哲学。黑格尔的观点触到了儒、道两家哲学的本质，即儒家哲学的现世性本质和道家哲学的超越性本质。现世性带有更多的经验色彩，而超越性则富于形而上学特质。因此，早期中国诗学的精髓是经验性的伦理成分更突出，而超越性的形而上学因素则较少。相应地，儒家的诗学观照方式也就以伦理的"善"遮蔽了超越伦理的美。道家诗学虽然带有一定审美色彩，但他在中国诗学中一直没有占据主导地位。所以，在中国传统诗学中占主导地位的诗歌观照方式就是儒家诗学的伦理，而不是道家诗学的审美。换言之，中国传统诗学的诗歌观照方式主要是伦理的，而非审美的。

但是，当作为中国传统思想体系价值中心的儒家伦理道德被解构与颠覆之后，随着"西学东渐"浪潮涌入的西方理论思潮逐渐成为中国近现代社会的思想基础。中国诗学观照方式的现代转型也就是在中国传统思想价值中心被逐渐解构和颠覆的过程中完成的。如前所述，中国具有维新思维的知识者通过三种途径对中国传统价值中心进行解构：一、传统学制改革；二、西方各种理论思潮的大量引进；三、对传统经典的重新发现和诠释。三者都围绕着明确的变法目的和不明确的颠覆中国传统思想的目的，对传统学制的改革和对中国传统经典的重新解读、阐释又促使维新派加大了引进西方理论思潮的力度。正是为了寻求解决中国现实问题的更佳方案，维新派知识者把关注的目光投向西方各种理论思潮，他们从中发现了许多宝藏，其中最重要的是带有明确的政治功利目的的变法思想，他们对那些与改革有关的西方政治、经济、法律等思想赋予了宗教般的虔诚。另一个宝藏是西方的教育思想，如林乐知译的《文学兴国策》就指出，文学能够教育国民"勤求家国致富"，因此，"文学为教化首务"。强调把文学当作教科书，突出文学的教化功能，恰恰是中国历史传统中占主导地位的文学观念，更为重要的是，此书的文学主张与当时中国寻求富国图强的意志极为切合，因而对当时的教育界和文学界都产生了很大影响：一方面，使得维新派把小说当成了教育"新民"的工具，另一方面也促使当时的知识者对教育更为重视。

其实，中国正是通过西方教育思想这一途径引入西方哲学美学（包括文学）思想的。最先大力译介西方美学思想的都是热衷于教育的中国知识者，西方哲学美学思想几乎都出现在教育学、心理学方面的著作或教育杂志中。如西方传教士最早介绍西方美学理论的著作是花之安的《大德国学校论略》《教化议》和颜永京的《心灵学》等，以及一些《英汉词典》，而最早发表译介西方美学论著的杂志是《教育世界》。最早大量译介西方美学思想的中国知识者是梁启超、王国维，二者都曾极力提倡教育，后来都成为大学教授。前者是维新派的领袖，曾提出著名的"新民"说；后者则是著名教育家和《教育世界》实际上的主编。正是因为梁启超、王国维等人对西方美学思想的译介，才兴起了引进西方美学思想的热潮。

十九世纪末二十世纪初，中国知识界所译介的西方美学思想大多源自柏拉图、亚里士多德、康德、席勒、歌德、黑格尔、叔本华和尼采等西方哲学美学大家的论著，其中尤其以康德、叔本华和尼采的译介最多，影响最大。据初步统计，从 1900 年到 1920 年，译介这三位西方哲学家的美学思想的论文就有一百多篇，王国维自己在 1904 年这一年中译介这几位哲学家的美学思想的论文就达十四篇之多。由此可见，二十世纪最初十年，中国知识界对这三位哲学家的迷恋程度。如果说叔本华和尼采对中国知识界的影响主要在思想方面的话，那么，康德和黑格尔的影响则基本上偏重于艺术方面。

除了对这些作为个案的西方哲学大家的哲学美学思想进行的译介之外，某些对西方哲学美学发展历史做纵向把握和研究的论著也被译介入中国学术界，虽然专门的西方美学史著作直到二十世纪第二个十年才在中国出现，但是，中国知识界对西方美学的综合性介绍一直没有中断过。一些译介的西方哲学、心理学、教育学论著经常涉及较为系统的西方美学知识，如王国维于1902年所译的《哲学概论》就简明扼要地描述了西方美学学科走向独立的过程。1907年《震旦学报》所登出的《近世美学》就是一部较系统的西方美学史著作，这部著作对西方自鲍姆嘉通创立独立的美学学科以来，直到十九世纪末的西方美学思想及其流派，做了深入细致的介绍。1915年蔡元培编撰的《哲学大纲》在上海商务印书馆出版，该书对西方美学也有较多介绍。1917年开始在《寸心杂志》连续五期登载的萧公弼所著的《美学》，是继《近世美学》之后又一部较系统的西方美学著作。1920年，舒新城所著的《美学》、澄叔的《栗泊士美学大要》等文章对西方美学进行了详细介绍，这些都是西方美学著作的选译。1919年，《近世美学》单行本的问世开启了较为系统的西方美学史著作在中国传播的新纪元。继此之后，各种各样的西方美学史或成体系的西方美学理论译著不断地出现在中国学术界，几乎所有的西方美学思潮都涌入了中国知识界。同时，中国美学家也写出了数十种美学、艺术学著作。比较有名的译著，如托尔斯泰的《艺术论》、柏格森的《笑之历史》、厨川白村的《文艺思潮论》《出了象牙之塔》《苦闷的象征》、亚里士多德的《诗学》、普列汉诺夫的《艺术论》、瑞恰慈的《科学与诗》、克罗齐的《美学原论》等等，直到现在依然是美学研究者的必读书目。

这些译介活动及其成果成为西方美学思想对中国产生影响的基础。一方面，中国知识者在其美学活动中吸收和运用这些西方美学思想；另一方面，他们还利用学制改革把美学作为学校课程固定下来。这都促使中国学术界对西方美学的译介和研究进一步走向深化，并扩大了西方美学对中国知识界的深远影响，起到了普及美学知识的作用。值得注意的是，对学制的改革使得美学作为一门课程进入各级学校，不但强化了年轻一代的审美意识，而且使得整个社会都认同了美学在社会生活中的地位，而这种审美观念的转变是中国诗学观照方式现代转型的必要前提。

西方美学思想，特别是把诗学归结为美学的观念在中国诗学界的确立有一个逐步发展的过程，这种观念的萌芽也较早。康有为的《日本书目志》所列"美术"类第一本书《维氏美学》，实为观云由日文版《维朗氏诗学论》转译而成，但他把"美学"译为了"诗学"，由此可以看出，当时的中国知识者把诗学看作美学问题。不但从王国维的《〈红楼梦〉评论》(《教育世界》第76—81号连载，1904年)、《文学小言》(《教育世界》第139号，1906年)、《屈子文学之精神》(《教育世界》第140号，1907年)、《人间词话》(1908年)等一系列作品中也可以见出西方美学对中国诗学观照方式的影响，而且其他许多中国诗学家也沿用西方美学理论，把包括诗歌在内的文学当作美学问题进行研究。虽然1905年《国粹学报》创刊号声明"以发明国学，保存国粹为宗旨"，但事实上，他们的"发明"方法明显受到了西方美学思想的"洗礼"，他们其实是运用西方的哲学美学理论重新阐释中国"国粹"，并且特设"美术篇"这一专栏，专门研究包括文学在内的艺术。其所发表的文学论文也明确标榜所用的是美学视角，如金松岑的《文学上之美术观》等，都证明美学的"诗学"观逐渐在中国建立起来。值得注意的是，对中国现代诗学有着深远影响的周树人、周作人兄弟的诗学思想，也是在西方美学的影响下逐渐走向成熟的。1908年，周树人的《摩罗诗力说》和周作人的《论文章之意义暨其使命因及中国近时论文之失》发表，在这两篇文章里，周氏兄弟阐述了与传统截然不同的诗学观念。周树人很早就非常喜欢西方浪漫主义美学诗学，受尼采的影响很深。1907年，他在《文化偏至论》一文中介绍尼采道："若夫尼佉（引者按，今译尼采），斯个人主义之至雄桀者矣，希望所寄，惟在大士天才；而以愚民为本位，则恶之不殊蛇蝎。意盖谓治任多数，则社会元气，一旦可隳，不若用庸众为牺牲，以冀一二天才出世，递天才出而社会之活动亦以萌，即所谓超人之说，尝震惊欧洲之思想界也。"[1]《摩罗诗力说》主要介绍的是西方浪漫主义美学诗学。

随着这种美学的"诗学"观念的形成，中国诗学界对西方诗歌及诗学的译介力度也大为加强，二十世纪初创办的许多杂志都登载汉译西方诗歌及诗歌批评，西方著名的大诗人及其诗作都相继在各种杂志上登场，至1910年开始出现译介西方诗歌及诗学的热潮。所有这些都表明，中国诗学界已经逐渐改变视诗歌为伦理教化工具的观念，逐步把诗学当作美学问题进行研究和评价，其诗学批评也不再单纯地以"伦理道德"为衡量尺度，诗歌的"艺术"价值被提升到了一定的高度，从而使得中国诗学的观照方式由传统的伦理的审"善"转变为现代的艺术的审"美"。

---

[1] 鲁迅：《文化偏至论》，《鲁迅全集》第1卷，人民文学出版社，1981年，第52页。

第四章 从「诗味」到「诗美」：中国传统诗美观念之现代转型与西方美学

第一节　中国审美主义诗学传统的形成

诗学中存在着两种价值标准和评价尺度,一种是以伦理的"善"为价值标准,一种是以艺术的"美"为评价尺度。依据价值标准和评价尺度的不同,我们可以把前者归结为伦理主义诗学,而称后者为审美主义诗学。前面我们已经论证了儒家诗学的价值标准和评价尺度是伦理的"善",因此,儒家诗学所形成的诗学传统显然可以称为伦理主义诗学传统。现在的问题是,在中国传统诗学中是否存在着一种以艺术的"美"为价值标准和评价尺度的诗学类型?如果有,那么这种诗学传统是怎么形成的?

中国传统诗学的理论基础是以儒家思想为主导、以道家和佛教思想为辅助的思想体系,也就是说中国传统诗学所形成的传统是伦理主义诗学传统,但是,这只是就中国诗学的总体而言的。事实上,中国传统诗学的理论基础除了占主导地位的儒家思想之外,还有居于辅助地位的道家和佛教思想,只是由于中国历史上的儒家思想过于强大而使得道家和佛教思想长期处于次要地位。而且,从诗学史的事实来看,道家诗学的产生并不单纯是道家思想的产物,而是佛道合流的结果。自汉代佛教思想传入中国起,道家思想也逐步向玄学转化。当时传入的佛经主要通过道家的图谶，以及体现着道家独特思维方式的道教语言来传播，之所以如此，就是因为道家思想和佛教思想有许多相通或相似之处。如在修心方面，道家主张"清静无为"，佛家主张"安般守意"；在养性方面，道家鼓吹吐纳之术，希图羽化而登仙，佛家笃行禅定之功，盼望死后登天而为神；在行为方面，道家澹泊逍遥，遨游山水，佛家则在污不染，在祸无殃。这些基本观念的相似，使得佛教和道教在价值观念上也存在着惊人的一致性。儒家思想所标举的最高价值准则是"圣人"，道家思想确立的最高境界是"至人""神人""圣人"，而佛家所追求的价值目标则是"佛"。"儒家学派，无论就其目的、功用、宗旨及结构来看，可以说是一个以教化伦理道德为核心的学派。"[1] 儒家标举的"圣人"是以伦理道德为本位的，也就是那些自身道德修养已经达到了一种至高境界的人。虽然道家也标举"圣人"，如庄子就说："至人无己，神人无功，圣人无名。"[2] 其实，这里的"至人""神人""圣人"是指一类人，即能够顺应"自然"而"乘天地之正、御六气之变"之超越人格。对这种人格的阐释可以追溯到老子及其思想前驱稷下学派，此派的宋钘、尹文等把解决世间一切争端的方法归结为"白心"，即首先净化自己的心灵与精神，抑制自己的情欲，破除自己的固执即"别宥"，这大概是从"天道"即宇宙天地之拱默无为中体验出来的一种生活态度，《荀子》批评他们是"蔽于欲而不知得"[3]。其后的慎到、杨朱则偏向于反智论，如慎到就认为"任自然者久，得其

---

[1] 罗国杰：《儒家伦理思想新探》，《文史知识》编辑部编：《儒、佛、道与传统文化》，中华书局，1990年，第90页。
[2] 郭庆藩辑：《庄子集释》第1册，中华书局，1961年，第17页。
[3] 《荀子集解》卷十五《解蔽》，《诸子集成》本，第262页。

第四章 从"诗味"到"诗美":中国传统诗美观念之现代转型与西方美学 | 149

常者济"[1],杨朱则认为"从心而动,不违自然所好""从性而游,不违万物所好"[2]。这些思想虽然可能与后世道家的种种思想有所差异,但其所主张的个体生命永恒、精神超越、摆脱理性束缚的观念,即生命主义、超越主义和反智主义倾向与老庄思想是一致的。

老子主张依照"天道"行事,认为"不欲以静,天下将自正"(三十七),因此"常无为而无不为",真正的圣人应该"为无为,事无事,味无味"(六十三)。庄子对此进一步发挥,认为摒弃人的知识,去除个人的偏执,对万事万物的差异采取相对主义的"齐物"观念,消解一切理性权威,对生活采取自然主义的"顺情"态度,摆脱一切外在枷锁的束缚,因为理智是有限的,圣贤的思想也只是一隅之见,而天下万事万物各有其不可,就连泥块也有其"道"。在他看来,只有能够"乘天地之正,御六气之辩"之至人、神人、圣人才能做到"顺物",因而标举这种人格为其最高的价值标准。道教在汉代的形成进一步把这种人格演化为"神仙",进一步强化了这种超尘脱俗的人格理想。正是在崇尚生命、追求精神超越、摒弃理性而超越世俗这一点上,佛教思想与道家思想有着惊人的一致性。正如葛兆光所论,在魏晋时期,"过去作为人生格言和思辨片断的道家玄思经过三世纪玄学的提炼,已经初步具备了一种形而上的哲理系统,而它的形而上学的内容,由于其最接近佛教,所以成了最初理解佛教的语境"[3]。如《后汉书·郊祀志》所谓佛教"以虚无为宗",就是用老庄学说的核心语词"虚无"指代佛教思

---

[1] 《慎子》,守山阁丛书本,第13页。
[2] 杨伯峻:《列子集释·卷第七杨朱篇》,中华书局,1979年,第220页。
[3] 葛兆光:《中国思想史(第一卷)——七世纪前中国的知识、思想与信仰世界》,复旦大学出版社,1998年,第531页。

想的"空"的概念。陈寅恪和钱锺书也指出过魏晋时期以"道"来理解佛教的"菩提",以"无"来指代"空"、用"无待"来代替"涅槃"等事实[1],诸如此类的例子在现存的佛教典籍中所在皆是[2]。由于道家思想和佛教思想都强调崇尚生命、追求精神超越和超越世俗的理想境界,而这种理想境界的每一种构成因素都是富有理想化色彩的,引人遐想的,富有诗意的。

然而,以老庄思想为基础的玄学并非直接转化成为中国诗学的理论基础,而是经过了一个从哲学向诗学过渡的中间形态,那就是人物品藻之学和言意之辨。虽然人物品评在中国起源很早,至少在春秋战国时代就已经非常盛行,如孔子对其弟子的评价在《论语》中俯拾皆是,但是作为一种专门的人物品藻之学则是从东汉的郭泰开始的[3]。不过,郭泰的人物品评所依据的标准仍然是儒家的道德伦理观念。魏晋时期的人物品藻的标准却已经转变为玄学的注重生命本体的真率自然,显示出与儒家道德伦理截然相反的价值取向。章太炎认为:"会去易代兴废之间,高朗而不降志者,皆佯狂远人。礼法侵微,则持论又变其始。嵇康、阮籍之伦,极于非尧、舜,薄汤、武,载其厌世,至导引术神仙,而皆崇法老庄,玄言自此作矣。"[4]魏晋名士对儒家伦理极端蔑

---

[1] 陈寅恪:《支愍度学说考》,《金明馆丛稿二编》,上海古籍出版社,1980年版;钱锺书:《管锥编》第4册,中华书局,1979年,第1261页、第1262页。
[2] 葛兆光:《中国思想史(第一卷)——七世纪前中国的知识、思想与信仰世界》,复旦大学出版社,1998年,第531页。
[3] 陈寅恪:《逍遥游向郭义及支遁义探源》,《金明馆丛稿二编》,上海古籍出版社,1980年。
[4] 章太炎:《訄书·学变》,《章太炎全集·訄书》(重订本)第3册,上海人民出版社,1982年。

视,支遁就把追随郑玄儒家经学之徒看作"脏灰袋",在他们的眼中,儒家的道德伦理是虚假的、肮脏的,而只有才性和情感才是自然本真的。当时的玄学家何晏和王弼是主性论者,其所标举的"性",已经不是儒家的伦理规范,而是指人的自然本性。何晏在其《论语集解》中注"夫子之言性"时说,"性者,人之所受以生也"[1],即人的性情是生而具有的自然本性,因此,"凡人任情,喜怒违例;颜渊任道,怒不过分。迁者,移也,怒当其理,不移易也"[2]。嵇康以"本之自然之性"为"人之真性",郭象谓"物各有性,性各有极""天性所受,各有本分,不可逃,亦不可加",这些观念都是提倡人的自然情性的典范。

因此,魏晋士人对出于自然的本真行为和个性极为推崇。《世说新语·品藻》:"孙兴公(绰)、许玄度(询)皆一时名流,或重许高情而鄙孙秽行,或爱孙才藻而无取于许。"[3] 即使有"秽行",也不会影响人们对孙绰才藻的欣赏。对"才藻"和"高情"的推重,正是魏晋时期崇尚个性的结果。也正是在这种人物品藻之中,产生了许多审美范畴。当时人形容夏侯太初是"朗朗如日月之入怀",形容李安国是"颓唐如玉山之将崩";魏明帝(曹叡)让小舅子毛曾和夏侯玄坐在一起,当时人就说是"蒹葭倚玉树";人们赞叹裴楷"如玉山上行,光彩照人",形容王羲之是"飘如游云,矫若惊龙",赞王恭是"濯濯如春月柳"[4]。这种对人物个性和容止的品评对中国审美诗学的诗人论和风格论有着重大影

---

[1] 何晏集解,皇侃义疏:《论语集解义疏》第4册,商务印书馆,1937年,第1382页。
[2] 同上,第1410页。
[3] [南朝]刘义庆:《世说新语·品藻》,杨勇校笺:《世说新语校笺》第2册,中华书局,2019年,第547页。
[4] [南朝]刘义庆:《世说新语·容止》,杨勇校笺:《世说新语校笺》第3册,中华书局,2019年,第650页。

响。鉴于此，著名美学家宗白华先生深有感触地指出："中国美学竟是出发于'人物品藻'之美学。美的概念、范畴、形容词，发源于人格美的评赏。"[1] 不但魏晋的人物品藻之学为中国美学创造了许多美的概念、范畴和形容词，而且这种借物拟喻来品评人物的方式在后来的中国诗学中也成为普遍现象。如当时钟嵘的《诗品》就受到这种思维方式的影响。《诗品·总论》在阐述其品第标准时写道："昔九品论人，七略裁士，校以宾实，诚多未值。至若诗之为技，校尔可知，以类推之，殆均博弈。"可见，其品第之法得益于魏晋人物品藻之学的启发。

魏晋玄学继承了老庄哲学拒斥礼法观念和政治功利、崇尚自然性情的传统，其思想观念与现实拉开了一段距离。此期的诗学家再不像儒家诗学家那样执着于伦理本位等功利目的，而是能够站在比较超脱的审美立场来观照诗学现象，同时，确立以其所崇尚的生命本真和自然性情、追求精神超越的价值向度作为评价诗学现象的标尺，树立了与儒家诗学截然相反的感性审美立场。可以说，所有的儒家诗学范畴几乎都与其所主张的伦理道德有着一定的联系，如主张诗歌要"乐而不淫，哀而不伤"，诗的功能可以是"兴""观""群""怨"，但必须归结到"迩之事父，远之事君"。而魏晋诗学则提倡一切都着眼于自然本性、生命价值及精神超越，诗学的审美观照置换了伦理的价值判断。在这一点上，魏晋时期的诗学价值取向是其人物品藻之学在审美领域的进一步拓展。

这些诗学观念的转变不但在魏晋诗学中表现得极为明显，而且对之后的整个中国诗学都有着深远的影响。最显明的表现是，中国传统

---

[1] 宗白华：《论〈世说新语〉与晋人的美》，《艺境》，北京大学出版社，1987年，第126页。

第四章 从"诗味"到"诗美":中国传统诗美观念之现代转型与西方美学

诗学中的许多诗学价值评判用语均来自魏晋人物品藻的词汇或以相似的思维方式创造的形容词。钟嵘《诗品》说陆机诗"文温以丽,意悲而远";说曹植诗"骨气奇高,词采华茂;情兼雅怨,体披文质,粲溢今古";说刘桢"真骨凌霜,高风跨俗";说王粲"文秀而质羸";说陆机"才高辞赡,举体华美";说潘岳诗"翩翩然如翔禽之有羽毛";说陶潜诗"文体省净,殆无长语。笃意真古,辞兴婉惬"。刘勰的《文心雕龙·明诗》也说张衡的《怨篇》"清典可味":"若夫四言正体,以雅润为本;五言流调,则清丽居宗,华实异用,唯才所安。故平子得其雅,叔夜含其润,茂先凝其清,景阳振其丽。"[1] 诸如此类品评诗歌的形容词均为魏晋前诗评中所无,是从魏晋人物品藻的风气中引入诗歌批评的。这种以形容词和借物拟喻来品评诗歌风格的方式,自魏晋刘勰、钟嵘之后逐渐形成为一种源远流长的诗学传统,如后世的《诗品》《诗格》《诗式》之类的著作中就经常有这种形式的诗歌评论。隋唐时代的《文笔式》"论体":"凡制作之士,祖述多门,人心不同,文体各异。较而言之,有博雅焉,有清典焉,有绮艳焉,有宏壮焉,有要约焉,有切至焉。"[2] 这种风格论显然得益于魏晋时期的人物评论。除此之外,魏晋时期许多品评人物的概念如"风神""风气""生气"等,逐渐渗入诗歌评论中,特别是许多对政治人物的评语,如"骨""气""精""血"等成为后世中国心理诗学的基本范畴。清代诗学仍然沿用诸如此类的词语和概念,如清人刘熙载的《诗概》云:"梅、苏并称。梅诗幽淡极矣,

---

1 参见周振甫:《文心雕龙今译》,中华书局,1986年,第62页。
2 张伯伟编:《全唐五代诗格校考》,陕西人民教育出版社,1996年,第55页。

然幽中有隽，淡中有旨；子美雄快，今人见便击节。"[1] "太白长于风，少陵长于骨，昌黎长于质，东坡长于趣。"[2]《诗概》论诗境时说"花鸟缠绵，云雷奋发，弦泉幽咽，雪月空明：诗不出此四境"[3]。

"言意之辨"是魏晋玄学对中国诗学产生影响的另一种重要方式，其理论渊源最早可以追溯到孔子和老庄的言意观念。孔子注重人世伦常，把伦理道德提升到语言之上，在他看来，语言是为了现实功用目的而设的："不学《诗》，无以言。"[4] 意即如果不学《诗》，就不能进行国与国之间的政治交往活动，因为在春秋时代，"引《诗》明志"是当时最重要的外交手段，如果不能熟读成诵，当然就无法与对方交流。这是从"用言"(《诗》)的角度来说的，那么，就"立言"而言，孔子则强调"有德者必有言，有言者未必有德"[5]。孔子仍然是把伦理范畴的"德"的价值放在"言"的价值之上。正因如此，所以，《左传》才有"皇天无亲，惟德是辅"[6] "太上有立德，其次有立功，再次有立言"[7]之论，把伦理道德和世间功业放在了"立言"之上。但孔子并不是不重视"言"，在强调"言"的实际功用的范围内，他对"言"也是非常重视的。《左传·襄公二十五年》："仲尼曰：《志》有之：'言以足志，文以足言。'不言，谁知其志？言之无文，行而不远。"[8] "言"即言辞，"文"即文采。在孔子

---

[1] 刘熙载：《诗概》，郭绍虞编选、富寿荪校点：《清诗话续编（下）》，上海古籍出版社，1983年，第2431页。

[2] 同上，第2432页。

[3] 同上，第2447页。

[4] 《论语·季氏第十五》，[清] 刘宝楠：《论语正义（下）》，中华书局，1990年。

[5] 《论语·宪问》，[清] 刘宝楠：《论语正义（下）》，中华书局，1990年。

[6] 《左传·僖公五年》，[清] 阮元校刻：《十三经注疏（下册）》，中华书局，1980年。

[7] 《左传·襄公二十四年》，[清] 阮元校刻：《十三经注疏（下册）》，中华书局，1980年。

[8] 同上。

看来，"言"是用来表达志向的，如果"言"有文采则能使"言"更好地表达志向；否则，志向就不能很好地表达，因为没有文采，"言"就不能传播得很远。这里，"志"并非是带有主体情感的观念，而是以上所说的"立德"和"立功"之志。孔子所谓的"言"则是表达这种思想的载体，而其所谓的"文"则是更好地表达这种志向的一种修辞手段。因此，如果用一个现代术语表达的话，则可以称孔子的"言意之辨"是局限在工具理性范围之内的，即从本质上说，"言"只是表达其伦理道德及事功的工具而已。

《易传·系辞上》托孔子之名，阐述了言、象、意之间的关系："子曰：'圣人立象以尽意，设卦以尽情伪，系辞焉以尽其言。'"[1]《周易·系辞上》认为"言不尽意"，圣人却能够"立象以尽意"，只是要通过主体意念的介入，或者以文采修饰"言"，或者"立象"。可见，孔子的"言以足志"也好，"立象以尽意"也罢，在孔子的观念中"志"或"意"是能够表述的。

道家则不然。与其"无为"思想相联系，老子对语言表达能力的估价并不乐观："道可道，非常道；名可名，非常名。"[2] 在老子看来，语言的表达功能并非万能的，对于"惟恍惟惚"的"道之为物"的过程则难以表达，因为"道"本身就是不可"道"的。庄子则对此做了更进一步的表述，《庄子·天道篇》云："语之所贵者意也，意有所随。意之所随者，不可以言传也。"[3] 老子之所谓"道"，为万物存在的根源，也就是

---

1 《易传·系辞》，[宋] 朱熹注：《新刊四书五经·周易本义》，中国书店，1994年，第116页。
2 陈鼓应：《老子注译及评介》，中华书局，1984年，第62页。
3 郭庆藩辑：《庄子集释》第2册，中华书局，1961年，第488页。

庄子所谓"意之所随者"。在庄子的思想中，本体论的"道"（意之所随者）大致指"自然规律"之类的客观的"物"的范畴，即"天道"，与老子的"道"意近。如果说孔子的"言以足志"中，以"言"足"志"的表达过程实际上已经涉及到言、意、物三者之间的互动关系。那么，在庄子的言意观念中，言、意、物三种对象及其互动关系则更为明显。庄子认为，在言、意层面是"言者所以在意，得意而忘言"[1]，也就是说，"言"只是表达"意"的方式或途径，而在言、物（道）的层面则是"不可以言传也"。这显然继承并超越了老子"道可道，非常道"的言意观。在老庄看来，自然本真的"道"是"言"所难以企及的。他们的言意观念衍变为魏晋时代的"言意之辨"。

魏晋时期的"言意之辨"实际上不单纯是哲学问题，当时文史哲浑然一体综合贯通的特征决定了其涵盖面之深广，可以说它囊括了一切认识方式和言说方式。魏晋"言意之辨"中最著名的人物是荀粲和王弼，其观点的展开大致循孔子、《周易》和老庄有关言意关系的思路。荀粲持老庄之说，认为："盖理之微者，非物象之所举也。今称立象以尽意，此非通于意外者也；系辞焉以尽言，此非言乎系表者也。"[2]因此，他赞成庄子的"糟粕"说，认为"六籍虽存，固圣人之糠秕"[3]。而王弼则继承了《周易》的"立象以尽意"之说和《庄子·外物篇》的"得意忘言"之论，认为："夫象者，出意者也。言者，明象者也。尽意莫若

---

[1] 郭庆藩辑：《庄子集释》第2册，中华书局，1961年，第488页。
[2] 荀粲：《言不尽意论》，郁沅、张明高编选：《魏晋南北朝文论选》，人民文学出版社，1996年，第70页。
[3] 同上。

第四章 从"诗味"到"诗美"：中国传统诗美观念之现代转型与西方美学 | 157

象，尽象莫若言。"[1] 王弼的《周易略例》是对《周易》的阐释，显然承袭了《周易》的言意观念，即"言"不能直接表达"意"，而要通过"立象"才能"尽意"，但是，言和象均是手段。汤用彤先生认为王弼的"言意之辨"表面上似乎试图调和儒道两家的思想，实际上是其抑孔儒而扬老庄的一种手段[2]。

无论如何，"言意之辨"都牵涉到言、意、物之间的互动关系及这种互动关系的实现程度。如果用现代的理论来来观照的话，那么，这种互动关系还可以进一步扩展，言、意、象（物）之间的关系其实就相当于今天的文本（言）、主体意念（意）、意象（象），其实它们之间还包含着客观世界（物）。正是这种与文学表现结构相似的机制为"言意之辨"论进入文学领域提供了可能性。同时，其关于"言尽意"与"言不尽意"的论述也创设了中国诗学"含蓄"论的理论预设。

最先把"言意之辨"引入文学理论的是晋代的陆机，陆机与著名玄学家欧阳建同时代，欧阳建曾写过《言尽意论》，这表明魏晋时期的"言意之辨"已经同时在哲学和文学理论两个领域延伸。《文赋》中写道："恒患意不称物，文不逮意，盖非知之难，能之难也。"[3] 其后的刘勰也认为："言不尽意，圣人所难。"[4] 这里的"文"相当于"言"，也就是现在所说的文本。郭绍虞先生认为这里的"意"有三种解释：第一种是"意义之意"；第二种是指"通过构思所形成的意"；第三种是

1　王弼：《周易略例·明象》，《学津讨原》第 1 集，琴川张氏藏本。
2　汤用彤：《魏晋玄学论稿·言意之辨》，《汤用彤学术论文集》，中华书局，1983 年。
3　陆机：《文赋》，郁沅、张明高编选：《魏晋南北朝文论选》，人民文学出版社，1996 年，第 146 页。
4　参见周振甫：《文心雕龙今译》，中华书局，1986 年，第 457 页。

"指结合思想倾向性的意,当然这也是所谓的思想内容,但似乎更重在作品所起的作用,因为这是可以看出作者的思想倾向的"[1]。陈良运先生则把三者归结为文外之意和文内之意。但是无论是文外意,还是文内意,都可以称为作者的意念。这里的"物"也就是客观外物及其事理,或统称客观世界。因此,我们把陆、刘二人的论述归结为言、意、物的互动关系是大致不错的。陆、刘二人的论述,表明文学运思及写作同哲学一样,也存在言、意、物的互动关系。特别值得注意的是,他们意识到了文本(言)、作家意念(意)、客观世界(物)三者的互动关系中存在着间隙,简称言、意、物之间的间隙。那么,什么是言、意、物之间的间隙呢?

任何文学文本的意义向度均导源于由言、意、物的互动关系所产生的间隙。乔纳森·卡勒在《结构主义诗学》一书中论道:"热奈特从普鲁斯特的作品中发现了一种双重的符号学批评:一方面,我们看到符号永远无法与其指喻物吻合(所指之处与词语在说话者心目中引起的想象永远不是一回事);另一方面,能指移向所指的过程势必受到种种迂回曲折的歧义的干扰。但是,作为符号活动的艺术作品,会把两种形式的错位作为自己需要解决的问题,把这两种间隙作为文学探索的空间,从而使错位得到补偿。"[2]卡勒独具慧眼地指出了文本(符号)意义与其所表现的作家意念和客观现实之间由于错位而导致的两种间隙,并且指明创作主体的中介作用就是控制或主观能动地调节因那种错位而引起的意义间隙。在我看来,文本、作家意念、

---

1 郭绍虞:《照隅室古典文学论集(下编)》,上海古籍出版社,1983年,第140—142页。
2 [美]乔纳森·卡勒:《结构主义诗学》,盛宁译,中国社会科学出版社,1991年,第163页。

客观现实三者互动关系中存在的间隙大致有两种情形：一部分间隙是绝对的如卡勒所说的永远存在的文本与所指间的错位而造成的意义间隙；一种情形是由于创作主体艺术手法的运用特意设置的三者互动关系间的间隙。前者是创作主体无法完全控制的，而后者则是作家审美观念和艺术水平的具体显现，作家是能够尽力控制的。正是由于这两种间隙的存在使得文本具有了多向度意义的可能。这两种间隙承载的意义是文本意义的自然延伸，是潜在的隐性意义。正是这种潜在的隐性意义决定着文本的表意空间和审美意蕴。所谓控制与调节言、意、物三者关系的方法，也就是艺术表现方法和表现手段。几乎所有的中国诗学理论都涉及了这一点。刘勰《文心雕龙》的许多篇章都是围绕这个问题进行阐述的，如《熔裁》："善删者字去而意留，善敷者辞殊而意显。"[1] 其实，删字、敷辞也就是设置文本言、意、物之间的关系，能够以尽可能少的字词，表现尽可能深厚的意蕴，从而增强文本的审美张力，达到含蓄蕴藉的审美效果。值得注意的是，中国诗学中的"意象"理论、"意境"理论，以及与"味"相关的"滋味"论、"神韵"论、"格调"论等都或多或少地受到这种理论的潜在影响。

杨乃乔在其博士后论文中指出，儒家诗学重于"立言"，道家诗学重于"立意"[2]。如果单纯从语言论的层面，并就道家诗学而言，这种观点的确指出了儒道两种诗学在言意观念上的巨大差异。但是，仅仅在言意观念上来看儒、道诗学，是难以弄清其真正差异的。因为，儒、

---

1 参见周振甫：《文心雕龙今译》，中华书局，1986年，第296页。
2 杨乃乔：《悖立与整合——东方儒道诗学与西方诗学的本体论、语言论比较》，文化艺术出版社，1998年，第306页。

道诗学在言意观念上的差异之深刻根源仍然在二者的价值取向上。其实，"言"在儒、道两家的整体价值观念中均未占最重要的地位。儒家的价值序位是德、功、言，道家的价值序位是自然（道）、意、言；儒家出于功利目的而轻视"言"，道家则是出于超功利目的而超越"言"。正是在这一意义上，儒、道两家诗学在言意观念上产生了分别。儒家重视"言"，道家更看重于"言"背后的意。实际上儒、道两家诗学都是重视"言"的，只不过各自偏重于"言"的一个层面：儒家诗学偏重的是"言"的能指，道家诗学则看重于"言"的所指。因此，如果我们把由言、意、物的关系看成是文本、主体意念、客观世界所构成的互动关系的话，儒家诗学在三者的关系中强调的是"言"与意、物之间的间隙要小，而道家诗学则强调"言"能够达意，看重的是"言"所表现的生命体悟和审美精神。因此，由不同的价值取向和言意观念所产生的两种诗学形态，也就有了明显的区别。

可以说，正是在这种言意观念上显示出了道家诗学的特质。道家在言、意、物之间的互动关系中，强调的是"意"，而"言"只是达意的一种手段而已。那么，道家是怎么处理这种关系的呢？首先，在意、物的互动关系层面，道家强调的是泯合为一，没有间隙。庄子在谈到全身避害的养生之道时，提供了这样一条"道"：心斋坐忘（不动心）——游心于物（游心）——天乐（乐心）。依庄子之见，人之有害全在于有"心"，心因内在之欲和外在之利而动、而苦，一旦对所有这一切不动心，痛苦就会随之消失。如何才能不动心呢？心斋与坐忘。经心斋坐忘便可达到"心如死灰，形同枯槁"的不动心之境。庄子的"不动心"是戒除外在之利与内在之欲的一种方法，一种境界，只要达到了这种境界，就可以"游心"，自由自在地悠游于天地万物之间，从

第四章 从"诗味"到"诗美"：中国传统诗美观念之现代转型与西方美学

而达到与天地万物泯合为一，此之谓"天乐"[1]。庄子的这种养生哲学体现出的言、意、物之间的互动关系就是意与物是泯合为一的，庄子的"物"是"天地万物"，其关心的是"游心"，而不是"欲"和"利"。这种超越世俗实在、充满理想化色彩的"游心"观念演化为道家诗学的一种基本思维理路，那就是强调主体意念与客观世界的审美关系而非利欲关系，突出的是审美主体在文本创造中的主体地位，但是，这种突出是通过设置适当的"言"来表现的，从而使得"言"简而有含蓄不尽之意。

这种言意关系在"意象"理论、"意境"理论，以及与"味"相关的"滋味"论、"神韵"论、"格调"论中进一步演化为"言、情、景"的关系，并在"言、情、景"的互动关系中构筑诗歌的审美空间。唐王昌龄的《诗格》有言："诗有三境：一曰物境，欲为山水诗，则张泉石云峰之境，极丽绝秀者，神之于心，处身于境，视境于心，莹然掌中，然后用思，了然境象，故得形似。二曰情境，娱乐愁怨，皆张于意，而处于身，然后驰思，深得其情。三曰意境，亦张之于意，而思之于心，则得其真矣。"[2] 在王昌龄看来，创作主体在构筑不同"意境"时需要用不同的方式来处理言、意、物之间的关系，"物境""情境""意境"这三种不同境界的构筑需要有不同程度的"主体意念"介入。从物境到情境，再到意境，创作主体意念的介入越来越深，那么，其境界的审美价值也越来越高。从本质上来说，所谓的诗歌文本的审美蕴含主要来自主体意念的介入程度。刘勰的《文心雕龙·隐秀》专门讨论了这个问题：

---

1 余虹：《中国文论与西方诗学》，生活·读书·新知三联书店，1999年，第86页。
2 王昌龄：《诗格》，张伯伟编：《全唐五代诗格校考》，陕西人民教育出版社，1996年，第149页。

夫心术之动远矣，文情之变深矣！源奥而派生，根盛而颖峻；是以文之英蕤，有"秀"有"隐"。"隐"也者，文外之重旨者也；"秀"也者，篇中之独拔者也。"隐"以复意为工，"秀"以卓绝为巧；斯乃旧章之懿绩，才情之嘉会也。夫"隐"之为体，义主文外，秘响旁通，伏采潜发；譬爻象之变互体，川渎之韫珠玉也。故互体变爻，而化成"四象"；珠玉潜水，而澜表方圆。始正而末奇，内明而外润，使玩之者无穷，味之者不厌矣。彼波起辞间，是谓之"秀"。[1]

主体意念的介入程度将直接关系到文本意义向度的"隐"与"秀"。所谓"隐"，就是除文本表面意义之外，还有更为深厚的隐含意义；所谓"秀"，就是意义集中而显明。"隐"与"秀"互为表里，构成文本的意义向度。那么，创作主体该如何写出这种文本呢？就是要在立意、造言、观物等方面来进行精雕细刻的策划，但创作主体的意念的介入一定是经过沉淀的经验，是自然而然地进入文本的，所谓的"隐""秀"也是自然巧妙地会合在一起，因而同时也是一种和谐的美。这种"隐""秀"的内涵以各种各样的形式存在于后世的诗学理论中。言意关系在钟嵘的《诗品》中则以"味"的理论形态存在。

总之，道家诗学的理论基础虽然与老庄思想有着密切的关系，但并不是先秦时代的老庄思想，而是经过汉代谶纬之学及后来的佛教思想影响的庄禅玄学。魏晋玄学思想通过人物品藻和言意之辨向诗学转化，从而形成中国的审美诗学。六朝时期的《文心雕龙》的某些审

---

[1] 参见周振甫：《文心雕龙今译》，中华书局，1986年，第296页。

美思想和钟嵘《诗品》"滋味"论的产生,标志着中国审美主义诗学的形成。

第二节 中国传统审美主义诗学的"诗味"论

如果从审美主义视角考察中国古代审美观念,那么,"味"论诗学无疑是中国古代独具特色的诗歌审美理论。中国历史上出现了诸多"味"论审美理论,这些"味"论审美理论由"味"这一范畴衍生出许多相关的审美概念,从而构成各种"味"论审美理论体系。"味"论诗学则是中国"味"论审美理论体系的重要组成部分,就诗学而言,"味"论诗学可以说是中国古代诗歌审美观念的集中体现。"味"不仅是中国古代重要的美学范畴,更是独具民族特色的诗学范畴。在中国古代诗学中,以"味"论诗、评诗蔚然成风,各种各样的"味"论诗学理论构成了中国古代诗学史的一道独特风景。"味"论诗学理论的发生、发展虽然受到外来文化的影响,但这些异域文化仅仅是影响中国"味"论诗学的细微因素。中国文化不但孕育出"味"论诗学理论,而且吸收并融化了异域文化的某些因素,从而使得"味"论诗学理论更加富有生命力和魅力。"味"论诗学的核心范畴就是"诗味",因此,从审美主义立场来说,"诗味"范畴表征着中国传统诗学独特的诗歌审美观念。

那么,为什么说"诗味"是中国传统诗学一个最重要的审美观念呢?

首先是因为"诗味"论是中国特有的诗歌理论,是中国本土文化在历史长河中孕育出来的一朵奇葩。

汉字"诗"和"味"在中国文字史中很早就有。据学者考证,流传至今的甲骨文不见今天的"诗"字,但有"诗"字所从之"寺"字。"寺"

字在甲骨文里作国名，就是金文和《春秋经传》里的寺（邿）国，在《公羊传》和《汉书·地理志》里却叫作诗国。可见，古时"寺""诗"二字曾通用过，"寺"可能是"诗"之初文。金文里的"诗"字从"口"与"寺"却不从"言"，被后人误释作"时"字。其实"诗"字左边早期从"口"，正如"詠"字的初文是"咏"[1]。今人饶宗颐的《诗言志再辨——以郭店楚简资料为中心》一文进一步考证了"诗"的六种异体形式：寺、邿、诗、旹、侍、塒[2]，由此可证，"诗"的初文是"寺"。在先秦时代，这种后起字与初文通用的现象是当时汉语言文字发展期的一个常见现象。中国最早的史传著作常见"寺人"一词，如《左传》僖公五年、二十四年、襄公二十六年及《国语·晋语二》中，都有"寺人披"参与当时政治军事行动的记载。《诗·小雅·巷伯》有"寺人孟子，作为此诗，凡百君子，敬而听之"之句。朱熹注《诗·秦风·车邻》"未见君子，寺人之令"句之"寺人"曰"内小臣也"，有司守宫门之责。今人叶舒宪以充足证据证明，上古时代所谓的"寺人"既是主持祭礼的掌坛者，又是宫廷中被阉割过的内官[3]。可见，当时的"寺人"一职地位较低，但其规谏君王的"巧言"或主持祭礼所吟诵的祷告词（《诗》中的《周颂》《鲁颂》《商颂》之类）就称为"寺人之言"，亦即后来的"诗"[4]。但是，"汉语中'诗'概念与'谣'、'歌'等有不同来源。它最初并非泛指有韵之文体，而是专指祭政合一时代主祭者所歌颂之'言'，即寺人

---

1 周策纵：《诗：志之所趋》，《弃园文粹》，上海文艺出版社，1997年，第205页。
2 饶宗颐：《诗言志再辨——以郭店楚简资料为中心》，武汉大学中国文化研究院编：《郭店楚简国际学术研讨会论文集》，湖北人民文学出版社，2000年，第11页。
3 叶舒宪：《"诗言寺"辨——中国阉割文化索源》，《文艺研究》，1994年第2期。
4 陈良运：《中国诗学批评史》，江西人民出版社，1995年，第2—3页。

之颂祷之词。虽然《诗经》中风、雅、颂才最切近'诗'概念的本义。雅有'正'义，亦可勉强称'诗'；而风则源于民间歌谣，本与'诗'无关。只是到了'诗'从寺人的专利推广为世人所普遍精神财富之际，也就是谣、歌等民俗性的韵文概念与官方正宗性诗概念之间的原始界限（即圣与谷的界限）被打破以后，风才得以与颂、雅并列，共同称之为'诗'"[1]。可见，中国古代关于"诗"的观念在出现"诗"字前就已存在，而"诗"字的出现至迟在商周之际。

汉语"味"字的产生也很早。汉语"味"字的初文是"未"。"未"字在甲骨文和金文中非常常见，如"![字]"（后上·一〇·五）、"![字]"（存二七三四）、"![字]"（甲二二六二）、"![字]"（利簋）、"![字]"（守簋）等。《说文解字·未部》："未，味也，六月滋味也。"段玉裁注："《史记·律书》曰：'未者，言万物皆成，有滋味也。'许说与《史记》同。"马王堆汉墓出土的帛书《老子》甲本《德经》有"为无为，事无事，味无未"，而通用之今本《老子》却作"为无为，事无事，味无味"。到春秋以后"味"字已经极为普遍，但味、未仍然出现过通用情况，这表明"未"字原有的关于"滋味"的概念已为后起的"味"字所取代。综上所述，中国关于"味"的观念至少是在"未"字出现之前就已经存在，"未"字产生之时，中国古代关于"味"的观念已经非常明确并且已经定型。

汉字"诗"和"味"在中国文字中出现，说明其所指称的观念也已经定型。可见，早在商周时代，中国古人已经有了"诗""味"的概念。不过，在当时，它们之间并没有什么关联，它们之间的关联是后来的事。相反，"味"与"美"的关联却出现得非常早。美，甲骨文作

---

[1] 叶舒宪：《"诗言寺"辨——中国阉割文化索源》，《文艺研究》，1994年第2期。

"❦"(一期,《乙》五三二七)、"❦"(一期,《乙》三四一五)、"❦"(一期,《京》二八五四)、"❦"(三期,《戬》三七·八)。"美"字在甲骨文中的出现,说明在"诗""味"观念产生之时,中国古人就有了"美"的观念。《说文解字》四上曰:"美,甘也,从羊从大,羊在六畜主给膳也,美与善同意。"清段玉裁《说文解字注》中对"美,甘也"注云:"甘部曰:美也。甘者,五味之一,而五味之美皆曰甘。引申之,凡好皆谓之美。"又注"羊在六畜主给膳也"句云:"周礼善用六牲,始养之曰六畜,将用之曰六牲,马、牛、羊、豕、犬、鸡也。膳之言善也,羊者祥也,故美从羊,此说从羊之意。"在《说文解字》中,"甘""美"可以互训,"美""善"也可以互训。这说明"美"字有"甘"的含义,同时表明"以味为美"的观念在"美"字产生之时就已经存在,到许慎所处的东汉时代已经成为共识。今人林乃燊认为,"甲骨文'❦'(美)字是火烤羊羔(或称烤全羊)。从字源上来说,味蕾美学是中国美学的第一枝花"[1]。这与许慎的观点稍异,但二者关于"美"字含义的阐释却是一致的。季羡林先生和日本学者笠原仲二对中国早期文献中出现的"美"字及其相关字眼进行字源考释之后一致认为,中国最初的"美"字也指味觉的快感。因此,他们得出结论:中国原始的审美意识或美的观念始于味觉美[2]。美国学者欧阳桢则在对中西诗学的代表性著作中涉及感觉描述的词语进行分析的基础上也得出相似的结论,他认为,在西方文学批评里涉及感觉的词语出现频率由高到低依次为视、听、触、味、嗅,而在中国文学批评里则把描述嗅觉和味觉的词语置于突出的地

---

1 林乃燊:《中国饮食文化》,上海人民出版社,1987年,第52页。
2 参见季羡林:《美学的根本转型》,《文学评论》,1997年第5期;[日]笠原仲二:《古代中国人的美意识》,魏常海译,北京大学出版社,1987年,第16页。

位[1]。这都可以证明中国原始审美意识中"味"与"美"的密切联系。

然而，在中国原始文化中，"味"和"美"的意识基本上是出于生理的物质需要，这也是人类初级阶段物质生活极为贫乏的状态下的原始的审美意识。而这种原始的审美意识演化成为自觉的审美观念，则必须要在物质生产发展得较为充分，人们能够以审美的态度来看待周围事物之后。因此，"以味为美"的观念超越物质层次而上升到精神层面，存在一个发展的历史过程。商周时代钟鼎器皿的出现预示着精神层面的审美观念的发展。就今天有文字可考的历史而言，春秋战国时代是中国古代"味"论审美理论的高度发展阶段。先秦诸子，对"味"的论述比比皆是，或以"味"论事，或以"味"明德，或以"味"品评人格性情，或以"味"品乐。《孟子·告子》："口之于味也，有同嗜焉；耳之于声也，有同听焉；目之于色也，有同美焉。至于心，独无所同乎？……故理义之悦我心，犹刍豢之悦我口。"孟子对味、声、色的论述，主要在说明"理义"等圣人之道。《荀子·正名》里讲"形体色理，以目异；声音清浊、调竽奇声，以耳异；甘、苦、咸、淡、辛、酸、奇味"等，最终在于说明"故礼者，养也"。这说明先秦诸子论"味"已经超越单纯的物质层面，而带有更多的精神色彩和美感特征。以"味"论乐尤其如此。《左传·昭公二十年》中晏子就明确说"声亦如味"，认为五味调和而成美味，与五声、六律调和而成美的音乐是相通的。《论语·述而》载孔子"在齐闻《韶》，三月不知肉味，曰：'不图为乐之至于斯也'"[2]。之所以先秦诸子把"味"与音乐联系在一起，是因为在他们

---

1 参见宋柏年主编：《中国古典文学在国外》，北京语言学院出版社，1994年，第141页。
2 《论语·述而第七》，[清]刘宝楠：《论语正义（上）》，中华书局，1990年。

看来，声、色、味都是用来修身养性的，只有五味、五声、五色协调和畅，方能"使政通""使人和"，具有持正的性情。《吕氏春秋·孟春纪·本生》说得非常明确："有味于此，口食之必慊，已食之则使人瘖，必弗食。是故圣人之于声、色、滋味也，利于性则取之，害于性则舍之，此全性之道也。"在先秦诸子看来，"齐之以味，济其不及，以泄其过。君子食之，以平其心"[1]。德政、性情乃至音乐与"味"相似，均在于协调和畅，因此，以味喻政、以味养德、以味论乐成为先秦时代一道亮丽的文化风景。但是，值得注意的是，由于汉代以前诗乐是合一的，如《诗经》和《楚辞》都是诗乐合一的艺术，有其诗必有其乐，有其乐也必有其诗，诗的旋律节奏是随着乐的旋律节奏而形成并与之协调一致的，因此，以"味"评乐实质上是间接品评了诗歌的某些因素。汉代则开始有将"味"与"言"联系起来的，如《淮南子·说林训》："至味不慊，至言不文，至乐不笑，至音不叫。"[2] 荀悦《申鉴·杂言上》也说："夫酸咸甘苦不同，嘉味以济谓之和羹；宫商角徵羽不同，嘉音以章谓之和声；臧否损益不同，中正以训谓之和言；趋舍动静不同，雅度以平谓之和行。"[3] 虽然把"味"与"言"相提并论毕竟不是直接以"味"论"言"，但这些"味"论审美观念已经孕育着后来"味"论诗学的胚胎，孕育着由生理快感向精神层面转变的契机。

"味"的本义由单纯的生理感受之"滋味"向品赏音乐的精神愉悦层面的比喻义延伸，与人类的感觉特性有关，其心理基础就是通感。所谓"通感"，就是"视觉、味觉、触觉、嗅觉往往可以彼此打通或交

---

1 《左传·昭公二十年》，《左传》，郭丹译注，中华书局，2016年。
2 《第十七卷 说林训》，《淮南子（下册）》，陈广忠译注，中华书局，2016年。
3 荀悦：《申鉴·杂言上》，《申鉴 中论》，唐宇辰、徐湘霖译注，中华书局，2020年。

通，眼、耳、舌、鼻、身各个官能的领域可以不分界限。颜色似乎有温度，声音似乎有形象，冷暖似乎会有重量，气味似乎会有锋芒"[1]。这种官能相通，就是《列子》所说的："眼如耳，耳如鼻，鼻如口，无不同也，心凝神释，骨肉都融。"[2] 恩格斯则在《自然辩证法》中更加系统深刻地论述了五官感觉能力的质的差异及其内在联系："我们的不同的感官可以给我们提供在质上绝对不同的印象。因此，我们靠着这些视觉、听觉、嗅觉、味觉和触觉而体验到的属性，是绝对不同的。但是就在这里，这些差异也随着研究工作的进步而消失。嗅觉和味觉早已被认为是两种相近的同类的感觉，它们所感知的属性即使不是同一的，也是同类的。视觉和听觉所感知的都是波动。触觉和视觉是如此的相互补充，以致我们往往可以根据某物的外形来预言它在触觉上的性质。"[3] 正是这种感觉相通的特性使得由味觉引起的生理快感，被进一步引申为人的各种感官的综合作用而形成的精神愉悦。于是，"滋味"之"味"，突破了单纯由味觉引发的心理感受而推衍到全身所感到的精神舒畅。相应地，"味"也从由单一感官引起的感觉的本来意义转变为由综合性感觉所产生的比喻义。前者是生理层次上的具体意义，后者则是精神层次上的抽象意义。

因此，中国早期的味觉审美意识、审美观念，以及由通感而形成的"诗""美""味"之间相关联的情形，对于中国诗学具有重要意义，因为这种"以味为美"的观念和"以味评乐"的风气为南朝"味"论诗学，

---

[1] 钱锺书：《通感》，《钱锺书论学文选》第 4 卷，花城出版社，1990 年，第 138 页。
[2] 列御寇：《列子·黄帝》，叶蓓卿译注：《列子》，中华书局，2022 年，第 38 页。
[3] 中共中央马克思恩格斯列宁斯大林著作编译局译：《马克思恩格斯全集》第 20 卷，人民出版社，1971 年，第 576 页。

特别是钟嵘的"滋味"说的产生奠定了坚实的基础。经过东汉至魏晋时期战乱的冲击，儒学的价值体系受到巨大冲击，老庄哲学与东汉时代开始传入的印度佛学相融合，形成魏晋名士的庄禅论辩之风。"越名教而任自然"突现出主体人格的独立，"九品论人，七略裁士"的人物品评之风带有更多审美色彩，这些观念对当时的思维路向和审美思维方式乃至审美观念有着深刻的影响。如王弼《老子道德经注》二十三章《希言自然》就进一步发挥了老子"味无味"的思想："听之不闻名曰希。下章言，道之出言，淡兮其无味，视之不足见，听之不足闻。然则无味不足听之言，乃是自然之至言也。"[1]王弼把视、听、味放在一起阐释，这实际上带有很浓厚的审美主义色彩。魏晋时期的文学观念，由儒家的"诗言志"走向"诗缘情"，情感在文学中的本体论地位和价值获得了真正的普遍认同，审美立场成为文学的观照视点，这就相对淡化了此前的文学功利主义，文学审美意识走向自觉。同时，诗歌创作空前繁荣，丰富的诗歌文本为钟嵘的理论建树提供了依据。正是在此基础之上，陆机、葛洪和刘勰首开南朝以"味"评论诗文的风气。如陆机就曾以"阙大羹之遗味"作比，指陈文少质多、质胜于文之病，言其清虚疏淡，"雅而不艳"，缺少至味。陆机的《文赋》旨在论述创作的特点及其规律，因此，他视"味"为创作之特殊性的一个根本标志，这是诗味说演进过程中的一个重要发展。类似的观点也存在于其他论著中，如葛洪的《抱朴子·勖学》就曾以"虽云味甘，匪和弗美"为喻，说明"味甘"是"美"的基础。刘勰的《文心雕龙》稍早于钟嵘的《诗品》，直接将"味"与文采联系，说"繁采寡情，味之必厌"，取得"动

---

1 [魏]王弼注：《老子道德经注》，楼宇烈校释，中华书局，2011年，第60页。

心悦目"的效果。值得注意的是,刘勰已经使用"滋味"一词,《文心雕龙·声律》篇云:"声画妍媸,寄在吟咏;吟咏滋味,流于字句;字句气力,穷于和韵。"[1]总之,在陆机、葛洪和刘勰笔下,"味"已成为概括作品思想内容、艺术特色及作家风格特点的专用术语,兼有情味、意味、余味、滋味等多种含义。虽然其论述范围兼包各种文体,但无疑为钟嵘专门以"味"论诗着了先鞭。

中国早期的"味"论审美观念、魏晋时期对文学审美意识的确立和时贤以味评论诗文的风气,影响了钟嵘的诗学思维方式,而当时已经存在的丰富的诗歌文本为其"滋味"论的产生奠定了坚实基础。正是这种传统的孕育,使得钟嵘以"味"作为其突进魏晋时代所创作的丰富的诗歌文本的切入点,提出了"味"论诗学,以"滋味"作为品评和衡量诗歌的基本标准。那么,何谓"滋味"?钟嵘在《诗品·总论》中说:"五言居文辞之要,是众作之有滋味者也,故云会于流俗。岂不以指事造形,穷情写物,最为详切者邪!故诗有三义焉:一曰兴,二曰比,三曰赋。文已尽而意有余,兴也;因物喻志,比也;直书其事,寓言写物,赋也。宏斯三义,酌而用之,干之以风力,润之以丹采,使味之者无极,闻之者动心,是诗之至也。若专用比兴,患在意深,意深则词踬。若但用赋体,患在意浮,意浮则文散,嬉成流移,文无止泊,有芜蔓之累矣。"[2]这里值得注意的有两点:其一,钟嵘在此指出,五言诗是"指事造形,穷情写物,最为详切者",因而也是"众作之有滋味者",所以他的《诗品》只论五言诗。其二,所谓"滋味",就是要恰切

---

[1] [南朝梁]刘勰:《文心雕龙·声律》,王运熙、周锋译注:《文心雕龙译注》,上海古籍出版社,2016年。
[2] 钟嵘著、陈延杰注:《诗品注》,人民文学出版社,1961年,第2页。

地运用赋、比、兴三种表现手法，通过主体精神的注入（风力）和词采的修饰（丹采），使得诗作既不"意深"，又不"意浮"，不枝不蔓，含蓄适度。此所谓"滋味"，就诗作本身而言，是一种审美特征；从审美主体与诗作审美关系来看，则是一种审美效果。就前者而言，"滋味"是一个风格论范畴；就后者而言，"滋味"则是一种鉴赏论范畴。钟嵘之所以说永嘉之诗"淡乎寡味"，就是因为缺少"丹采"而"理过其辞"[1]。因此，"诗味"与"风格"既有联系，又有区别。

由以上论述可见，出于生理本能的"味"的观念在中国古人的意识中产生得很早，其"美"的观念虽然与"味"一样都产生在甲骨文时代，却可能在"味"的观念产生之后才出现。因为，中国最初的"美"的观念是起源于对"味"的感受的，"诗"则是中国古人以文字来表情达意，特别是以文字作为祭祀祷词之后才产生的。

"诗味"作为中国传统诗学的一个重要范畴，几乎贯穿了中国整个诗学史。钟嵘之后的中国诗学，使用得最多的描述美感特征的术语均与味觉有关，如"滋味""意味""韵味""趣味""风味""情味""气味""神味""回味"等。以"味"为标准的诗学概念不断衍生，还出现了各种各样的诗味论：唐有司空图的"韵味"说；宋有梅尧臣、欧阳修、苏轼的"平淡有味"说，魏泰、张戒、杨万里、姜夔的"含蓄有味"说，刘将孙的"趣味"说；明有谢榛的"全味"说，陆时雍、朱承爵的"意境致味"说；清有王夫之的"风味"说，王士禛的"神韵"论则是味论诗学的变体。当然，不同时代的诗学家的"味"论诗学之"味"的含义也各不相同，甚至存在很大的差异，但是，其基础却并没有脱离

---

[1] 钟嵘著、陈延杰注：《诗品注》，人民文学出版社，1961年，第1页。

钟嵘的"滋味"说的基本意义,只是在钟嵘味论诗学基础上的进一步发展。

第三节 从"诗味"到"诗美":
中国诗美观念之现代转型与西方美学

一、"诗味"论与"诗美"论:中西诗美观念之分野

由于中国传统"味"论诗学衍生出了一系列"诗味"论范畴,形成了相对完整的"味"论诗学体系,因此,中国传统诗学的主要范畴如"意境""兴会""妙悟""含蓄"等,几乎都受到这种"诗味"观念的影响。钟嵘"滋味"说认为,诗要有"滋味"不但要恰切运用赋、比、兴,而且要注入主体精神("风力")和词采的修饰("丹采"),从而使得诗作既不"意深",又不"意浮",不枝不蔓,含蓄适度。其后的"意境"说同样与诗"味"观念密切相关。朱承爵说:"作诗之妙,全在意境融彻,出音声之外,乃得真味。"[1]即只有在文本的表面意义之外,蕴有言外之意,才能意境融彻,才有"真味"。要达到意境融彻,不但在于作者主体意念的适当介入,而且在于其所运用的调节文本、主体意念及其所要表现的客观世界三者之间的互动关系之策略是否恰切。释皎然的《诗式》中就有"取境"之说:"夫不入虎穴,焉得虎子?取境之时,须至难、至险,始见奇句。成篇之后,观其气貌,有似等闲,不思而得,此高手也。有时意静神王,佳句纵横,若不可遏,宛若神助。"[2]也

---

[1] 朱承爵:《存余堂诗话》,何文焕辑:《历代诗话(下)》,中华书局,1981年,第792页。
[2] [唐]释皎然:《诗式》,何文焕辑:《历代诗话(上)》,中华书局,1981年,第31页。

就是说，"意境"的构筑不但需要创作主体依据不同的情况来决定和控制主体意念的介入方式，而且还需要把握主体意念介入的程度。

"情景关系"则是"言意之辨"的具体表现形态。在把情、景引入诗歌意义空间的构成因素后，言、意、物三者之间的互动关系就更为复杂了。明陆时雍说："情中有景，景外含情。一咏三叹，味之不尽。"[1] 情景关系不但与"意境"有着极为密切的关系，而且，也在一定程度上决定了诗作"诗味"的有无或厚薄。

"诗味"在中国古典诗学中更常见的是鉴赏论意义上的含义。释皎然在《诗式》中说："康乐公《还旧园作》：'偶与张邴合，久欲归东山。'此叙志之忠，是比非用事也。详味可知。"[2] 又说："一字之下，风律外彰，体德内蕴，如车之有毂，众辐归焉。其一十九字，括文章德体，风味尽矣。"[3] 此"味"即"体味"，是鉴赏论上的"味"。宋张戒的《岁寒堂诗话》评苏武等人的古诗，"其情真，其味长，其气胜，视《三百篇》几于无愧，凡以得诗人之本意也"，又说谢灵运等人的诗"大抵句中若无意味，譬之山无烟云，春无草树，岂复可观。阮嗣宗诗，专以意胜，陶渊明诗，专以味胜，曹子建诗，专以韵胜，杜子美诗，专以气胜。然意可学也，味亦可学也，若夫韵有高下，气有强弱，则不可强矣"。在张戒看来，"诗人之工，特在一时情味"[4] 他把"味"跟"意""韵""气"联系在一起，并且认为，对意、味、韵、气的偏重和

---

[1] 陆时雍：《诗境总论》，丁福保辑：《历代诗话续编（下）》，中华书局，1983年，第1416页。

[2] ［唐］释皎然：《诗式》，何文焕辑：《历代诗话（上）》，中华书局，1981年，第30页。

[3] 同上。

[4] 丁福保辑：《历代诗话续编（上）》，中华书局，1983年，第450页。

表现会体现出不同层次的诗歌审美意蕴。

"诗味"这一概念在中国诗学中有着漫长的历史，是中国古典诗学的一个重要范畴。以"味"论诗是中国古典诗学区别于西方诗学的突出特点："西方自古希腊、罗马以来，所谓感官知觉，基本上只限于眼和耳。于是所谓美学也仅限于眼观之美和耳听之美……中国人讲'美'，是从五官中舌这一官讲起，出发点迥乎不同。"[1] 还有学者认为："西方人从古至今不但不以味觉意义的'味'来论诗、评诗，而是用'美''美感''审美'等字眼论诗，并在理论上认为味觉与美、美感无关。中国古人，无论是汉族还是少数民族的诗论家，都以'味'论诗、评诗。"[2] 中国古代并没有"美感""审美"等美学范畴，即使有"美"的概念，其含义与西方也存在着重大差异，且少有以"美"这一术语论诗。然而，在中国古典诗论和诗评中，与"味"有关的术语则比比皆是，如"滋味""意味""韵味""趣味""风味""情味""气味""神味"等，这是西方诗论所没有的。"诗味"是这些诗论、诗评概念的总称。

以现代眼光来看，"诗味"就是诗歌由其艺术品性而激起的美感特征。这种美感特征既可能偏重于诗歌的意蕴内涵如"滋味""意味""趣味""情味""神味"等，也可能偏重于诗歌的形式特征如"韵味"等，在兼顾意蕴与形式这一点上，"诗味"概念对诗歌的美感特征的关注与"诗美"极为相似。"诗味"与"诗美"的区别主要在于"味"与"美"上。"味"作为一个中国特有的美学术语，是中国发达的饮食文化培育出的特殊的审美意识的产物。而西方视觉审美意识特别发达，因此，"美"

---

[1] 季羡林：《美学的根本转型》，《文学评论》，1997年第5期。
[2] 陈应鸾：《"诗味"论之成因试探》，《文艺理论研究》，1995年第1期。

成为西方文化圈内最为突出的审美概念。"诗美"是中国美学受到西方的影响之后出现的一个概念，它适应了中国诗歌现代转型的要求。如果说"诗味"主要着眼于诗歌的味觉和嗅觉所引起的美感特征的话，那么，"诗美"则包括一切感官刺激所引发的美感特征。因为"诗美"中的"美"已经不仅仅是《说文解字》所谓的"美，甘也"，经过历史的衍化，其词义除了含有中国原始的味觉审美之外，同时还扩展到视觉、听觉、触觉等一切感官的审美意识。"诗美"概念在中国诗学语境中的出现，意味着对传统的"诗味"论的超越，在一定程度上既可以突破中国的味觉和嗅觉审美，又能够去除西方对味觉和嗅觉审美的偏见，从而可以在更广泛的意义上，更准确地概括所有诗歌的本质特征。"诗意"或"诗趣"则是专就诗歌意义而言的，对诗歌形式关注不够，它们虽然能表示"诗美"的部分内涵，但基本上处于从属地位。

"诗美""诗味""诗意""诗趣"中的"诗"可能有两种意义指向：既可能指"诗歌"，也可能指"诗性"，即"像诗一般的"，前者是本义，而后者则是引申义。就实际运用而言，那种把"诗美"等同于"诗意""诗味"或"诗趣"的观点也存在着明显的缺陷。因为"诗味""诗意"或"诗趣"在中国文学传统中，基本上只见于论述诗、词、曲、戏剧等作品，而用之于评论除诗、词、曲、戏剧以外的文学作品者甚少。可见在中国传统诗学中，"诗味""诗意"或者"诗趣"中的"诗"主要指的是"诗歌"，而非"诗性"。然而，西方所谓的"诗"不仅指"诗歌"，而且还指"诗性"。我们还可以进一步在中西方对同一个概念——"诗学"的运用范围之不同上，看出中西双方对于"诗"的理解之差异。亚里士多德《诗学》中所表述的"诗"，并不仅仅指"诗歌"，而是包括喜剧、悲剧等体裁的文学作品，这实际上就是亚里士多德时代的文学的总称。正是因为亚里士多德的《诗学》奠定了西方文学理论体系的基础，所以，虽然其后的西方文学已经并不仅仅只是亚氏所指认的几种体裁，但理论家们仍然沿用"诗学"这一概念指称所有的"文学的理论"，即"诗学＝文学理论"。在西方，"诗"是一种大概念，既可以指"诗歌"，又可以指诗歌以外的其他体裁的文学作品，因为，在西方文学理论家看来，所有的文学作品都具有一个共同的特征——"诗性"。

二、从"诗味"论到"诗美"论：中国诗美观念现代转型与西方美学

十九世纪末二十世纪初，西方对"诗"的理解方式也随着各种思潮涌入中国。鲁迅称司马迁的《史记》为"史家之绝唱，无韵之离骚"，意在说明《史记》像诗歌和《离骚》那样具有一定的诗意色彩或诗歌韵味，即具有一定程度的"诗性"。但正因为其为"史家"所写，是一种宏观的历史的叙述，并且"无韵"，所以，虽然它有一定的"诗意"或"诗味"，但却只能是"史"，而不是"诗歌"。特别是某些散文，如庄子的《逍遥游》《秋水》等，其"诗意"或"诗味"是如此浓烈，以至于明代的胡应麟称"三代以上之文，《庄》《列》最近诗"。可是问题在于，"最近诗"，并不就是诗，而只是具有一定的"诗味"。于小说之中，沈从文亦称废名的《桥》是"诗意的小说"，而沈从文本人的小说也"诗意"盎然，"诗味"十足。但是，我们只能称这些散文或小说具有"诗意"或"诗味"，而这里的"诗"也是"诗性"，因为以上非诗体文学作品的"诗意"或者"诗味"主要源于两方面：或者是作品所表现的题材本身具有诗意色彩，或者是作品运用了一些诗歌的表现手段，或者二者兼而有之。而"诗歌"的"诗"则不但要具备这些条件，而且还必须具

有诗的形式,以上各种因素只有在与诗的形式融合并且蕴含诗的美学意味时,才称为诗歌的"诗美""诗味""诗意"或"诗趣"。换言之,鲁迅所谓的"诗美"是为诗歌所独有的"诗歌的美",也就是诗歌的美学特征,这里的"诗美"不能与其他文学作品所具有的"诗性的美"或"诗一样的美"相混淆。

现代美学家对"诗美"的论述更能见出这一点。最典型的例子是闻一多的"三美"理论:"这样一来,我们才觉悟了诗的实力不独包括音乐的美(音节),绘画的美(词藻),并且还有建筑的美(节的匀称与句的均齐)。"[1] "音乐美"是指诗歌在听觉方面表现的美,包括节奏、平仄、重音、押韵、停顿(音尺)等各方面的美,要求和谐,符合诗人的情绪,流畅而不拗口——这一点不包括为特殊效果而运用声音。"绘画美"就是诗歌的词汇应该尽力去表现颜色,描绘一幅幅色彩浓郁的画面。"建筑美"是针对自由体诗提出来的,指诗歌每节之间应该匀称,各行诗句包含的音尺数要一样多。显然,闻一多对于诗歌之美的概括、阐释与中国传统诗学的"诗味"论有着本质的区别,这是受到西方美学影响的结果。再如,现代美学家黄药眠发表于1942年的《论诗底美、诗底形象》一文,就是用美学的普遍原理来揭示诗歌的美学特质的,他认为:"诗的美乃是突入于现实去震撼读者的灵魂的东西啊。"所谓"震撼读者的灵魂的东西"云云,无非是指诗歌的感染力,也就是诗歌最为突出的美感特征。黄先生从"诗美"效果上把握诗的美学特质而得出的观点是深刻有力的,"诗的美"包含了诗歌的意蕴与形式及二者水乳交融等诸种因素所达到的完美境界,而"诗的形象"则是其中之一个因素,因而"诗的美"与

---

[1] 闻一多:《诗的格律》,《闻一多全集》第2卷,湖北人民出版社,1993年,第139页。

"诗的形象"是包含与被包含的关系，两者不能等同，也不能并列。可以说，"诗的形象"是"诗的美"的结构系统之组成部分，只是"诗美"的一个层次。这一点却被黄先生忽视了，但他之所以不将标题写为《论诗美、诗底形象》，其目的也许在于避免其中"诗"字的歧义吧。

总之，"诗美"是在西方美学涌入中国并且对中国诗学产生了深刻的影响之后才产生一个诗学概念。它的产生既受到西方美学的影响，又受到中国传统的"诗味"等诗学概念及中国诗学的现实语境的限制和制约，它既突破了中国传统的味感诗学传统，又囊括了西方的视觉和听觉诗学含义，因而具有更大的涵容量，也更适合于描述古今中外诗歌的美感特征和艺术特质。这一概念的运用是中国现代诗学家对传统诗学概念的创造性转化的结果。

三、"诗味"论与"诗美"论的对立与融合：中国现代诗美观念之复杂性

由于中国传统的"味"论诗学，从根本上来说是一种审美诗学，因此，在十九世纪末二十世纪初，西方美学诗学传入中国之时，中国传统的"味"论诗学虽然也受到了一定的影响，但并没有受到根本性的冲击。相反，由于其与西方美学诗学在审美特性上的某些相似性，使得它成为中国诗学契接西方美学诗学的理论基础。作为中国诗学的常用范畴，"味"仍然被使用着。如王国维在《人间词话》中批评姜夔词说："惜不于意境上用力，故觉无言外之味。"[1] 他又批评方回词："其词如历

---

1 况周颐、王国维：《蕙风词话·人间词话》，王幼安校订，人民文学出版社，1960年，第212页。

下、新城之诗，非不华赡，惜少真味。"[1]但是，由于受到西方美学诗学的影响，中国近现代诗学家的"诗味"论已经与中国传统的"诗味"论有一些区别。梁启超受到西方美育思想的启发，提倡"趣味教育"，他在《学问上之趣味》一文中说，"趣味"就是"快乐""乐观""有生气"。他接受了西方超功利的美学观，认为"趣味"本身就是目的。[2]他把艺术美看作是现实美和理想美的物态化形式，是对现实和理想的审美反映。"美感是业种，是活的，美感落到字句上成一首诗，落到颜色上成一幅画，是业果，是呆的。所以我说创造不会圆满，圆满时创造便停。业果成熟，便是活力变成结晶，便是一期的创造圆满而停息。"[3]由于梁启超把"美感"当作"业种"，因此，他认为，"美"是人类生活的一个要素，或者还是各种要素中之最重要者，倘若在生活全内容中把"美"的成分抽去，便活得不自在，甚至活不成[4]。在他看来，"趣味"源于美，而又是生活不可或缺的东西，那么，"趣味教育"就势在必行。他认为，主体培养高尚的"趣味"的方式有多种，最重要的有：劳动、游戏、艺术、学问。因此，梁启超在《中国韵文里头所表现的情感》中说："情感教育最大的利器，就是艺术。音乐、美术、文学这三件法宝，把'情感秘密'的钥匙都掌住了。"[5]因此，王国维在《文学与教育》

---

1 况周颐、王国维：《蕙风词话·人间词话》，王幼安校订，人民文学出版社，1960年，第224页。
2 梁启超：《学问之趣味》，《饮冰室合集》文集第14册，中华书局，1941年，第16页。
3 葛懋春、蒋俊编选：《梁启超哲学思想论文选》，北京大学出版社，1984年，第397页。
4 参见梁启超：《美术与生活》，《饮冰室合集》文集第14册，中华书局，1941年，第22页、第24页。
5 梁启超：《中国韵文里头所表现的情感》，陈引弛编：《梁启超学术论著集·文学卷》，华东师范大学出版社，1998年，第172页。

中写道:"夫吾国人对文学之趣味既如此,况西洋物质的文明又有滔滔而入中国,则其压倒文学,亦自然之势也。夫物质的文明,取诸他国,不数年而具矣;独至精神上之趣味,非千百年之培养与一二天才之出,不及此。而言教育者不为之谋,此又愚所大惑不解者也。"[1]除此之外,宗白华说郭沫若的《凤歌》"真雄丽",是以哲学做骨子,"所以意味浓深"[2];也有美学家翻译康德的"审美判断"为"趣味判断"的。这些都表明,中国传统的"味"论诗学体系在现代诗学中已不复存在,但"味"作为一种审美观念和审美范畴在中国现代诗学中仍然被继续沿用着。

但是,中国现代诗学中的"味"已经与中国传统诗学中的"味"有所不同了。中国传统诗学中的"味"是以味觉为基础的,虽然也指风格,但仍然保持着与中国传统的审美意识的密切关系;而现代诗学中的"味"是受到西方美学诗学的洗礼之后的新的范畴,与西方美学中美的概念有更多的联系,其含义比传统的"味"更为丰富。这一点从中国现代诗学家对与"味"密切相关的"意境"的理解上可以看出。"意境"这一中国传统审美诗学最重要的范畴,在西方美学诗学大量进入中国之后仍然被广泛使用着。王国维的《人间词话》使用"意境"或"境界"范畴之处颇多,其所谓的"境界"虽然与中国传统的"意境"或"境界"有联系,但具体内涵远较传统的同一范畴丰富得多。"五四"前后的初期白话诗学家也常用这一范畴,如宗白华在致郭沫若的信中说:"你诗中的境界是我心中的境界。我每读了一首,就得了一回安慰。因为

---

[1] 王国维:《文学与教育》,傅杰编校:《王国维论学集》,中国社会科学出版社,1997年,第372页。
[2] 宗白华:《宗白华致郭沫若函》,田寿昌、宗白华、郭沫若:《三叶集》,安徽教育出版社,2000年,第22页。

我心中常常也有这种同等的意境……又因为我向来主张我们心中不可无诗意诗境却不一定做诗。"[1] "你小诗的意境也都不坏，只是构造方面还要曲折优美一点，同做词中小令一样。要意简而曲，词少而工。"[2] 宗白华还用"意境"给诗下了一个定义："诗的定义可以说是：'用一种美的文字——音律的绘画的文字——表写人底情绪中的意境。'这能表写的，适当的文字就是诗的'形'，那所表写的'意境'，就是诗的'质'。"[3] 宗白华还认为："艺术意境主于美。"因此，"新诗的创造，是用自然的形式，自然的音节表写天真的诗意与天真的诗境"[4]。宗白华等人还将境界划分为生活境界和艺术境界，而艺术境界是生活境界的艺术表现。

中国现代诗学不但仍然在沿用着中国传统诗学中的"味"论诗学范畴，而且，还受到西方美学诗学的启发，创造了一个新的诗学范畴——诗美。王国维认为："今夫人之心意，有知力，有意志，有感情。此三者之理想，曰真，曰善，曰美。"[5] 知力的理想是"真"，意志力的理想是"善"，感情的理想是"美"。在他看来，情感是诗的最重要的因素："文学中有二原质焉：曰景，曰情。前者以描写自然及人生之事实为主，后者则吾人对此种事实之精神的态度也。故前者客观的，后者主观的也；前者知识的，后者感情的也。自一方面言之，则

---

[1] 宗白华：《宗白华致郭沫若函》，田寿昌、宗白华、郭沫若：《三叶集》，安徽教育出版社，2000 年，第 7 页。
[2] 同上，第 24 页。
[3] 宗白华：《新诗略谈》，《艺境》，北京大学出版社，1999 年，第 19 页。
[4] 宗白华：《中国艺术意境之诞生》，《艺境》，北京大学出版社，1999 年，第 138 页。
[5] 王国维：《哲学辨惑》，傅杰编校：《王国维论学集》，中国社会科学出版社，1997 年，第 217 页。

必吾人之胸中洞然无物，而后观其物也深，而其体物也切；即客观的知识，实与主观的感情为反比例。自他方面言之，则激烈之感情，亦得为直观之对象、文学之材料而观物与其描写之也，亦有无限之快乐伴之。"[1] 宗白华在《美学散步》中则简明扼要地说："诗是美的化身。"[2] 以"美"论诗是受到西方美学诗学的影响而产生的。在中国传统诗学中以"美"论诗、评诗并不多见。司空图在《与李生论诗书》中用"美"论诗："倘复以全美为工，即知味外之旨矣。"在古典诗学中，将"诗美"作为一个完整的诗学概念来运用则根本没有过。而在西方美学诗学中，"美"是一个最重要的美学诗学范畴。如黄忏华《美学略史》中说，虽然在十八世纪末期，德国哲学家波麦迦顿（今译鲍姆嘉通）已经创立了美学，但是美学仍然是作为哲学的一个分支而存在，直到十九世纪末期，由于费其赉（今译费希纳）创立经验论美学，才使得美学真正成为一门独立的学科。而美学的研究对象也转变为艺术，其目的则变成从心理学角度研究艺术制作和艺术鉴赏。因此，所谓美学，实在可以称为艺术学[3]。同一年出版的吕澂的《美学概论》则专列《艺术》一章，但只是综论艺术性质，并没有涉及具体的诗歌。1922 年，傅东华翻译了勃利司潘莱（今译布利斯·佩里）著的《诗之研究》，第一章的《诗的研究及美学的研究》一节认为，诗学上比较大的问题是，"近代人都从所谓美学（Aesthetics）里去求他的答案，（Aesthetics）这个字是从希腊文（Aisthanomai）而来。这个希腊文，意即感觉，向来作

---

[1] 王国维：《文学小言》，傅杰编校：《王国维论学集》，中国社会科学出版社，1997 年，第 311 页。
[2] 宗白华：《美学的散步》，《艺境》，北京大学出版社，1999 年，第 215 页。
[3] 参见黄忏华：《美学略史》，商务印书馆，1924 年，第 2 页。

由感官接受的一切事物解。直至十八世纪中叶，德国思想家鲍模嘉登（Baumgarten）才用作今义。他就把这字当作'美的理论'解。从此人人都拿这字来兼指美的科学和美的哲学，觉得甚是便利。所谓美的科学及美的哲学就是一切美的东西的分析及类别与夫美的本身原来性质的理论。"[1]正因为美学是研究一切美的东西的学问，那么，从事诗歌艺术创作的诗人也"应该懂得一些美学上的学说，其价值有时是直接的"，并且必须明白两件事："（一）人类对于美的事物之接近，已经是很长久而且亲切；（二）须记得对于诗的性质及其法律的研究，必能激起一种更深的好奇心去了解一般美的性质及表现。"[2]1927年，滕固专门写了《唯美派的文学》，比较全面地介绍了西方唯美主义文学思潮。西方唯美主义诗学对中国二十年代诗学的影响非常深刻，许多诗学家都或多或少地受到了唯美主义诗学的影响。潘大道的《诗论》（1924年）受到康德的影响，并且，以西方美学诗学为参照，建构自己的诗学体系。如在界定诗的定义时，他参照康德对于知、情、义的划分来解释中国传统诗学的"诗言志"说[3]。范寿康的《美学概论》对美的观照问题给予了特别的关注，认为："美的观照，一言以蔽之，就可以说是否定与凝集。换言之，所谓美的观照，就是指把其他一切的诱惑加以断绝而专一地陶醉于对象生命里面而言。所以，美的观照不可不具有下列两个条件。第一个条件就是我们应当把一切现实的利害等等加以隔绝，纯粹构成独立的世界这件事……第二个条件就是我们在美的观照的时

---

[1] 勃利司潘莱：《诗之研究》，傅东华译，商务印书馆，1923年，第10页。
[2] 同上。
[3] 参见胡经之编：《中国现代美学丛编（1919—1949）》，北京大学出版社，1987年，第227—236页。

候，不但只是思维着或表象着这无条件地存在着的对象，而且要完全地陶醉于这对象里面。"[1] 由这种审美观照的态度而形成诗学审美关系，从而产生的诗学观念，"美"无疑占据着最重要的地位。如果从审美观照来看，成功的诗歌作品无疑是具有强烈的审美特征的。在此理论背景下，作为体现当时诗学家的诗学审美观念的理论范畴，"诗美"的产生就是顺理成章的事情了。

由于西方美学诗学在中国的广泛传播，使得中国诗学视域由传统的审"善"向现代的审"美"转变。这种转变具有深远的意义，意味着一种新型诗学观照方式被带入中国诗学研究中，诗学家们纷纷以西方美学诗学为理论基础，从审美视角切入中国诗学现象，从而使得现代意义上的"美"置换了传统意义上的"善"。在这种诗学语境下，"诗美"在二十世纪二十年代作为一个诗学范畴被提出，就不是偶然的了。在中国诗学史中，虽然也有把"诗"与"美"联系在一起的，但是，这里的"美"只是单纯作为形容词而存在的。鲁迅最早使用"诗美"这一术语，他在1925年1月所写的《诗歌之敌》一文中说，"在科学方面发扬了伟大的天才的巴士凯尔，于诗美也一点不懂"[2]。同年6月，在写给许广平的信中他又说："我以为感情正烈的时候，不宜做诗，否则锋芒太露，能将'诗美'杀掉。"[3] 鲁迅并没有明确指出其文字中的"诗美"到底指的是什么。对此，唐弢先生的解释是："诗味就是诗的艺术特征，过去一般称为诗意或诗趣。""诗味，诗意，诗美，在这里就是一个东

---

[1] 范寿康编：《美学概论》，商务印书馆，1927年，第198—199页。
[2] 鲁迅：《诗歌之敌》，《集外集拾遗》，人民文学出版社，1973年。
[3] 鲁迅：《第一集 北京·三二》，《两地书》，人民文学出版社，1973年。

西。"[1] 由此可推出，鲁迅所谓的"诗美"就是诗味、诗趣或诗意。如果真是如此，那么，"诗美"就是中国传统诗学中的"诗味""诗趣"或"诗意"概念的现代指称。唐先生以这些概念的内涵相近为由，试图融汇古今美学，其本意是不错的，但如果把这些概念相互等同却并不妥当，因为无论是这些概念产生的文化背景，还是它们的内涵和外延都存在着差别。

---

[1] 唐弢：《谈"诗美"——读毛主席给陈毅同志谈诗的一封信》，杨匡汉、刘福春编：《中国现代诗论（下编）》，花城出版社，1986年，第212页。

第五章 从『格义』到『会通』：中国诗学范畴之现代转型与西方美学

第一节　错位与融合：中国诗学范畴之现代转型与西方美学
——以梁启超"情感表现"为例

十九世纪末二十世纪初，西方美学、诗学在中国的传播已经形成一股汹涌的浪潮。西方美学、诗学不但对中国诗学观念所赖以存在的理论基础——儒家思想价值中心的解构和颠覆起了重要作用，而且直接促动并参与了中国诗学的现代转型。被译介的西方美学观念和美学理论成为激起中国诗学观念现代转型的主要契机，西方美学、诗学的理论范畴也成为中国诗学家们创造中国现代诗学范畴的前提和基本的理论来源。正是在西方美学、诗学浪潮的推动之下，中国诗学体系中新的构成要素——中国现代诗学范畴逐步形成。西方美学、诗学对中国诗学范畴现代转型的影响表现在两个方面：其一是刺激并促使中国传统诗学范畴的现代转化；其二是西方美学、诗学的某些因素或范畴直接进入中国诗学，成为其有机构成部分。但是，中国传统诗学与西方美学诗学毕竟是两种不同文化语境下形成的理论体系，当中国现代诗学家们面临着中国传统诗学和西方美学诗学的双重背景时，他们不能不产生选择的犹豫和困惑。这种犹豫和困惑均根源于中国传统诗学与西方美学、诗学的同一性和异质性之中：二者的同一性使得西方美学、诗学在中国有着被接受和容纳的可能，而异质性则恰恰成为西方美学、诗学如潮水般涌入近现代中国的知识前提和潜在动力。

二十世纪初期，中国传统诗学与西方美学诗学构成了中国现代诗学发展的现实语境和理论参照。在重理性分析和逻辑演绎的西方美学（诗学）思维的观照之下，中国传统诗学那种重直观感悟与实践而缺少理性及逻辑分析的特点，既成为一种优点，同时又成为一种缺点。中国传统诗学的优点对于诗歌创作来说也许的确是优点，因为诗歌创作需要具有强烈的富于感性色彩的情感，感性直观能够超越"质实"的物质世界，上升到精神性的高度，从而使得其所创作的诗歌获得较深的审美蕴含。虽然在西方美学语境中，美学也曾被看成是研究感性知识的科学[1]，但研究感性知识并不等同于感性知识本身，更不能等同于感性，作为知识谱系的美学更多地需要理性思维，需要运用理性思维来对美学现象进行严密的逻辑分析和推理。作为研究诗歌现象的诗学则不但需要一定程度的感性色彩，而且更需要较强的理性思辨能力。中国传统诗学恰恰是感性色彩过于强烈，逻辑分析却极为欠缺。这种情形导致的结果是，中国传统诗学体系不是经由范畴与范畴之间严密的逻辑推理而联结成理论系统，而是经由感性范畴的交融互渗、互释互通而形成的结构松散的理论体系。主导范畴在中国传统诗学体系中占有举足轻重的地位，每一种中国传统诗学理论，基本上就是一个或几个主导范畴的衍生物。程琦琳曾把中国传统美学称为"范畴美学"，认

---

[1] 鲍姆嘉通：《美学》，刘小枫主编：《人类困境中的审美精神——哲人、诗人论美文选》，知识出版社，1994年，第1页。

为"中国美学凭借范畴互释共通凝聚成范畴集团,而集团意识并不旨在构成封闭的阐释定域,而在于集团是开放的消散的集团,它既相互映射,又辐射映照整个美学领域","美学体系仅需要范畴的勾勒就足以完成","范畴是理论的筋骨",由此得出结论,西方美学是理论的体系,中国美学则是范畴的体系[1]。程琦琳说的是中国美学,作为中国传统诗歌审美实践经验总结的中国传统诗学又何尝不是如此。

尤其值得注意的是,中国传统诗学不但是一个范畴诗学体系,而且是感性范畴诗学体系。构成中国诗学体系的范畴大致有两个来源:一、来自抽象的形而上理念或自然的元范畴,如道、气、象、兴等;二、与身体及自身体验有关的一般范畴,如味、主脑、肌理、意脉等。前一类范畴虽然来自天地自然,但后来也不完全只是与天地自然相关联,而且还涵盖了人体运行规律的某些因素,从而也带上了一定的感性色彩。这是中国传统诗学与偏重于理性分析的西方诗学理论体系的不同之处。这种诗学思维理路的差异造成了中西美学(诗学)交流的困难。王国维对此有精辟之论:"抑我国人之特质,实际的也,通俗的也;西洋人之特质,思辨的也,科学的也。"[2]中国诗学长于抽象而短于分析,它也有理论,但其理论的表述是经验形态的,感悟性的,对于概念和范畴的界定往往并不严密,也没有经过逻辑分析的证明,其理论体系的建立不是依赖于严密的逻辑推理,而是一些具有浓厚的感性经验色彩的概念和范畴的譬喻性阐释,是以自己的经验为基础,在对诗学现象进行直观感悟的基础上得出的。

---

1 程琦琳:《中国美学是范畴美学》,《学术月刊》,1992年第3期。
2 王国维:《自序》,《王国维文学美学论著集》,北岳文艺出版社,1987年,第241—242页。

这样的理论形态往往会导致概念的模糊性和理论范畴的不精确性。西方人的思维则不同，即使在属于"研究感性知识"的"美学"中，其理论也是建立在哲学思辨的基础上的，是以哲学的理念切入美学现象和美学问题的，因此，其美学（诗学）理论体系和构成这种理论体系的范畴都具有理性思辨和逻辑推理色彩，其美学命题是经过逻辑分析加以证明的。

语言是思维的载体，同时也是思维本质的体现，思维的差异必然造成两种语言运行方式的差异。当两种不同思想背景下形成的美学（诗学）相遇之时，思维方式和语言就发生了难以避免的错位。这种语言和思维方式的错位在某些时候也会影响到中国知识者对西方美学（诗学）的接受。王国维在自述其求学经历时说：

> 是时（1898年）社中教师为日本文学士藤田丰八、田冈佐代治二君。二君故治哲学，余一日见田冈君之文集中，有引汗德、叔本华之哲学者，心甚喜之。顾文字睽隔，自以为终身无读二氏之书之日矣……既卒《哲学概论》《哲学史》，次年始读汗德之《纯理批评》。至《先天分析论》几全不可解，更辍不读，而读叔本华之《意志及表象之世界》一书。叔氏之书，思精而笔锐。是岁前后读二过，次及于其《充足理由之原则论》《自然中之意志论》，及其文集等。尤以其《意志及表象之世界》中《汗德哲学之批评》一篇，为通汗德哲学关键。至二十九岁，更返而读汗德之书，则非复前日之窒碍矣。嗣是于汗德之《纯理批评》外，兼及其伦理及美学。至今年从事第四次之研究，则窒碍更少，而觉其窒碍之处大抵其

说之不可持处而已。[1]

起初，王国维对康德的论著"几全不可解"，干脆"更辍不读"，这在某种程度上固然是由于康德哲学深奥难懂，但语言和思维方式的差异也是其主要原因。因为，语言不但是思维本质的体现，同时也是理论范畴的表达形式，因此，语言和思维方式的差异不可避免地影响到对于诗学范畴的理解和接受。正因为如此，有些与中国传统文化和思维方式比较接近的西方美学（诗学）思想容易被中国知识分子理解和接受，有些西方美学（诗学）思想则因为与中国传统文化和思维方式差距较大而难以被中国知识者认同和吸收。这种状况使得中国知识者接受西方美学（诗学）范畴时有一定的选择性，只有某些西方美学、诗学思想及其理论范畴对形成中国新的诗学形态产生了影响，因此，中国新的诗学理论范畴系统与西方美学（诗学）范畴的关联也是有一定选择性的。王国维之所以"见田冈君之文集中，有引汉德、叔本华之哲学者，心甚喜之"，就是因为相对于其他西方哲学家的哲学、美学思想，这两家的感性色彩还是比较浓厚的，与王国维的性格气质和思维方式比较接近[2]。

即使如此，西方美学在中国的传播仍然存在着语言和思维方式错位的问题。这种错位使得中国诗学对西方美学诗学的接受面临着双重困境：其一，在中国传统诗学语境中寻找相应的语词来表示与西方美学（诗学）范畴对应的意义时出现一词多义的现象，从而很难理解这些诗学概念和范畴；其二，更为困难的是，某些西方美学（诗学）范

---

[1] 王国维：《自序》，《王国维文学美学论著集》，北岳文艺出版社，1987年，第241—242页。
[2] 叶嘉莹：《从性格与时代论王国维治学途径之转变》，《王国维及其文学批评》，河北教育出版社，1997年。

畴在中国传统诗学语境中难以找到相应的语词来指称。前者如中国诗学家对于西方诗学中的"意象"概念就存在着不同的理解和指称，胡适称之为"影像"，他在《谈新诗》中指出："诗须要用具体的做法，不可用抽象的说法。凡是好诗，都是具体的；越偏向具体，越有诗意诗味。凡是好诗，都能使我们脑子里发生一种——或许多种——明显逼人的影象。这便是诗的具体性。"他认为，李义山诗"历览前贤国与家，成由勤俭败由奢"不成诗，因为这诗用的是几个抽象的名词，"不能引起什么明了浓丽的影像"；而杜少陵的"绿垂红折笋，风绽雨肥梅""芹泥垂燕嘴，蕊粉上蜂须""四更山吐月，残夜水明楼"是诗，因为这些诗都能引起"鲜明扑人的影像"[1]。有的人则把"意象"译为"表象"。这种译法一方面是为了把西方的美学（诗学）范畴与中国传统的美学（诗学）范畴相区别；另一方面，是由于中国知识者在接触西方美学（诗学）范畴时，对这些范畴的理解存在着一些差异。总的来说，这种一词多译的现象也是由语言和思维差异所引起的，同时也表明中国知识者对西方美学诗学的接受本身存在着理解上的错位。这种错位使得通过西方美学的中译本或介绍文字来了解和研究西方美学诗学的中国读者，对西方美学诗学产生误解，从而影响中国诗学家对西方美学诗学接受的正确性。这种一词多义现象是中国知识者接受西方美学的一种常见的困惑，而中国近现代诗学家解决这种困惑的最重要的途径是寻找西方美学诗学与中国传统诗学，特别是审美诗学的契合点。

这是中国传统诗学范畴现代转化的重要途径，晚清诗学家以佛学

---

[1] 胡适：《谈新诗》，杨匡汉、刘福春编：《中国现代诗论（上编）》，花城出版社，1985年，第14页。

第五章 从"格义"到"会通":中国诗学范畴之现代转型与西方美学

契接西方美学就是一个例子。当儒家思想以伦理道德为本位的价值中心被解构和颠覆之后,在对中国传统经典的阐释浪潮中,晚清思想家在已经中国化的佛学之中找到了与西方美学的诸多相似之处,从而为中国知识者契接西方美学(诗学)提供了很好的机缘。梁启超认为前清佛学极衰微,至晚清佛学则成为思想界的一股"伏流":

> 经典流通既广,求习较易,故研究者日众。就中亦分两派,则哲学的研究,与宗教的信仰也。西洋哲学既输入,则对于印度哲学,自然引起连带的兴味。而我国人历史上与此系之哲学因缘极深,研究自较易,且亦对于全世界文化应负此种天职,有志者颇思自任焉。然其人极稀,其事业尚无可述。社会既屡更丧乱,厌世思想,不期而自发生,对于此恶浊世界,生种种烦懑悲哀,欲求一安心立命之所;稍有根器者,则必遁逃入于佛。佛教本非厌世,本非消极,然真学佛而真能赴以积极精神者,谭嗣同外,殆未易一二见焉。
>
> 学佛既成为一种时代流行,则依附以为名高者出焉。往往有夙昔稔恶或今方在热中奔竞中者,而亦自托于学佛,今日听经打坐,明日黩货陷人。净宗他力横超之教,本有"带业往生"一义。稔恶之辈,断章取义,日日勇于为恶,恃一声"阿弥陀佛",谓可湔拔无余,直等于"罗马旧教"极敝时,忏罪与犯罪,并行不悖。又中国人中迷信之毒本甚深,及佛教流行,而种种邪魔外道惑世诬民之术,亦随而复活,乩坛盈城,图谶累牍。佛弟子曾不知其为佛法所诃,为之推波助澜,甚至以二十年前新学之巨子,犹津津乐道之。率此不

变,则佛学将为思想界一大障,虽以吾辈夙尊佛法之人,亦结舌不敢复道矣。

蒋方震曰:"欧洲近世史之曙光,发自两大潮流。其一,希腊思想复活,则'文艺复兴'也;其二,原始基督教复活,则'宗教改革'也。我国今后之新机运,亦当从两途开拓,一为情感的方面,则新文学新美术也;一为理性的方面,则新佛教也。"[1]

在梁启超看来,晚清喜好佛学之人甚多,但一般人都把它作为消极思想来接受,把佛教当作积极思想者则是趋于新学的士大夫中极个别人。而且,一般人则有佛学之名,而行邪恶之实。如果不改变这种风气,那么,即使是如梁启超等一贯尊崇佛学之人,也将不敢谈论佛学了。

梁氏认为,要改变中国当时的思想状况,一方面要从革新文学和美术来促进感情的发展,另一方面则要革新佛教。在梁启超的观念中,佛教的革新竟然成为开拓中国未来新机运的重要途径,这意味着佛学在晚清的复兴具有重要意义。梁启超等崇奉新学的士大夫之所以推崇佛教,是因为他们从日本迅速崛起的事实意识到佛教不但并不保守消极,而且,佛教还可以成为迎接西方新学的一种思想资源。于是,当时的士大夫常以佛教教义去阐释乃至比附新学。已经中国化的佛教本身就曾经是人们以老庄和神仙道家之学去阐释和比附的产物,到了晚清,佛教却又成为中国知识者阐释和比附西学的知识源泉。如光绪十年(1884年),康有为"于海幢、华林读佛典"时接触到西学书,从

---

[1] 梁启超:《清代学术概论》,朱维铮导读,上海古籍出版社,1998年,第99—100页。

显微镜下的图景和光电的速度而悟"大小齐同""久速齐同"之理[1]。光绪十五年（1889年），宋恕在七宝寺读《华严》和《宝积》时也心有所悟，用佛经与欧罗巴新说相证，写了《印欧学证》两卷，以"佛经中之说可与欧罗巴新说相证者"说明佛之"无量日月""风轮持地轮""人身八万虫"——就是西洋人在望远镜和显微镜下看到的天体、地球和细菌，认为欧说东来，反而证明了佛说是孤明先发，他觉得这是了不起的发现。第二年他在给朋友的诗中还自己注了一笔，说"数千年来释内典者与实理多舛"，直到此时他才真正了解佛学的真谛[2]。谭嗣同《上欧阳瓣姜师书》之二十二中说得更明白："格致家恃器数求得诸理，如行星皆为地球，某星以若干日为一岁，及微尘世界，及一滴水有微虫万计等，佛书皆已言之。"[3] 梁启超在译介康德的学说时，也要引述佛教唯识学，使中国人以佛教的"真如"来思考康德的"真我"，以佛教的"无明"来理解康德的"现象之我"，因为在他看来，"康氏哲学大近佛学"[4]。程恭让指出，梁启超以佛学格义康德哲学表现在五个方面：一、以佛教唯识学"本识"之说格义康德的"检点"思想，此"检点"即康德的"批判"；二、以佛教对心识结构的分析格义康德对知识过程的论说；三、以中国佛教华严宗的佛理格义康德的知性类推原理；四、以佛家真切、无明之说格义康德的自由及自然说；五、以佛家真谛、俗谛之辨格义康德对"直悟的性格"与"经验的性格"之区分。此外，章太炎在《建立宗教论》（1906年）、《无神论》（1906年）、《齐物论释》

---

1 康有为：《康南海自编年谱（外二种）》，楼宇烈整理，中华书局，1992年，第12页。
2 宋恕：《宋恕集（上册）》，胡珠生编，中华书局，1993年，第85页。
3 谭嗣同：《谭嗣同全集》，生活·读书·新知三联书店，1954年，第324页。
4 梁启超：《近世第一大哲康德之学说》，《饮冰室合集》文集第13册，中华书局，2015年。

（1910年）等一系列论文、著作中，继续了以佛学格义康德学的理路[1]。直到二十世纪第二个十年，梁漱溟的《究元决疑论》，还在说佛教相宗之说与西学中的康德、穆勒的"可知""不可知"论相似[2]。

中国近代的其他知识者如康有为、文廷式、吴嘉瑞、汪康年、夏曾佑、胡惟志、孙宝瑄、沈曾植、王国维等当时最出色的学者，也都不约而同地开始关注佛教。葛兆光先生指出："十九世纪末的中国，渐渐滋生了以佛学为理解新知的风气，而这种风气又使得原来处于边缘的佛学渐渐进入了思想史的中心，这当然可能圆枘方凿或郢书燕说，但是文化接触过程中，这是很必然的过程，至少这么一来，西学的好多哲学与科学知识仿佛是被弄明白了。"[3]无论是圆枘方凿，还是郢书燕说，以佛学知识格义西学已经蔚然成风，这至少表明佛学与西学，特别是西方哲学有着某些方面的相似。这种相似恰恰为中国知识者接受西方哲学、美学和诗学提供了思维路向和认同契机，使他们可以从中国传统的审美诗学语境中寻求理解西方美学（诗学）的契合点。

十九世纪末二十世纪初，当儒家诗学逐渐退出中国传统诗学的主导地位之后，中国传统诗学中长期被压抑的审美主义诗学逐渐获得了某种程度上的认同。虽然中国审美主义诗学与西方美学（诗学）有着某些不同，但在对审美特性的强调上是相同的。正是在此意义上，梁启超等人以佛教知识格义西方哲学、美学、诗学，就不仅仅具有阐

---

[1] 程恭让：《以佛学契接康德：梁启超的康德学格义》，《哲学研究》，2001年第1期。
[2] 梁漱溟：《究元决疑论》，石峻等编：《中国佛教思想资料选编》第3卷第4册，中华书局，1990年。
[3] 葛兆光：《中国思想史（第二卷）——七世纪至十九世纪中国的知识、思想与信仰》，复旦大学出版社，2000年，第658页。

释和理解西学的意义了,而且还促使中西两种审美诗学在对接与互释中走向新的对话和融合,从而刺激并促进了中国哲学、美学、诗学的转型。晚清佛学的复兴在诗学中的表现有两方面,一方面是此期诗家纷纷引佛语以入诗;另一方面是在这种以佛学与西方美学的对接中产生了中国现代诗学的许多范畴,或者是在某些原有的中国传统诗学范畴中同时渗入了佛学和西方美学(诗学)的某些因素。前一方面表现得极为普遍,如康有为、梁启超、谭嗣同、文廷式、吴嘉瑞、汪康年、夏曾佑、胡惟志、孙宝瑄、沈曾植、王国维、苏曼殊等都曾引佛理入诗。谭嗣同有《感旧》四首,其一曰:"无端过去生中事,兜上朦胧业眼来。灯下骷髅谁一剑,尊前尸冢梦三槐。金裘喷血和天斗,云竹闻歌匝地哀。徐甲傥容心忏悔,愿身成骨骨成灰。"其二:"死生流转不相值,天地翻时始一逢。且喜无情成解脱,欲追前事已溟蒙。桐花院落乌头白,芳草汀洲雁泪红。再世金镮弹指过,结空为色又俄空。"其三:"柳花夙有何冤业,萍末相遭乃尔奇?直到化泥方是聚,只今堕水尚成离。焉能忍此而终古?亦与之为无町畦。我佛大亲魔眷属,一时撒手劫僧祇。"这些诗中的"无端""业眼""解脱""空""色""佛""僧"等都是佛家语,梁启超认为谭嗣同此诗:"遣情之中,字字皆学道有得语。"[1]梁启超等人的"诗界革命"提倡以新学语入诗,但并不局限于西学语词,以佛语入诗也是其中的重要内容。在当时,几乎所有的学人诗中皆有以佛语入诗的表现,但引新学语入诗必须将"以旧风格含新意境"作为前提,否则,就是"徒示人以俭而已"[2]。

---

[1] 梁启超:《饮冰室诗话》,陈引弛编:《梁启超学术论著集·文学卷》,华东师范大学出版社,1998年,第331页。
[2] 同上,第376页。

对佛学的重视还成为梁启超《饮冰室诗话》中诗学批评的一种视角，如梁启超说："自唐人喜以佛语入诗。至于苏（东坡）王（半山），其高雅之作，大半为禅悦语。然如'溪声便是广长舌，山色岂非清净身'之类，不过弄口头禅，无当于理也。《人境庐集》中有一诗，题为《以莲菊桃杂供一瓶作歌》，半取佛理，又参以西人植物学、化学、生理学诸说，实足为诗界开一新壁垒。"[1]他还说："美人香草，寄托遥深，古今诗家一普通结习也。谈空说有，作口头禅，又唐宋以来诗家一普通结习也。狄楚卿之诗，殆兼此两种结习而合之，每诗皆含有幽怨与解脱之两原质，亦佳构也。"[2]《饮冰室诗话》有好几则都是评僧人笠云、道香、筱喻等人的诗的。梁启超《饮冰室诗话》论诗大多引用原诗，很少评点，即使有评点也多为记录诗事，其从佛学视角评诗只停留在考究当时诗家"引佛理以入诗"的现象，甚至没有创造出一个具有概括性的诗学范畴。因此，从总体来说，《饮冰室诗话》算不上一本严格意义上的诗学论著。虽然如此，但晚清佛学的复兴及中国知识者对佛学思想的重新阐释不但提高了佛学思想在社会生活中的地位，而且强化了中国传统审美诗学在迎接和融合西方美学（诗学）方面的重要性；不单是受到佛教思想影响的道家诗学，几乎中国传统诗学中的所有审美因素都被激发起来，与西方美学（诗学）接触、碰撞、磨合，重新组构成新的诗学范畴。

梁启超在诗学方面的重要成就不在专门论诗的《饮冰室诗话》，而在其二十世纪二十年代所发表的一系列论著中关于诗学问题的论

---

[1] 梁启超：《饮冰室诗话》，见陈引弛编：《梁启超学术论著集·文学卷》，华东师范大学出版社，1998年，第357页。
[2] 同上，第401页。

述。梁启超的《中国之美文及其历史》(1922年)、《中国韵文里头所表现的情感》(1924年)和《美术与科学》《美术与生活》《趣味教育和教育趣味》等一系列论著,都表现了其融合中国传统诗学和西方美学(诗学)的倾向,并且在这种融合的基础上创造了一系列诗学理论范畴,这标志着其诗学理论体系的形成。其中,《中国之美文及其历史》明显是依照西方美学诗学观念对中国传统诗歌进行的系统梳理。《情圣杜甫》也是受到西方美学诗学把诗看作一种美的艺术的影响,认为杜甫不像近代欧洲文学那样专写社会黑暗,而有许多用写实法写社会优美方面的诗歌,如《遭田父泥饮》等。梁启超指出,"工部写情,能将许多性质不同的情绪,归拢在一篇中,而得调和之美"[1],如《北征》这样现实感极为强烈的诗也是如此。"像情感怎么热烈的杜工部,他的作品,自然是刺激性极强,近于哭叫人生目的那一路;主张人生艺术观的人,固然要读他。但还要知道,他的哭声,是三板一眼的哭出来,节节含着真美;主张唯美艺术观的人,也非读他不可。"[2]在这些文章中,梁启超都是围绕着他的"情感表现论"诗学理论展开论述的。

梁启超对"情感表现论"诗学范畴及其体系论述得最完整的是其长文《中国韵文里头所表现的情感》。梁启超开篇就提出:

天下最神圣的莫过于情感。

---

[1] 梁启超:《情圣杜甫》,陈引弛编:《梁启超学术论著集·文学卷》,华东师范大学出版社,1998年,第323页。
[2] 同上,第327页。

> 情感的作用固然是神圣的，但他的本质不能说他都是善的都是美；他也有很恶的方面，他也有很丑的方面……所以古来大宗教家大教育家，都最注意情感的陶养，老实说，是把情感教育放在第一位。
>
> 情感教育最大的利器，就是艺术。音乐、美术、文学这三件法宝，把"情感秘密"的钥匙都掌住了。艺术的权威，是把那霎时间便过去的情感，捉住他令他随时可以再现；是把艺术家自己"个性"的情感，打进别人们的"情阈"里头，在若干期间内占领了"他心"的位置……要修养自己的情感，极力往高洁纯挚的方面，向上提挈，向里体验。自己腔子里那一团优美的情感养足了，再用美妙的技术把他表现出来，这才不辱没了艺术的价值。[1]

梁启超此文解决的主要问题不是如何修养情感，而是如何表现情感。他把中国韵文里的表情方法归为"奔进的表情法""回荡的表情法""新同化之西北民族表情法""含蓄蕴藉的表情法""女性文学与女性情感的表现""象征的表情法""浪漫派的表情法""写实派的表情法"等表情的方法与手段，从而构筑了其"情感表现"诗学体系。

梁启超的"情感表现"诗学体系范畴一半来自中国传统诗学，另一半则来自西方美学（诗学）。梁启超说明其写作目的在于："拿来和西

---

1 梁启超：《中国韵文里头所表现的情感》，陈引弛编：《梁启超学术论著集·文学卷》，华东师范大学出版社，1998年，第172页。

洋文学比较，看看我们的情感，比人家谁丰富谁寒俭？谁浓挚谁浅薄？谁高远谁卑近？我们文学家表示情感的方法，缺乏的是那几种？先要知道自己民族的短处去补救他，才配说发挥民族的长处。"[1] 所谓"奔迸的表情法"就是"要忽然奔迸一泻无余的"，凡这一类的"都是情感突变，一烧烧到'白热度'，便一毫不隐瞒，一毫不修饰，照那情感的样子，迸裂到字句上。我们既承认情感越发真越发神圣，讲真，没有真得过这一类了"[2]。梁启超指出，"奔迸的表情法"在西洋文学里恐怕很多，而我们中国却太少了，因而需要努力开拓。"回荡的表情法"，"是一种极浓厚的情感蟠结在胸中，像春蚕抽丝一般，把他抽出来。这种表情法，看他专从热烈方面尽量发挥，和前一类正相同。所异者，前一类是直线式的表现，这一类是曲线式的表现。前一类所表的情感是起在突变时候，性质极为单纯，容不得别种情感搀杂在里头。这一类所表的情感，是有相当的时间经过，数种情感交错纠结起来，成为网形的性质"[3]。这种表情方法，中国传统诗学用得很精，从《诗三百》到元曲，都能够尽态极妍。"含蓄蕴藉的表情法"是中国文学的正宗，是"中华民族特性的最真表现"。这种表情法又分为四类：一、情感正很强的时候，却用很有节制的样子去表现，不是用电器来震，却是用温泉来浸，令人在极平淡中，慢慢地领略出极渊永的情趣；二、不直写自己的情感，乃用环境或别人的情感烘托出来；三、索性把情感完全藏起不露，专写眼前实景（或是虚构之景），把情感从实景上浮现出

---

[1] 梁启超：《中国韵文里头所表现的情感》，陈引弛编：《梁启超学术论著集·文学卷》，华东师范大学出版社，1998年，第173页。
[2] 同上。
[3] 同上。

来；四、虽然把情感本身照原样写出，却把所感的对象隐藏过去，另外拿一种事物来做象征。以上这三种表情法基本上是中国传统诗学范畴的具体运用，只不过梁启超对这些范畴进行了更为系统的归类。

由于以中国传统诗学范畴很难全面而完整地描述中国诗歌表情法，因此，梁启超又从西方美学（诗学）引入了几个诗学范畴来描述中国诗歌的表情特征。他说："欧洲近代文坛，浪漫派和写实派迭相雄长。我国古代，将这两派划然分出门庭的可以说没有。但各大家作品中，路数不同，很有些分带两派的倾向的。"[1] 梁启超指出，浪漫派的特色，一在于用想象力构造境界；二在于奇诡，乃至有点神秘性。那么写实派，就是"作者把自己的情感收起，纯用客观态度描写别人情感。作法要领，是要将客观事实照原样极忠实的写出来，还要写得详尽"[2]。《中国韵文里头所表现的情感》是一篇没有完成的论文，对原计划写的"象征表情法"并没有展开详细的论述，只是认为《三百篇》里没有象征派，却有象征的应用，屈原的《楚辞》借美人芳草表情，纯属代数上的符号，而非象征派的诗。

在《中国韵文里头所表现的情感》一文中，梁启超把中国传统诗学和西方美学诗学有机地结合起来，从而建构了较为完备的"情感表现"论诗学体系，构成这一诗学体系的范畴及其分类也受到了西方美学诗学的影响和启发。梁启超的"情感表现"论虽然是从中国诗歌文本得出的范畴，但其所涵盖的内容却既不同于中国传统诗学"情感表现"范畴，与西方的"情感表现"范畴也不一样，这是他扬弃和融合中西诗学的结晶。

---

[1] 梁启超：《中国韵文里头所表现的情感》，陈引弛编：《梁启超学术论著集·文学卷》，华东师范大学出版社，1998年，第222页。

[2] 同上，第229页。

第二节 格义与会通：中国现代诗学范畴之形成与西方美学
——以王国维的"境界"范畴为例

在中国传统诗学接受西方美学（诗学）的过程中，走出接受者和被接受者双方在思维方式和语言上的错位的另一途径是通过创造或直接引入西方美学或诗学范畴。中国知识者在译介和传播西方美学诗学思想的过程中发现，某些西方美学诗学范畴在中国传统诗学中难以找到对应的范畴来指称，在中国语境中甚至找不到能够较为恰当地表达其内涵的语词。这是译介和传播的困惑。同样，在从审美视角反观和研究中国诗学现象也存在与此相类似的问题，那就是，其中没有任何范畴能够清晰而准确地表征中国诗学现象的某些特征，甚至找不到任何相近的范畴来描述这些特征。这种令人困惑的情况在王国维的美学实践都曾经出现过。对于译介和传播西方美学诗学过程中所产生的语词和思维方式的错位，王国维最早意识到："近年文学上有一最著之现象，则新语之输入是已。夫言语者，代表国民思想者也，思想之精粗广狭，视语言之精粗广狭以为准，观其言语，而其国民之思想可知矣。周秦之言语，至翻译佛典之时代而苦其不足；近世之言语，至翻译西籍时而又苦其不足，是非独两国民之言语间有广狭精粗之异焉而已，国民之性质各有所特长，其思想所造之处各异，故其言语或繁于此而简于彼，或精于甲而疏于乙，此在文化相若之国犹然，况其有轩轾者乎！"[1]

---

[1] 王国维：《论新学语之输入》，见傅杰编校：《王国维论学集》，中国社会科学出版社，1997 年，第 386 页。

他指出，中国知识者正是在其"先行具有"（中国传统诗学观念）的前提下接触、选择、认同和接受西方美学（诗学）的，而由国民思想的差异而导致的语言差异使得中国知识者在翻译新学时产生语言的对应性问题：思想的差异往往导致中国知识者难以找到相应的语词来表示某些外来的语言或概念，因此，"处今日而讲学，已有不能不增新语之势；而人既造之，我沿用之，其势无便于此者矣"[1]。在王国维看来，解决由思想差异造成的语词错位问题，可以通过直接借鉴他人的方法，把其他人所造的语词借来运用。这其实是"西学东渐"以来，中国知识者译介西方论著时早已存在的现象。王国维的敏锐在于，他能够及时地把这种方法引入到对西方美学诗学的译介中来。他引进了一系列重要的美学范畴，如"美学""美感""审美""美育""优美"和"壮美"等。可以说，就西方美学范畴的实际运用而言，王国维无疑是开创者。

然而，这种思维方式和语言的错位同时也带来了一些意外的收获——在误读西方诗学思想的基础上，中国知识者把一些在西方诗学语境下才具有存在合理性的西方诗学范畴纳入中国传统诗学语境中进行理解，从而使得西方的某些诗学思想进入中国诗学的理论视阈，并逐渐获得新的意义向度，逐步与中国传统诗学融合，从而产生中国现代诗学的理论范畴。由此来看，西方诗学范畴进入中国诗学语境的方式，即中国现代诗学理论范畴产生的方式，大致有以下四种：一是经由对中国传统诗学范畴或概念进行创造性转化而形成的中国现代诗学范畴，如境界等；二是融合中西诗学的某些范畴或概念而产生的新

---

[1] 王国维：《论新学语之输入》，傅杰编校：《王国维论学集》，中国社会科学出版社，1997年，第388页。

第五章 从"格义"到"会通"：中国诗学范畴之现代转型与西方美学 | 207

的内涵和意蕴，如意象、格律等；三是直接把西方诗学的某些范畴引入中国现代诗学体系，如音尺、象征、隐喻等；四是自己创造一个诗学范畴，如王国维的"古雅"等。第二、第三两种方式我们暂不论述。我们从王国维"境界"论诗学体系的建构来具体分析第一、第四种创造中国现代诗学范畴的方式。

王国维在《论近年之学术界》中写道："知力人人之所同有，宇宙人生之问题，人人之所不得解也。具有能解释此问题之一部分者，无论其出于本国或出于外国，其偿我知识上之要求而慰我怀疑之苦痛者，则一也。同此宇宙，同此人生，而其观宇宙人生也，则各不同。以其不同之故，而遂生彼此之见，此大不然者也，学术之所争，只有是非真伪之别耳。"[1]在王国维看来，只要能解决宇宙人生的根本问题，学术并无国内国外之分别。正是循着这一思路，王国维大量地接受包括西方美学诗学在内的西学，并且以西学来解决中国的学术问题。他的诗学思想便吸收了康德、叔本华、尼采等人的美学诗学，而且他还以中国传统审美诗学会通西方哲学、美学，创造了其独特的诗学范畴。"境界"这一范畴虽然不是王国维首创，但是，王国维建构了相对完整的中国诗学体系，即"境界"论诗学体系。王国维这一诗学理论体系以"境界"为中心范畴，其下统辖着"真景物"与"真感情"、"造境"与"写境"、"有我之境"与"无我之境"、"隔"与"不隔"、"能入"与"能出"等许多对等范畴。王国维的"境界"论无疑是对中国传统审美诗学的继承，但更多的是对中国传统的"境界"论的超越。大而言之，其超越表现在三大方面：其一，王国维对"境界"的概念做了较为明确的界说，

---

[1] 王国维：《论近年之学术界》，《王国维文学美学论著集》，北岳文艺出版社，1987年。

使得其义界从模糊笼统走向清晰；其二，他以"境界"为基础衍生出了一系列诗学范畴，从形成了一个相对完整的"境界"论诗学体系；其三，王国维的"境界"论诗学融合了中国传统诗学和西方美学的某些观点，带有理性分析的特点，这是对中国传统诗学感性"境界"论的最大超越。

先看王国维在"境界"概念的意义界说方面对前人的继承与超越。关于"境界"一词，郑玄对《诗经·大雅·江汉》中的"于疆于理"句笺云："正其境界，修其分理。"此"境界"意指地域的范围。《说文》训"竟"（俗作"境"）的本义为终极之意，曰："竟，乐曲尽为竟。"而又云："界，竟也。"后佛经翻译成风，"境界"一词频频出现于佛典之中。如三国时翻译的《无量寿经》云："比丘白佛，斯义宏深，非我境界。"此指教义的造诣境地。至唐代开始以"境"或"境界"论诗，如传为王昌龄著的《诗格》云："诗有三境"，即"物境""情境""意境"。晚唐司空图说："五言所得，长于思与境偕，乃诗家之所尚者。"（司空图《与王驾评诗书》）到了明清时代，"境界"或"意境"已经成为文学艺术中普遍使用的术语。王国维所处时代以"境界"评论诗歌更多。如陈廷焯的《白雨斋词话》写道："樊谢词，拔帜于陈朱之外，窈曲幽深，自是高境。""辛稼轩，词中之龙也。气魄极雄大，意境却极沉郁。"[1] 况周颐的《蕙风词话》则写："填词要天资，要学力。平日之阅历，目前之境界，亦与有关系。无词境，即无词心。""盖写景与言情，非二事也。善言情者，但写景而情在其中。此等境界，唯北宋人词往往有之。"[2]

---

[1] 陈廷焯：《白雨斋词话》，唐圭璋编：《词话丛编》卷四，中华书局，1986年，第3747页。
[2] 况周颐：《蕙风词话》，唐圭璋编：《词话丛编》卷五，中华书局，1986年，第4389页。

虽然"境界"一词在中国诗学史上运用极多，但是义界不一。王昌龄认为："物境一。欲为山水诗，则张泉石云峰之境，极丽绝秀者，神之于心。处身于境，视境于心，莹然掌中，然后用思，了然境象，故得形似。情境二。娱乐愁怨，皆张于意而处于身，然后驰思，深得其情。意境三。亦张之于意，而思之于心，则得其真矣。"[1] 王昌龄的"三境"中，"物境"基本上是创造山水诗时所得之"境"，其最佳效果在于"形似"；而"情境"则是由"娱乐愁怨"等主观的"情"所激发，是以"情"观物的结果；"意境"则是以"意"深入到心底，最后达到真实的境地，这种"真"是心理的"真"。钱仲联先生认为，司空图"思与境偕"之说与王国维"意与境浑"之论实相接近，《二十四诗品》专列"实境"一品，诸如"雄浑""冲淡""纤秾""沉著""高古""劲健""绮丽""豪放""清奇""悲慨""飘逸"诸品，实质上所谈的都是境界[2]。陈廷焯的"意境"意义与钱仲联先生的解释相近，也是指"沉郁"之类的风格。况周颐则称"善言情，而情在景中"这样的创作状态为"境界"。从这些诗学家的诗学理论整体来看，"境界"一词基本上是在描述一种诗学风格，是概括诗学风格的一个概念。

与此不同的是，王国维的"境界"是其诗学体系的核心范畴，其他的范畴都是这个范畴的一个方面或者说某些方面的具体化。

一、"真景物"与"真感情"。王国维认为："文学中有二原质焉：曰景，曰情。前者以描写自然及人生之事实为主，后者则吾人对此种

---

[1] 王昌龄：《诗格》，张伯伟编：《全唐五代诗格校考》，陕西人民教育出版社，1996年，第149页。
[2] 钱仲联：《境界说诠证》，姚柯夫编：《〈人间词话〉及评论汇编》，书目文献出版社，1983年，第120页。

事实之精神的态度也。故前者客观的，后者主观的也；前者知识的，后者感情的也……要之，文学者不外知识与感情交代之结果而已。苟无锐敏之知识与深邃之感情者，不足与文学之事。"[1]《人间词话》写道："境非独谓景物也。喜怒哀乐，亦人心中之一境界。故能写真景物、真感情者，谓之有境界；否则谓之无境界。""'红杏枝头春意闹'著一'闹'字，而境界全出。'云破月来花弄影'，著一'弄'字，而境界全出矣。"[2] 王国维的"境界"论在强调"情"与"景"交融和"情感的表达要鲜明"这两点上是与司空图、况周颐等人相一致的。但是，王国维并不止于此，其"境界"论还强调"真"，认为"真文学"当不受功利的干扰，做到景真、情真，有真景物、真感情才能谓之有"境界"。但这种真景物又不是单纯的外在景物之"真"，而是表现了自己对宇宙人生的体悟的"真"；其真感情也不是只关一己之情的"真"，而是"以人类感情为其一己之感情"的具有普遍性的感情，这种真感情是"不失赤子之心以血书者"之感情（王国维《观堂集林·苕华词又序》）。在他看来，唯有具备了"真景物"和"真感情"的作品才是"有境界"的诗歌（词作）。这就使得王国维的"境界"含义与其他中国诗学家的"境界"含义有了区别。

二、"造境"与"写境"。强调"境界"有"写境"和"造境"之别，是王国维"境界"范畴超越其他中国诗学家的另一个突出表现。《人间词话》写道："有造境，有写境，此理想与写实二派之所由分。然二者颇

---

[1] 王国维：《文学小言》，傅杰编校：《王国维论学集》，中国社会科学出版社，1997年，第311页。
[2] 况周颐、王国维：《蕙风词话·人间词话》，王幼安校订，人民文学出版社，1982年，第193页。

难分别。因大诗人所造之境，必合乎自然，所写之境，亦必邻于理想故也。"[1] "自然中之物，互相关系，互相限制。然其写之于文学及美术中也，必遗其关系、限制之处。故虽写实家，亦理想家也。又虽如何虚构之境，其材料必求之于自然，而其构造，亦必从自然之法则。故虽理想家，亦写实家也。"[2] 如前所述，王昌龄的"物境""情境"和"意境"是从诗歌艺术创造方法的角度来论述的。在这一点上，王国维的"造境"和"写境"与王昌龄相同。然而，王昌龄的"情境"和"物境"较难区分，王国维的"造境"与"写境"则划分得更清楚。"造境"和"写境"的构成材料都"必求之于自然"，但"造境"主要是由理想家按其主观"理想"虚构而成，而"写境"则主要是写实家按其客观"自然"描写而成。而且，按"造境"与"写境"的不同，可以把诗人分为理想派和写实派。在论述"造境"与"写境"的问题上，王国维显然融合了中国传统诗学和西方美学的某些观念。

三、"有我之境"与"无我之境"。王国维又从物我关系或者说观物态度的角度，进一步把"境界"划为"有我之境"和"无我之境"："有有我之境，有无我之境。'泪眼问花花不语，乱红飞过秋千去。''可堪孤馆闭春寒，杜鹃声里斜阳暮。'有我之境也。'采菊东篱下，悠然见南山。''寒波澹澹起，白鸟悠悠下。'无我之境也。有我之境，以我观物，故物皆著我之色彩。无我之境，以物观物，故不知何者为我，何者为物。古人为词，写有我之境者为多，然未始不能写无我之境，此

---

[1] 况周颐、王国维：《蕙风词话·人间词话》，王幼安校订，人民文学出版社，1982年，第191页。
[2] 同上，第192页。

在豪杰之士能自树立耳。"[1] "无我之境，人惟于静中得之。有我之境，于由动之静时得之。故一优美，一宏壮也。"[2] 由此看来，王国维区分"有我之境"和"无我之境"、"优美"和"壮美"的依据是"观物"方式的不同。如果联系中国传统审美诗学来看，这种"观物"方式其实与"物感说"非常相似。《礼记·乐论》写道："乐者，音之所由生也；其本在人心之感于物也。凡音之起，由人心生也。人心之动，物使之然也。"这种观点把人的情感波动归结于外物的激发，这是中国最早的"物感说"。到了刘勰，"物感说"成为其《文心雕龙》的重要诗学思想："岁有其物，物有其容；情以物迁，辞以情发。一叶且或迎意，虫声有足引心。况清风与明月同夜，白日与春林共朝哉！"[1] 钟嵘的《诗品》也写道："气之动物，物之感人，故摇荡性情，形诸舞咏。"[4] 杨万里则说诗之缘起是"我初无意于做是诗，而是物、是事适然触乎我，我之意亦适然感乎是物是事，触先焉，感随焉。是诗出焉"[5]。由此可见，从本质上来说，中国传统诗学的"物感说"也是一种关于物我关系的理论。邵雍把这种"物感说"进一步发展成为"反观说"，王国维在《孔子之美育主义》一文曾经引用过："圣人之所以能一万物之情者，谓其能反观也。所以谓之反观者，不以我观物也。不以我观物者，以物观物之谓也。既能以物观物，又安有我于其间哉？"[6] 由此看来，王国维的"观物"说

---

1 况周颐、王国维：《蕙风词话·人间词话》，王幼安校订，人民文学出版社，1982年，第191页。

2 同上，第192页。

1 刘勰：《文心雕龙·物色》，周振甫：《文心雕龙今译》，中华书局，1986年。

4 钟嵘：《诗品序》，陈延杰注：《诗品注》，人民文学出版社，1961年。

5 杨万里：《答建康大将军庙监门徐达书》，《诚斋集》，北京大学出版社，2024年。

6 王国维：《孔子之美育主义》，《王国维文学美学论著集》，北岳文艺出版社，1987年。

第五章　从"格义"到"会通"：中国诗学范畴之现代转型与西方美学　｜　213

本质上仍然是一种"物感说"，也就是阐释物我之间的关系的学说，与中国传统审美诗学的继承关系是明显的。王国维正是在观物方式上找到了中国传统审美诗学与叔本华美学思想的契合之处，并以中国传统审美诗学的"物感说"作为其接受和融合叔本华美学思想的基础。除了《孔子之美育主义》和《人间词话》外，在1904年的《〈红楼梦〉评论》中，王国维就提到了"观物"方式问题，他说："故美术之为物，欲者不观，观者不欲；而艺术之美所以优于自然之美者，全存于使人易忘物我之关系也。而美之为物有二种：一曰优美，一曰壮美。苟一物焉，与吾人无利害之关系，而吾人之观之也，不观其关系，而但观其物；或吾人之心中，无丝毫生活之欲存，而其观物也，不视为与我有关系之物，而但视为外物，则今之所观者，非昔之所观者也。此时吾心中宁静之状态，名之曰优美之情，而谓此物曰优美。若此物不利于吾人，而吾人生活意志为之破裂，因之意志遁去，而知力得为独立之作用，以深观其物，吾人谓此物曰壮美，而谓其感情曰壮美之情。"[1]这一段话与《叔本华之哲学及其教育学说》中的一段话除个别字之外，基本上相同[2]。并且，这段话与今译本《作为意志和表象的世界》有关段落的意思基本一致。可见，王国维关于"观物方式"的观念及"优美""壮美"的划分是对叔本华美学思想的全盘接受。在王国维看来，艺术的美全在于忘物我之关系，只有站在一种超功利的立场来观照，才能产生美感。在这一前提下，依据观物方式的不同，诗歌的境界又可以划分为"有

---

[1] 王国维：《〈红楼梦〉评论》，傅杰编校：《王国维论学集》，中国社会科学出版社，1997年，第352—353页。
[2] 王国维：《叔本华之哲学及其教育学说》，傅杰编校：《王国维论学集》，中国社会科学出版社，1997年，第272页。

我之境"和"无我之境"。"无我之境"产生的美感是"优美","有我之境"产生的美感是"宏壮"。"无我之境"是摒弃主体意念的介入,几乎不把任何主体情感带入审美观照之中,从而使得言与物之间融合无间,达到消泯自我意念、与物俱化的效果,按叔本华的话来说,就是"好像仅仅只有对象的存在而没有觉知这对象的人了,所以人们不能再把直观者(其人)和直观(本身)分开来了,而是两者已经合一了;这同时即是整个意识完全为一个单一的直觉景象所充满,所占据"[1]。"采菊东篱下,悠然见南山""寒波澹澹起,白鸟悠悠下"两句中,似乎没有情感只是一些景物的展现,如一幅清新明丽的南宗山水画,从中看不出主体意念介入的痕迹,因此,是"无我之境"。而"有我之境"则是"泪眼问花花不语,乱红飞过秋千去"和"可堪孤馆闭春寒,杜鹃声里斜阳暮"所描摹的情景,这种情景所产生的审美效果是对人不利的悲伤之情,也就是王国维所说的"此物不利于吾人,而吾人生活意志为之破裂"之类的感情。这种感情正是主体意念强烈介入的结果。叔本华称:"经强力挣脱了自己的意志及其关系而仅仅只委心于认识,只是作为认识的纯粹无意志的主体宁静地观赏着那些对于意志(非常)可怕的对象,只把握对象中与任何关系不相涉的理念,因而乐于在对象的观赏中逗留;结果,这观察者正是由此而超脱了自己,超脱了他本人,超脱了他的欲求和一切欲求;——这样,他就充满了壮美感,他已在超然物外的状况中了,因而人们也把那促成这一状况的对象叫作壮美。"[2] 显然,王国维"有我之境"和"无我之境"的形成受到了叔本

---

[1] [德] 叔本华:《作为意志和表象的世界》,石冲白译,商务印书馆,1982年,第282页。
[2] 同上,第291页。

华哲学的影响。但是仔细考究,其"有我之境"和"无我之境"的划分又不仅仅是受到叔本华影响的结果,而是以中国传统诗学会通叔本华哲学思想的结晶。

王国维的"境界"论诗学体系的其他一些范畴如"隔"与"不隔""能入"与"能出"等,也是中国传统审美诗学与西方美学诗学交相融合的产物。

第三节 接受与变异:中国现代诗学中的"意境"范畴与西方美学

王国维的"境界说"不仅集中国传统"意境"理论之大成,而且开启了中国现代"意境"理论的先河,标志着中国诗学"意境"论的现代转型。其《人间词话》开宗明义:"词以境界为最上。有境界则自成高格,自有名句。五代北宋之词所以独绝者在此。"[1] 又说:"沧浪所谓'兴趣',阮亭所谓'神韵',犹不过道其面目;不若鄙人拈出'境界'二字,为探其本也。"[2] 他在《〈人间词话〉未刊手稿》中又说:"言气质,言格律,言神韵,不如言境界。有境界,本也;气质、格律、神韵,末也。有境界而三者随之矣。"[3] 王国维不但在综合唐宋以来各种与"意境"相关理论的基础上,对"意境"及其构成因素做了深入细致的探讨,而且

---

[1] 王国维:《人间词话》第1则,《蕙风词话·人间词话》,王幼安校订,人民文学出版社,1960年,第191页。

[2] 王国维:《人间词话》第9则,《蕙风词话·人间词话》,王幼安校订,人民文学出版社,1960年,第194页。

[3] 王国维:《〈人间词〉〈人间词话〉手稿》,浙江古籍出版社,1960年,第69页。

还吸收了康德、叔本华等西方美学家的美学思想，使得其"意境"理论较之于中国传统诗学之"意境"论更为系统、深入与富有学理。

《人间词话》发表数年之后，新诗兴起，其初起之时，在胡适"作诗如作文"观念的主导下，重视的是"白话"，而不是"诗"，因此，导致了严重的"非诗"化倾向，由此兴起了关于"诗本质"的探讨。正是在中国现代新诗诗人们对于"诗本质"的认识中，"意境"理论重新进入他们的诗学视野，其内涵、价值与意义亦获得重新梳理与阐发。

胡适在《谈新诗——八年来一件大事》中虽未特别强调意象与意境，但在具体分析沈尹默的《三弦》一诗时说，《三弦》是"用旧体诗词的音节方法来做的"[1]，且"这首诗从见解意境上和音节上看来，都可算是新诗中一首最完全的诗"[2]。可见，胡适是把"见解""意境""音节"三者作为沈尹默《三弦》一诗最出色之处。胡适不仅将"意境"作为其衡量与评价新诗的重要标准，而且还将之作为评述唐宋诗词的一个常用术语。他在1926年9月编选的《词选》中使用"意境"一词达数十处，如："南唐李后主和冯延巳出来之后悲哀的境遇与深刻的感情自然抬高了词的意境。"[3] "文人参加自有它的好处：浅薄的内容变丰富了，幼稚的技术变高明了，平凡的意境变高超了。"[4] "这种单有音律而没有意境与情感的词，全没有文学上的价值。"[5] "他们没有情感，没有意境，却

---

1 胡适：《谈新诗——八年来一件大事》，欧阳哲生编：《胡适文集》第2册，北京大学出版社，1998年，第141页。
2 同上。
3 胡适：《词选·序》，胡适选注、刘石导读：《词选》，中华书局，2007年，第4页。
4 同上，第6页。
5 同上，第7页。

要作词，所以只好作'咏物'的词。"[1]这些均为胡适对唐宋词"意境"演变的描述。

康白情为诗所下的定义是："在文学上，把情绪的想象的意境，音乐的刻绘的写出来，这种的作品，就叫作诗。"[2]他又按内容不同将意境分为"有情绪的和想象的两种意境"，[3]并分别对此两种意境做了论述。朱自清论新诗中的长诗与短诗，认为短诗来源于周作人翻译的日本诗歌和泰戈尔《飞鸟集》里的短诗，"前一种影响甚大。但所影响的似乎只是诗形，而未及于意境和风格"，而"长诗底意境或情调必是复杂而错综，结构必是曼衍，描写必是委曲周至"[4]。

上述中国现代新诗诗人之"意境"说，并未对"意境"理论作更为深入的论述。而朱光潜、宗白华、梁宗岱、艾青、卞之琳、唐湜则对"意境"理论有深入系统的阐发。朱光潜的"境界"说，宗白华、梁宗岱的"灵境"说，艾青的"真情实感"论和卞之琳、唐湜的"客观对应物"，构成了中国现代诗学"意境"的理论谱系。

一、朱光潜的"境界"说

朱光潜在抗战时期出版的《诗论》中专立《诗的境界》一章，对"意境"理论做了全面的阐述。显然，他关于意境的理论明显受到了王国维的影响，此章开头即说："严沧浪所说的'兴趣'，王渔洋所说的

---

[1] 胡适：《词选·序》，胡适选注、刘石导读：《词选》，中华书局，2007年，第7页。
[2] 康白情：《新诗底我见》，王运熙主编：《中国文论选·现代卷（上）》，江苏文艺出版社，1996年，第150页、第155页。
[3] 同上。
[4] 朱自清：《短诗与长诗》，《诗》，1922年第1卷第4号，第47—49页。

'神韵',袁简斋所说的'性灵',都只能得其片面。王静安标举'境界'二字,似较概括,这里就采用它。"[1] 此处的用语与王国维的《人间词话》如出一辙。当然,朱光潜的具体论析并不止于对王国维理论的阐释,而是有所辨正和发展。

朱光潜认为,"每首诗都自成一种境界",且"诗的境界是理想境界,是从时间与空间中执着一微点而加以永恒化与普遍化"。他还说:"诗的境界在刹那中见终古,在微尘中显大千,在有限中寓无限。"[2] 这三句话的前两句分从时间与空间来说,后一句则合时空为一而论,强调的是诗境所具有的艺术生命力及无限的再创造性。

朱光潜还论述了诗境的生成机制,提出了直觉说与意象、情趣契合说。他说:"无论是欣赏还是创造,都必须见到一种诗的境界,这里'见'字最紧要。凡所见皆成境界,但不必全是诗的境界。一种境界是否能成为诗的境界,全靠'见'的作用如何。"而且,他认为"要产生诗的境界,'见'必须具备两个重要条件":第一个条件是"诗的'见'为直觉",第二个条件是所见意象必恰能表现一种情趣。对于前者,他认为诗的境界是用"直觉"见出,而不是用"知觉"见出,并论道:

> 诗的境界的突现都起于灵感。灵感亦无若何神秘,它就是直觉,就是"想象"(imagination,原谓意象的形成),也就是禅家所谓"悟"。[3]

---

1 朱光潜:《诗论》第三章《诗的境界——情趣与意象》,《朱光潜美学文集》第2卷,上海文艺出版社,1982年,第49—50页。
2 同上。
3 同上。

对于后者，朱光潜特别强调了"见"的主动性：

> "见"为"见者"的主动，不纯粹是被动的接收……所以"见"都含有创造性。[1]

他接着指出，在人的情趣与物的意态之往复交流中，人情与物理互相渗透，"以人情衡物理"而产生"移情作用"，而"以物理移人情"者则产生"内模仿作用"。[2]

朱光潜不仅用意大利美学家克罗齐的理论，对"移情作用"和"内模仿作用"做了详细论述，还就王国维《人间词话》所提出的境界说及诗境的几种重要范畴分别做了阐释。他认为，王国维所说的"隔"与"不隔"，可用情趣与意象的契合及"显"与"隐"理论来解释，并指出王国维所说的"有我之境"与"无我之境"，其实应分别是"无我之境"与"有我之境"，且二者命名不确，应以"超物之境"与"同物之境"代之。[3]

二、宗白华、梁宗岱之"灵境"说

宗白华在1920年，特地为"诗"下了一个定义：

> 用一种美的文字——音律的绘画的文字——表写人底情

---

[1] 朱光潜：《诗论》第三章《诗的境界——情趣与意象》，《朱光潜美学文集》第2卷，上海文艺出版社，1982年，第49—50页。
[2] 同上，第51—53页。
[3] 同上，第56—61页。

绪中的意境。

紧接着又说：

  这能表写的，适当的文字就是诗的"形"，那所表写的"意境"，就是诗的"质"。换一句话说：诗的"形"就是诗中的音节和词句的构造，诗的"质"就是诗人的感想情绪。[1]

  由于宗白华后来由新诗进而研究中国古代艺术，所以他的"意境"说不仅在诗歌理论中有所表述，而且发展到覆盖文学与艺术的多个领域，成为其美学思想非常重要的组成部分。宗白华曾说："现代的中国站在历史的转折点。新的局面必将展开……就中国艺术方面——这中国文化史上最中心最有世界贡献的一方面——研寻其意境的结构，以窥探中国心灵的幽情壮采，也是民族文化的自省工作。"[2] 他超越了仅拘守、阐释古人所论的层次，提出了创造性的五种境界说："什么是意境？人与世界接触，因关系的层次不同，可有五种境界。"这五种境界是：功利境界、伦理境界、政治境界、学术境界、宗教境界，五者分别主于利、爱、权、真、神。除此五者之外，他拈出了艺术之境阐释道："以宇宙人生的具体为对象，赏玩它的色相、秩序、节奏、和谐，借以窥见自我的最深心灵的反映；化实景而为虚境，创形象以为象征，使人类最高的心灵具体化、肉身化，这就是'艺术境界'。艺术境界主

---

[1] 宗白华：《新诗略谈》，王运熙主编：《中国文论选·现代卷（上）》，江苏文艺出版社，1996年，第145页。
[2] 宗白华：《中国艺术意境之诞生》，《美学散步》，上海人民出版社，1981年，第59页。

第五章　从"格义"到"会通"：中国诗学范畴之现代转型与西方美学　| 221

于美。"[1]他虽是较多地论绘画、书法、音乐等艺术，不过，他关于艺术的意境理论是可以通之于诗歌的。

宗白华论意境，不采用西方主、客观二分思维的模式，不以心灵反映事物来看待意境之说，也不简单地将意境视为主观之"意"与客观之"境"的统一，而是基于古老的天人合一观，重视生命哲学，也更为重视艺术家的能动性创造。他借用清代书画家方士庶在《天慵庵随笔》中所说的"山川草木，造化自然，此实境也。因心造境，以手运心，此虚境也。虚而为实，是在笔墨有无间，——故古人笔墨具此山苍树秀，水活石润，于天地之外，别构一种灵奇"，将被动的"反映"变为主动的"因心造境"，因而也就更强调"于天地之外，别构一种灵奇"的主观性创造。为此，他给"意境"所下的定义是：

> 艺术家以心灵映射万象，代山川而立言，他所表现的是主观的生命情调与客观的自然景象交融互渗，成就一个鸢飞鱼跃、活泼玲珑、渊然而深的灵境；这灵境就是构成艺术之所以为艺术的"意境"。[2]

梁宗岱的"意境"理论融合了象征派诗学的"象征"观念与中国传统"意境"论思想，他认为："所谓象征是藉有形寓无形，藉有限表无限，藉刹那抓住永恒……所以，它所赋形的，蕴藏的，不是兴味索然

1　宗白华：《中国艺术意境之诞生》，《美学散步》，上海人民出版社，1981年，第59—60页。
2　同上，第59页。

的抽象观念,而是丰富,复杂,深邃,真实的灵境。"[1]他还说:"最幽玄最缥缈的灵境要借最鲜明最具体的意象表现出来。"[2]灵境与意象的关系是"二者不独相成,并且相生"[3]。由上述可见,梁宗岱所谓"灵境",可以说是其对"意境"的另一种理解。

三、艾青之"意境"论

艾青的"意境"观念在其诗学观念发展过程中有较大变化。艾青在其早期的《诗论》中曾给"意境"下了一个定义,认为:"意境是诗人对于情景的感兴;是诗人的心与客观世界的契合。"[4]可见在其观念中,"意境"乃是主观的"情"(心)与客观的"景"(客观世界)两种因素契合所形成的艺术境界。"情感"与"客观世界"是其诗论中的两个核心概念。在艾青看来,情感总是受明确的思想和理智支配,因此,他特别强调创作主体的思想情操与人格修养,认为:"高尚的意志与纯洁的灵魂,常常比美的形式与雕琢的词句,更深刻而长久地令人感动。"[5]直到晚年他仍然再三强调:"最伟大的诗人,永远是他所生活的时代的忠实的代言人;最高尚的艺术品,永远是产生它的时代的思想、感情、风尚、趣味等等之最忠实的记录。最理想的诗,是通过最浅显的语言表现的

---

[1] 梁宗岱:《象征主义》,《梁宗岱文集Ⅱ·评论卷·诗与真》,中央编译出版社,2003年,第66页。"藉"现作"借"。
[2] 梁宗岱:《谈诗》,《梁宗岱文集Ⅱ·评论卷·诗与真二集》,中央编译出版社,2003年,第84页。
[3] 同上。
[4] 艾青:《诗论》,《艾青全集》第3卷,花山文艺出版社,1991年,第34页。
[5] 同上,第42页。

深厚的、博大的思想感情的诗。"[1] 在艾青看来，没有脱离思想境界的诗歌的美，那些思想境界不高的作品，就很难说是优秀的具有特别的美感的作品。这似乎成为他衡量诗歌好坏的重要标准，直接影响到他的诗歌史观念。艾青的一些诗歌史论文章更能见出他对于诗歌中思想境界的看重，其中较重要的描述新诗史的论文有《为了胜利》《抗战以来的中国新诗》《论抗战以来的中国新诗》《五四以来的中国的诗》《我对新诗的要求》《中国新诗六十年》《中国新文学大系 1927—1937·诗集·序》等。艾青似乎对于象征派、新月派和现代派那些追求浪漫倾向甚至"唯美"色彩，或咀嚼个人孤独或脱离现实的作品持有较强烈的保留态度："新月派的另一成员是朱湘，这是一个充满凄苦与忧愤的诗人，对人生怀有深刻的悲观。他的诗意境优美，音调叮当，像一串剔透玲珑的珍珠。但思想却极虚无。"[2] 对于什么才是"诗意"，艾青有自己独特的理解：

> 什么是"诗意"？
>
> 人们总是把"抒情"和"诗意"混为谈一谈；有的则把写风景的认为有诗意，也有的把谈情说爱的诗认为有"诗意"。
>
> 有人以为只有风、花、雪、月才能进入抒情诗里，一些抒情诗，必须抓一把花草铺饰一番。借风、花、雪、月以比喻人的感情变化未尝不可，但仅以风、花、雪、月作为抒情诗的元素，则未免太简单了。

---

[1] 艾青：《中国新文学大系 1927—1937·诗集·序》，《艾青全集》第 3 卷，花山文艺出版社，1991 年，第 636 页。
[2] 同上，第 622 页。

> 风景诗、山水诗、记游诗、爱情诗、失恋诗，都由个人所经历的去写吧，只要写得好，总会有人赞赏的。[1]

在艾青看来，并非风、花、雪、月才是有诗意的，也并非风景诗、山水诗、记游诗、爱情诗、失恋诗才是有"诗意"的，那些深沉思考现实与拥抱激情的作品，虽是对于日常场景及重要事件的表现，也是富有"诗意"的，因为"诗必须具有一定的思想内容。没有思想内容的诗，是纸扎的人或马"[2]。这显然是以其自身的创作为参照的，因为他在《中国新文学大系1927—1937·诗集·序》中引用了两段评论家对其诗作的评论，可见他非常认可这些断语：

> 评论家认为艾青的诗，"多用铺陈的手法，巨幅地呈现某种场景或情感。他较多的是用自由体，来表达沉雄浑朴的感受。他的诗，往往给人一种厚重的油画感。"
>
> 他以写于一九三三年初的《大堰河——我的保姆》而引起注意。"他以满腔的挚情追怀他的保姆，满蕴着对于苦难的中国的爱心。"
>
> "他的诗有深厚的生活气息，而不流于概念与口号：他所写的愁苦，是整个民族的愁苦，浑朴苍莽。他的手法虽然受法国诗的影响，但所产生的效果却有浓厚的中国气息。那是生活与历史与美的结合。""也许由于时代和国家民众的灾

---

1 艾青：《诗论·诗意》，《艾青全集》第3卷，花山文艺出版社，1991年，第639—640页。
2 艾青：《诗论》，《艾青全集》第3卷，花山文艺出版社，1991年，第16页。

难太深重了，反映在诗人的诗中，总带有一种浓重深沉的悲哀。"[1]

显然，艾青认同的是那种既能突显出诗人对于现实的深沉情感，又能凸显出其对现实世界敏锐的感受与深沉的思考的作品。他强调："诗人应该是典型事物之敏锐的直观者。"[2] 诗人应在其对典型事物的捕捉与观察的基础上提炼出形象，也就是将由现实提升出来的抽象的思想与情感转化成为具体可感的形象，即："诗人以形象使一切抽象的变成具体。"[3]

因此，艾青把具备丰富的、强于常人的想象力作为诗人的特殊才能予以强调：

没有想象就没有诗。

诗人最重要的才能就是运用想象。诗人把互不相关的事物，通过想象，像一条线串连起来，形成一个统一体。

不论是明喻和暗喻，都是从抽象到具体、具体到抽象之间的一个推移、一个跳跃、一个转化、一个飞翔……

所有意象、意境、象征，都是通过联想、想象而产生的。[4]

1　艾青：《中国新文学大系 1927—1937·诗集·序》，《艾青全集》第 3 卷，花山文艺出版社，1991 年，第 633 页。
2　艾青：《诗人论》，《艾青全集》第 3 卷，花山文艺出版社，1991 年，第 91 页。
3　同上，第 88 页。
4　艾青：《和诗歌爱好者谈诗》，《艾青全集》第 3 卷，花山文艺出版社，1991 年，第 448 页。

他还说：

> 给思想以翅膀，
>
> 给情感以衣裳，
>
> 给声音以彩色，
>
> 使流逝幻变者凝形，
>
> 屈服者反抗，
>
> 咽泣者含笑，
>
> 绝望的重新有了理想……[1]

在他看来，由于现实生活的触动，"有时，是一个观念、一个感觉、一种意境，或是一个感人至深的事件，都会诱发人去拿起笔来"[2]，诗人通过想象、联想、象征、意象等使其诗歌中所呈现的一切诗歌因素达到高度的和谐。艾青认为："没有绝对的'美'。'美'总是不依附在'真'一起，就是依附在'善'一起。或者说，'美'的观念，经常因为'真'和'善'的观念而变化。"[3] 他还在《彩色的诗——读〈林风眠画集〉》一文中写下关于意境的诗句：

> 画家和诗人
>
> 有共同的眼睛

---

[1] 艾青：《诗人论》，《艾青全集》第3卷，花山文艺出版社，1991年，第97页。
[2] 艾青：《诗论·创作的开始》，《艾青全集》第3卷，花山文艺出版社，1991年，第637页。
[3] 艾青：《诗论·诗意》，《艾青全集》第3卷，花山文艺出版社，1991年，第640页。

通过灵魂的窗户

向世界寻求意境[1]

四、卞之琳、袁可嘉之"戏剧性处境"

在继承中国传统"意境"理论的基础上做出巨大超越的,是二十世纪三十年代现代派诗人卞之琳与四十年代的九叶派诗人。他们在"意境"的探索上,不但能够继承中国传统的"意象""意境"说,而且以之契接西方现代派的"非个性化"的诗学主张,他们提出的"戏剧性处境"则是"非个性化"思想的重要方面。

作为新月派诗人徐志摩的学生,卞之琳与后期新月派有着极为密切的关系。新月派诗人在情感取向上强调"理性"与"节制",在新诗形式上提出了"建筑的美""音乐的美""绘画的美"等新格律诗主张。实际上,闻一多、徐志摩、朱湘、饶孟侃、孙大雨等新月派诗人所倡导的这些新格律诗主张,是综合了包含唐宋诗词在内的中国古典诗词及西方的十四行诗等的诗美经验而形成的。值得注意的是,新月派的这些主张和唐宋诗词那种强调含蓄蕴藉的诗风,极为契合卞之琳内敛而不喜张扬的性格特征,成为他接受艾略特"非个性化"诗学主张的心理"前结构"。卞之琳既看重传统的作用,又强调继承中的超越,他说:"传统是必要的,传统是一个民族的存在价值,我们现在都知道,保持传统却并非迷恋死骨。拜伦时代和拜伦时代的世界已成陈迹了,要合乎传统,也并不是为了投机取巧、随波逐流,就应当学拜伦时代人对

---

[1] 艾青:《彩色的诗——读〈林风眠画集〉》,《艾青全集》第2卷,花山文艺出版社,1991年,第652页。

于当代的反映而反映我们的时代。传统的持续,并不以不变的形式。"[1]

这种主张集中地体现在他对艾略特的"非个性化"思想与中国传统诗学"意境"观念的融合与超越中。"非个性化"是艾略特最重要的诗学观念之一,他对此有系统的阐述:"诗不是放纵情感,而是逃避情感,不是表现个性,而是逃避个性。自然,只有有个性和感情的人才会知道要逃避这种东西是什么意义。"[2]他还说:"诗人没有什么个性可以表现,只是一个特殊的工具,只是工具,不是个性,使种种印象和经验在这个工具里用种种特别的意想不到的方式相互结合。对于诗人具有重要意义的印象和经验,而在他的诗里可能并不占有地位;而在他的诗里是很重要的印象和经验对于诗人本身,对于个性,却可能并没有什么作用。"[3]艾略特认为,"非个性化"的最重要途径,就是寻找客观对应物:"用艺术形式表现情感的唯一方法是寻找一个'客观对应物';换句话说,是用一系列实物、场景,一连串事件来表现某种特定的情感;要做到最终形式必然是感觉经验的外部事实一旦出现,便能立刻唤起那种情感。"[4]

艾略特所谓的"客观对应物",实际上就是使诗人主体情感得以具象化的承载物,这在中国自然包含了唐宋诗词所谓的"意象""景物""场景"与"事件",体现出与唐宋诗词内在的相通性与一致性。

---

[1] 卞之琳:《亨利·詹姆士的〈诗人的信件〉——于绍方译本序》,《卞之琳文集(中卷)》,江弱水整理,安徽教育出版社,2002年,第49页。
[2] 艾略特:《传统与个人才能》,王恩衷编译:《艾略特诗学文集》,国际文化出版公司,1989年,第8页。
[3] 同上,第6页。
[4] 艾略特:《哈姆雷特》,王恩衷编译:《艾略特诗学文集》,国际文化出版公司,1989年,第33页。

第五章 从"格义"到"会通"：中国诗学范畴之现代转型与西方美学 | 229

艾略特认为："就我们文明目前的状况而言，诗人很可能不得不变得艰涩。我们的文明涵容着如此巨大的多样性和复杂性，而这种多样性和复杂性，作用于精细的感受力，必然会产生多样而复杂的结果。诗人必然会变得越来越具涵容性，暗示性和间接性，以便可以强使——如果需要可以打乱——语言以适合自己的意愿。"诗人的"涵容性，暗示性和间接性"自然使其能以"精细的感受力"寻找"客观对应物"，从而使得其表达方式同样也会带有这些特性。艾略特所说的"涵容性，暗示性和间接性"也是卞之琳内心里所追求与向往的，正契合了他的性格特征：

> 我始终只写了一些抒情短诗。但是我总怕出头露面，安于在人群里默默无闻，更怕公开我的私人感情。这时期我更多借景抒情，借物抒情，借人抒情，借事抒情。没有真情实感，我始终不会写诗的，但是这时期我更少写真人真事。我总喜欢表达我国旧说的"意境"或者西方所说"戏剧性处境"，也可以说是倾向于小说化，典型化，非个人化，甚至偶尔用出了戏拟（parody）。[1]

卞之琳致力于在诗作中建构一种内敛而含蓄的诗歌风格，其具体途径便是借鉴包括唐宋诗词在内的古典诗歌"借景抒情，借物抒情，借人抒情，借事抒情"的表现手法，也就是说讲究"意境"的追求。但他所谓的"意境"，又不是唐宋诗词那种仅仅追求"情景交融"的美感

---

[1] 卞之琳：《雕虫纪历·自序》，人民文学出版社，1984年，第3页。

结构，而是"小说化，典型化，非个人化，甚至偶尔用出了戏拟"，这显然与唐宋诗词那种"意象化""情景化"表现方式有较大的差别。卞之琳总是说："我写抒情诗，像我国多数旧诗一样，着重'意境'，就常通过西方的'戏剧性处境'而作'戏剧性台词'。"[1] 又说自己的诗歌"意境和情调上，哀愁中含了一点喜气"[2]。可以说，卞之琳是以唐宋诗词的"意境"观念去契接艾略特等的"戏剧性处境"观念，以小说化、典型化、非个人化、戏拟等置换唐宋诗词的"意象化""情景化"表现手法，从而，使得其诗歌创作适当吸收了中国古典诗歌的表现方式，但主要还是以西方的"戏剧性处境"去组织其诗歌的诗美因素，构筑起自己独特的诗美结构。

中国新诗诗人对艾略特"戏剧性处境"的接受在九叶派诗人那里获得了更为系统的呈现。袁可嘉写了《新诗戏剧化》《谈戏剧主义——论新诗现代化》《论诗境的扩展与结晶》等论文，深入细致地阐述了新诗"戏剧化"的主张。袁可嘉认为，当时的中国新诗存在着两大毛病："说明意志的最后成为说教的，表现情感的则沦为感伤的，二者都只是自我描写，都不足以说服读者或感动他人。"[3] 为了避免这种毛病，就必须采用"戏剧化"的手段："尽量避免直截了当的正面陈述而以相当的外界事物寄托作者的意志与情感：喜剧效果的第一大原则即是表现上的客观性与间接性。"[4] 采用戏剧化手段的作家中"有一类比较内向的

---

[1] 卞之琳：《雕虫纪历·自序》，人民文学出版社，1984年，第15页。

[2] 同上，第6页。

[3] 袁可嘉：《新诗戏剧化》，《半个世纪的脚步——袁可嘉诗文选》，人民文学出版社，1994年，第68页。

[4] 同上。

作者，努力探索自己的内心，而把思想感觉的波动借对于客观事物的精神的认识而得到表现的"[1]，代表作家便是里尔克。"里尔克把搜索自己内心的所得与外界的事物的本质（或动的，或静的）打成一片，而予以诗的表现，初看诗里绝无里尔克自己，实际却表现了最完整不过的诗人的灵魂。"[2] "第二类诗的戏剧化常被比较外向的诗人所采用，奥登是杰出的例子。他的习惯通过心理的了解把诗作的对象搬上纸面，利用诗人的机智，聪明及运用文字的特殊才能把他们写得栩栩如生，而诗人对处理对象的同情、厌恶、仇恨、讽刺都只从语气及比喻得着部分表现，而从不坦然裸露。"[3]

最后一类作家则"干脆写诗剧"。"诗剧的形式给予作者在处理题材时，空间、时间、广度、深度诸方面的自由与弹性都远比其他诗的体裁为多，以诗剧为媒介，现代诗人的社会意识才可得到充分表现，而争取现实倾向的效果；另一方面诗剧又可利用历史做背景，使作者面对现实时有一个不可或缺的透视或距离，使它有象征的功用，不至于粘于现实世界，而产生过度的现实写法。"[4]

在袁可嘉看来，为了避免说教与感伤的诗风，必须尽量寻找"客观联系物"(Objective Correlative)，他指出："艾略特的'客观联系物'是说，如果你想表达一种诗思诗情，你必须避免直接的叙述或说明，而采取旁敲侧击，依靠与这种情思有密切关连的客观事物，引起丰富的

---

[1] 袁可嘉：《新诗戏剧化》，《半个世纪的脚步——袁可嘉诗文选》，人民文学出版社，1994年，第69页。
[2] 同上。
[3] 同上，第69—70页。
[4] 同上，第71页。

暗示与联想，艾略特自己在这方面的成就，只要读过一遍《荒原》的人谁也没法否认。"[1] 这是诗境扩展的一个重要方式。关于诗境扩展的功用，袁可嘉介绍道："那就是增加了诗底戏剧性，扩大并复杂化了人类的感觉能力。在平铺直叙或痛哭怒吼的抒情诗里，由于那类诗底性质的限制，我们只能经验一种感觉方式，一种情绪的熏染。'客观联系物'彻底粉碎了这种迹近自杀的狭窄圈子，吸收一切可能的相关的感觉方式，平行或甚至相反的情绪都可融在一起，假使你具有足够的'融'的能力，现代诗中所表现的现代人思想感觉的细致复杂，戏剧意味的浓厚——实际上就等于说，人性的丰富——不可比拟地超过了幼稚而天真的浪漫诗人。"[2] 但袁可嘉并没有忘记"意象"在诗境扩展中的作用，他说："它从远趋近，从圆周向核心，从氛围的迷漫求意境的焦点，意象的连贯性——正如它在一切好诗里——仍占有很大的重要性。"[3]

第四节　输入与转化：中国现代诗学范畴之形成与西方美学——以"象征"范畴为例

中国诗学家对西方象征主义的译介最早可追溯到1918年5月，陶履恭在《新青年》上发表了《法比二大文豪之片影》，文章称梅特

---

[1] 袁可嘉：《论诗境的扩展与结晶》，《论新诗现代化》，生活·读书·新知三联书店，1988年，第3页。
[2] 同上。
[3] 同上。

林克是"今世文学界象征主义（Symbolism）之第一人也"[1]。此后，1920年的《新青年》杂志刊载了周作人翻译的法国象征派诗人果尔蒙的诗歌《死叶》，并说诗人"著诗文小说甚多，《西蒙尼》一卷尤为美妙"[2]。在1920年至1921年期间，田汉主编的《少年中国》杂志较为系统地介绍了波德莱尔、魏尔伦、马拉美等象征主义诗人。其中尤其值得注意的是周无的文章《法兰西近世文学的趋势》，文章指出，象征主义的崛起"确是文学上最大的事件。他能够将文学的范围更张大。艺术的力量也加强。并且他心灵的引导，可以使读者感觉到最深的境界"[3]。此期值得注意的，还有茅盾发表在《小说月报》上的《我们现在可以提倡表象主义的文学么？》一文，该文提出："我们提倡写实一年多了，社会的恶根发露尽了，有什么反应呢？可知现在的社会人心的迷溺，不是一味药所可医好，我们该并时走几条路，所以表象该提倡了。"[4]1924年12月，徐志摩翻译并发表了波德莱尔《恶之花》中的《死尸》一诗，并在序文中称赞该诗是"《恶之花》诗集里最恶亦最奇艳的一朵不朽的花"，说"他的臭味是奇毒的，但也是奇香的，你便让他醉死了也忘不了那异味"[5]。1925年，李金发的诗集《微雨》经由周作人推荐在北新书局刊行，这是西方象征主义传入中国的一个标志性的事件，从此，中国诗学界不仅对象征主义有理论的倡导，而且还有创作上的借鉴与吸纳。由此，西

---

1 转引自尹康庄：《象征主义与中国现代文学》，暨南大学出版社，1998年，第93页。
2 周作人：《杂译诗二十三首》，《新青年》，1920年第8卷第3号，第13页。
3 周无：《法兰西近世文学的趋势》，《少年中国》，1920年第2卷第4号，第21页。
4 茅盾：《我们现在可以提倡表象主义的文学么？》，《小说月报》，1920年第11卷第2号。
5 [法]波德莱尔：《死尸》，徐志摩译，《语丝》，1924年第3期。

方象征主义诗学逐渐输入中国，引领着中国二十世纪二十年代的诗学理论导向和创作潮流，作为象征主义诗学的核心范畴的"象征"也输入中国。

值得注意的是，西方象征主义诗学的核心范畴"象征"在输入中国的过程中，中国诗学家对这一范畴存在着不同的理解和阐释，而且，在输入"象征"这一诗学范畴的同时，结合本国的诗学传统对之进行了富有创造性的转化，换言之，中国诗学家在运用和阐释这一范畴时，由于诗学背景及诗学观念的不同，对"象征"这一诗学范畴的理解也存在着各种各样的分歧。由于中国诗学史上并没有"象征"这一词语，因此，在"象征主义"最初输入中国之时，中国诗学家对这个范畴的翻译就存在着较大差异，到底该如何翻译"symbol"这一范畴，存在诸多分歧，比如有人将之翻译为"表象""取象""象征"等，经过了数年的时间，才最终统一为"象征"。即便如此，中国诗学界对于"象征"的内涵依然存在着不同理解和阐释。刘延陵于1920年10月在《时事新报》发表了《文化运动应当象两个十字》一文，将"symbol"翻译为"表象"，称"其内涵大致接近于'代表'和'标志'"。[1]刘延陵认为中国文化里的"十"字表示圆满，"把他拿来替我们理想的文化运动做个'表象'。symbol刚刚恰好，一横代表普及，一竖代表提高"[2]。1921年1月，刘延陵又发表了《诗底用词》一文，将"symbol"翻译为"象征"，并以"寓言""寓意"来阐释"象征"。[3]刘延陵的《法国诗之象征主义与自由

---

[1] 陈希：《中国现代诗学范畴》，中山大学出版社，2009年，第139页。
[2] 刘延陵：《文化运动应当象两个十字》，《时事新报·民国九年双十节增刊》，1920年10月10日。
[3] 刘延陵：《诗底用词》，《浙江第一师范十日刊》，1921年1月10日第7号。

诗》是第一次以"象征主义"为主题的论文,文章认为象征主义"是内心反抗外物的精神底表现",是一种"自由精神","这种自由精神是一种普遍的时代精神"[1]。1921年,鲁迅在《〈黯澹的烟霭〉译者附记》中写道:"安特列夫的创作里,又含着严肃的现实主义性以及深刻的纤细,是象征主义与写实主义相调和。"[2]而这种"调和"正是中国作家所缺少的创作因素。1922年3月,梁启超在清华大学发表了题为《中国韵文里头所表现的情感》的演讲,他将中国古典诗词的"表情法"分为"奔进的""回荡的"与"蕴藉的"三种,而以"象征派的表情法""浪漫派的表情法"与"写实派的表情法"来概括分析中国古典诗词。梁启超把"蕴藉的表情法"中的第四类界定为"象征","虽然把情感本身照原样写出,却把所感的对象隐藏过去,另外拿一种事物来作象征","这类方法,三百篇里头很少——前所举《鸱鸮》篇,可以归入这类"[3]。梁启超认为:《三百篇》的作家没有象征派,然而《三百篇》久已作象征的应用。纯象征派之成立,起自《楚辞》。篇中许多美人芳草,纯属代数上的符号,他意思别有所指。"[4]在论述"回荡的表情法"时,梁启超引《楚辞》为例,说屈原"《涉江》那段,用象征的方式,烘托出烦闷"[5]。可见,梁启超是将"象征"作为一种艺术表现手法来理解的。

1923年7月,赵吟秋发表《象征主义》一文,认为:"象征是表意法的一种,从广义方面说,就是联想,就是因眼前的见闻,而联想到

---

1 刘延陵:《法国诗之象征主义与自由诗》,《诗》,1922年第1卷第4号。
2 转引自陈希:《中国现代诗学范畴》,中山大学出版社,2009年,第10页。
3 梁启超:《中国韵文里头所表现的情感》,《改造》,1922年第4卷第6号。
4 同上。
5 同上。

以往的一切，而发生出来的思想同感觉。"[1]他把象征理解为"联想"，接着又指出："象征的特色，在外形同内容之间，还有价值上的差异。就是存在在象征本身，同由此所表现的事物中间的轻重的差别很厉害的；因之由这个外形同内容价值的差别，在象征里也就有种种的分别。有的是不单注意内容，而外形也很注意的，有的是对于外形的自身没有价值。"[2]在此，赵吟秋从"外形"与"内容"的关系来阐释"象征"，认为"本来的象征，内容和外形之间，不是有真正本质的关系，而且两方的价值相差甚远。就是专门注意内容的意味，而拿外形作符号的"[3]。赵吟秋不仅明确指出"象征"是表意法的一种，而且还指出了这种表意法的基本构成因素——"内容"与"外形"及其内在联系。

可见，中国诗学界大多将"象征"定位为一种艺术表现手法。宋春舫在其论文《象征主义》中指出："象征的精确定义，很难指出，泛泛地说来，总不外乎是一种譬喻，比方我们中国以白云苍狗，喻人事之无常；朝秦暮楚，喻人情之反复。"[4]他还引用法国文学批评家法盖的说法来理解"象征"范畴："法国现代著名的文学批评家法盖说，象征就是比喻，比方我们心中明明是说甲物，但是我们的语气及形容，都像是说乙物。""象征派亦如此。其中小小的区别，就是象征派用的比喻，是自然的不是杜撰的。当作者形容一物的时候，他心中不仅明明想说甲物，并且心中确实亲自感觉过这个甲物，或者说乙物的时候，心中

---

1 赵吟秋：《象征主义》，《时事新报·艺术》，1923 年 7 月 14 日。
2 同上。
3 同上。
4 宋春舫：《象征主义》，《大公报》(天津)，1925 年 9 月 14 日。

第五章 从"格义"到"会通"：中国诗学范畴之现代转型与西方美学 | 237

尚在甲物包围的里面。"[1]宋春舫还注意到"象征"的艺术个性："象征是个性的，在艺术内自由发展，也可说是恢复最初的质朴与简明的一种运动。"[2]他还归纳出"象征"范畴的类型："（梅特林克）曾说世间有两种象征：一种是演绎的，一种是无心的。演绎的象征是作者刻意造出来的，为作者用力的结果；无心的象征，是作者无意中作的象征，为人类才智的结果。象征的学者一切著作，都逃不出这两种的范围。"[3]

同样，将"象征"范畴作为一种艺术手段的还有水内，他在《象征谈诗》一文中指出："夫近年来法国诗文之作，愈趋愈进于隐约恍惚之中，是故一诗入手时，最低限度乃骤不知所云云，盖大部分诗家既受象征条例之影响，所著因而绝未著意于诗之本意，反孳求假借义，以致小诗一段，指东画西众观万象，且每一字句间真义全失，其名意亦无从捉摸，固已非平日众人共承之体态，而别有超境在焉。总之，法国诗学已尽弃其质实，与往昔描状人类真情之原旨，而反求于无谓之幻觉，狂妄之思想与夫人生之变态矣。一诗中非特吾人不能得一稍具系统而思想贯串之事实描写，抑且纵横疏碎，无数小字表记荟集而成一玄奥深哲，间亦矛盾之篇；法文诗学至是固已坠于极复杂之境界矣，虽然，试观其逐渐演进之步趋，所以陈此今日之怪态者，亦自有所依本，固非徒于一旦，迸发暴出者也。"[4]水内在阐释了当时法国诗文的上述状况之后，较为明确地提出自己对"象征"范畴的理解："象征者 symbol，'譬喻'盖以相类似之二物，无论其为抽象，物质，加以专断之内心比较成者

1　宋春舫：《象征主义》，《大公报》（天津），1925 年 9 月 14 日。
2　同上。
3　同上。
4　水内：《象征谈诗》，《蚊雷》，1929 年第 1 期，第 50 页。

也。""作诗者乃于事物之状态,自然之观象,人心之所感觉,咸加以比较,于是譬喻及象征即由是而生。"[1] 水内将"象征"范畴理解为一种"譬喻",而石樵则认为:"象征者一切艺术底普通的根本的方法。"[2]

值得注意的是,中国诗学界纷纷用中国古典诗学的一些范畴来接受与阐释西方的"象征"范畴,其中最主要的就是"兴""象"论。从一定意义上说,"象征"范畴与"兴""象"的意义存在着内在相通性。1926年,周作人在给刘半农的诗集《扬鞭集》作序时,把西方的"象征"与中国古典诗学的"兴"相互阐释:

> 我只认抒情是诗的本分,而写法则觉得所谓"兴"最有意思,用新名词来讲或可以说是象征。让我说一句陈腐的话,象征是诗的最新写法,但也是最旧的,在中国也"古已有之",我们上观国风,下察民谣,便可以知道中国的诗多用兴体,较赋与比要更普通而成就亦更好。[3]

显然,周作人在此是将"象征"范畴作为一种诗歌创作的方法阐释的。周作人还说,"新诗的手法我不很佩服白描,也不喜欢唠叨的叙事,不必说唠叨的说理",他觉得最有意思的写法,还是"象征"。

朱光潜认为:"'拟人'与'托物'都属于象征。所谓象征,就是以甲为乙底符号。甲可以做乙底符号,大半起于类似联想。象征最大的用处,就是把具体的事物来替代抽象的概念。我们在上文说过,艺

---

1 水内:《象征谈诗》,《蚊雷》,1929 年第 1 期,第 51 页。
2 石樵:《象征底解释》,《一般》,1929 年第 3 期,第 368 页。
3 周作人:《〈扬鞭集〉序》,《语丝》,1926 年第 82 期。

最怕抽象和空泛，象征就是免除抽象和空泛的不二法门。象征底定义可以说是：'寓理于象'。"[1] 梁宗岱的理解更为深入，也更符合"象征"范畴的内涵。梁宗岱解释道："当一件外物，譬如，一片自然风景映进我们眼帘的时候，我们猛然感到它和我们当时或喜，或忧，或哀伤，或恬适的心情相仿佛，相逼肖，相会合。我们不摹拟我们底心情而把那片风景作传达心情的符号，或者，较准确一点，把我们底心情印上那片风景去，这就是象征。"[2] 在此基础上，梁宗岱认为象征有两个特征："（一）是融洽或无间；（二）是含蓄或无限。所谓融洽是指一首诗底情与景，意与象底惝恍迷离，融成一片；含蓄是指它暗示给我们的意义和兴味底丰富和隽永。"[3] 梁宗岱给象征下了这样一个定义："所谓象征是藉有形寓无形，藉有限表无限，藉刹那抓住永恒，使我们只在梦中或出神的瞬间瞥见的遥遥的宇宙变成近在咫尺的现实世界，正如一个蓓蕾蓄着炫熳芳菲的春信，一张落叶预奏那弥天漫地的秋声一样。所以，它所赋形的，蕴藏的，不是兴味索然的抽象观念，而是丰富，复杂，深邃，真实的灵境。"[4]

春华、美子在《象征底分析》一文中，较为深入地阐释了"象征"范畴的基本构成要素："象征的要素共有两种：（1）是直接要素——即官能的形象；（2）是间接要素——即精神的意义。没有官能的形象，象征是不能成立的，形象，是存在在外界，直接感触我们官能的东西。在一般艺术上，大抵由视觉和听觉——特在诗歌是由言语和空想——

---

[1] 朱光潜：《谈美·空中楼阁——创造的想象》，开明书店，1932年。
[2] 梁宗岱：《象征主义》，《诗与真》，商务印书馆，1935年，第80—81页。
[3] 同上，第85页。
[4] 同上，第85—86页。

感触我们。那形象,共有二个要素:(甲)是官能的知觉,例如视觉上的线、面、色等等。(乙)是对象的意义。"[1]

由上述可见,中国诗学家们局限于作为一种艺术手法的"象征",而作为一种艺术精神的"象征"则关注较少。在这方面,最值得注意的是郭沫若,他在《批评与梦》中指出,象征世界是"由纯粹的精神作用所升华过的"[2],并把象征理解为一种艺术精神。子亚在《艺术上的象征主义》一文中也指出:"所谓文学上的象征主义,乃是有意识地用象征当作品的中心为根本的主义。他有神秘的倾向,追念神秘的世界,暗示恍惚的幻境,描写无有之美乡。"[3]

---

1 春华、美子:《象征底分析》,《民国日报·觉悟》,1921年10月23日。
2 郭沫若:《批评与梦》,《创造季刊》,1923年第2卷第1号。
3 子亚:《艺术上的象征主义》,《中央日报》(天津),1930年12月11日。

第六章 从「感性」到「理性」：中国诗学理论形态之现代转型与西方美学

十九世纪末二十世纪初，中国传统诗学受到新近传播进来的西方哲学、美学、诗学思潮的巨大冲击，特别是西方思潮强调哲学思辨和逻辑分析的理论形态对王国维、梁启超等中国诗学家产生了深刻影响，他们以中国传统诗学来契接与融合西方哲学、美学、诗学，淡化了中国传统诗学的感性体悟特征，一种注重理性思辨和逻辑分析的诗学形态逐渐形成，奏响了中国诗学形态由古典向现代转型的新乐章。

第一节　从"感性"到"理性"：中国诗学理论体系之现代转型与西方美学

从本质上来说，中国传统诗学是"感性"诗学，其集中表现是"味"论诗学。这种"味"论诗学的基础是富于感性色彩的"味"，经历了"以味体物""以味品乐""以味品人""以味品诗"的发展过程，"味"之诗学范畴也逐渐突破最初所指的单纯的感官刺激之本义，逐渐形成一系列以感官品味为基点的诗学理论体系——"滋味"论（钟嵘）、"韵味"论（司空图）、"平淡有味"论（梅尧臣、欧阳修、苏轼等）、"含蓄有味"论（魏泰、张戒、杨万里、姜夔等）、"趣味"论（刘将孙）、"全味"论（谢榛）、"意境致味"论（陆时雍、朱承爵等）、"风味"论（王夫之）等等[1]。这些诗学理论都标举"以味论诗"，感官层次上的"味"都是其入思诗学现象的根本方式，构成了较为完备的"感性"诗学理论体系，充分彰显出中国传统诗学的感性特征。这种感性特征的具体表现是其诗学范畴和理论表述之"譬喻连类"，其理论之形成不是建立在严密的逻辑推理和理论分析的基础上，而是以己度情、以心体物，以感性体悟为主要入思方式，最终推演出诗学范畴，通过范畴之间的互通互释产生意义交叉和勾连，从而形成其理论体系。例如钟嵘论曹植诗是"骨气奇高，词采华茂，情兼雅怨，体披文质，粲溢今古，卓尔不群"[2]，评陆机诗"才高辞赡，举体华美。气少于公干；文劣于仲宣"[3]，谓谢灵运诗"兴多才高博，寓目辄书，内无乏思，外无遗物，其繁富，宜哉！然名章迥句，处处间起，丽典新声，络绎奔会。譬犹青松之拔灌木，白玉之映尘沙，未足贬其高洁也"[4]。钟嵘论诗之体貌或多与人的感性相关，或引类譬喻，描述诗作所生发的美感。

中国传统诗学这种感性特征具体表现为用极其"繁富"之诗歌风格的概念或鉴赏论范畴，描述诗作所生发的美感。例如，司空图的《二十四诗品》就是以二十四个诗歌风格的概念来阐述中国诗歌的二十四种风格，诸如"雄浑"："大用外腓，真体内充。"[5] 此为首句，

1　陈应鸾：《诗味论》，巴蜀书社，1996年。

2　钟嵘：《诗品上·魏陈思王植诗》，曹旭集注：《诗品集注》，上海古籍出版社，1994年，第97页。

3　钟嵘：《诗品上·晋平原相陆机诗》，曹旭集注：《诗品集注》，上海古籍出版社，1994年，第132页。

4　钟嵘：《诗品上·宋临川太守谢灵运诗》，曹旭集注：《诗品集注》，上海古籍出版社，1994年，第160页。

5　[唐] 司空图：《二十四诗品》，何文焕辑：《历代诗话（上）》，中华书局，1981年，第38页。

"用"与"体"相对;"体"即"本体","用"则是本体的具体表现。此处的"大用",指的是一种巨大的外在感性形式。"真体",是指诗歌中所充溢着的真实深挚的思想感情。再如"冲淡":"素处以默,妙机其微。饮之太和,独鹤与飞。犹之惠风,荏苒在衣。阅音修篁,美曰载归。遇之匪深,即之愈稀。脱有形似,握手已违。"[1]整首诗借人平素闲居环境的清雅素淡"引类譬喻",阐明"冲淡"作为诗歌风格学范畴的审美特征。他还以一幅明艳优美的动人图景来形容"纤秾"的风格特征,将之譬喻为流水、远春、幽谷、美人、碧桃、流莺等能够引起人强烈感性冲动的美艳人事。这种以四言诗的形式来描述诗歌风格的诗学思维,显然是建立在诗学家对诗歌风格的感性经验之上的。

感性经验无非是以审美主体之各种感官去体验诗歌的结果,饶有趣味的是,中国传统诗学的诸多概念多与人之气质或器官之根本特性密切关联,如王士禛的"神韵"说、袁枚的"性灵"说等。即使以推崇宋诗、注重理性著称的翁方纲的"肌理"论诗学体系,其感性特征仍然非常显明。一方面,翁方纲针对严羽"诗有别材,非关书也;诗别有趣,非关理也""不涉理路"之说,提出:"在心为志,发言为诗,一衷诸理而已。"[2]他在《志言集序》《格调论》《神韵论》等文章中反复引及杜甫"精熟《文选》理"、韩愈"雅丽理训诰"、杜牧序李贺集时所谓的"少加以理,奴仆命《骚》可也"等前人的论说,并且专门写了《杜诗"精熟文选理""理"字说》《韩诗"雅丽理训诰""理"字说》两文来为

---

[1] [唐]司空图:《二十四诗品》,何文焕辑:《历代诗话(上)》,中华书局,1981年,第38页。
[2] [清]翁方纲:《志言集序》,《复初斋文集》卷四,清刻本。

其"以理入诗"的"肌理"说寻找根据；[1]另一方面，他非但未摆脱感性诗学的影响，而且形成了其特有的"诗境"论，其中，"味"同样成为其"诗境"论的重要因素：

> 诗教温柔敦厚之旨，自必以理味、事境为节制，即使以神兴空旷为至，亦必于实际出之也。风人最为送别之祖，其曰"瞻望弗及，泣涕如雨"，必衷之以"其心塞渊"、"淑慎其身"。《雅》什至《东山》，曰"零雨其濛"，"我心西悲"，亦必实之以"鹳鸣于垤"，"有敦瓜苦"也。况至唐右丞、少陵，事境益实，理味益至，后有作者，岂得复空举弦外之音，以为高挹群言者乎？[2]

在翁方纲看来，"理味""事境"是用以节制诗教的"温柔敦厚"色彩的，诗要抒情言志，必须要以"理"为旨归，而这种"理"又必须通过创造"事境"来表现。正是在这种以"理"入（事）"境"、以（事）"境"达"理"的诗歌创作中，作品才能富于"理味"。无论如何空灵的诗，都以用"事境"呈现"理味"为最高境界。在此，"事境"是指诗人

---

[1] "自宋人严仪卿以禅喻诗，近日新城王氏宗之，于是有不涉理路之说，而独无以处夫少陵'精熟《文选》理'之'理'字，且有以宋诗近于道学者为宋诗病，因而上下古今之诗，以其凡涉于理路者皆为诗之病，仅仅不敢以此为少陵病耳。然则孰是孰非耶？曰：皆是也。客曰：然则白沙、定山之宗《击壤》也，诗之正则耶？曰：非也。少陵所谓理者，非夫《击壤》之流为白沙、定山者也。"［清］翁方纲：《杜诗"精熟文选理""理"字说》，《复初斋文集》卷十，清刻本。

[2] ［清］翁方纲：《石洲诗话卷八》，郭绍虞编选、富寿荪校点：《清诗话续编（下）》，上海古籍出版社，1983年，第1504页。

所处的特定时空和具体情境，它是诗境的客观基础。但这种事境是已经转化为诗作意义构成因素的时空和情境，即诗中的境界："予尝论古淡之作必于事境寄之，放翁亦言绝尘迈往之气于舟车道路间得之为多。"[1] 诗所构筑的"事境"成为寄托"绝尘迈往之气"的依凭，"绝尘迈往之气"在"事境"中转化为诗中之理，理与境合，才能达到"肌理"完美。翁方纲的诗学理论大多也是以感性形态表述的，如《石洲诗话卷八》就是以评论王士禛仿元遗山论诗绝句为出发点，从这些论诗诗中抽象出其诗学范畴和诗学要旨，这种评点之学本身就是从感性体悟出发，点到为止，感性因素居多。由此可见，即使如翁方纲这样强调理致的诗学家，其理论体系仍然未能超出感性层面。

中国传统诗学的这种感性特征，在诗学史论中表现得同样明显。中国传统诗学对诗学现象史的建构主要是通过对诗学现象追根溯源的考察来体现的，如钟嵘的《诗品序》这样勾勒五言诗史：

> 昔《南风》之词，《卿云》之颂，厥义夐矣。夏歌曰："郁陶乎予心。"楚谣曰："名余曰正则。"虽诗体未全，然是五言之滥觞也。逮汉李陵，始著五言之目矣。"古诗"眇邈，人世难详。推其文体，固是炎汉之制，非衰周之倡也。自王、杨、枚、马之徒，辞赋竞爽，而吟咏靡闻。从李都尉迄班婕妤，将百年间，有妇人焉，一人而已。诗人之风，顿已缺丧。东京二百载中，唯有班固《咏史》，质木无文。降及建安，曹公父子，笃好斯文；平原兄弟，郁为文栋；刘桢，王

---

[1] [清] 翁方纲：《朱草诗林集序》，《复初斋文集》卷四，清刻本。

粲，为其羽翼。次有攀龙托凤，自致于属车者，盖将百计。彬彬之盛，大备于时矣。尔后，陵迟衰微，迄于有晋。太康中，三张、二陆、两潘、一左，勃尔复兴，踵武前王，风流未沫，亦文章之中兴也。永嘉时，贵黄、老，稍尚虚谈，于时篇什，理过其辞，淡乎寡味。爰及江表，微波尚传。孙绰、许询、桓、庾诸公诗，皆平典似《道德论》，建安风力尽矣。先是郭景纯用隽上之才，变创其体；刘越石仗清刚之气，赞成厥美。然彼众我寡，未能动俗。逮义熙中，谢益寿斐然继作。元嘉中，有谢灵运，才高词盛，富艳难踪，固已含跨刘、郭，凌轹潘、左。故知陈思为建安之杰，公干、仲宣为辅；陆机为太康之英，安仁、景阳为辅；谢客为元嘉之雄，颜延年为辅。斯皆五言之冠冕，文词之命世也。[1]

诗学家将历史源流的考察渗透在对代表诗人诗作的品评之中，以感性直觉入思诗学现象，以言简意赅的评点勾勒诗歌史发展的大致轮廓。这种史论方法为诗学家分析某种或某些诗学现象的来龙去脉打下基础。南朝时期，史学家的诗学论述也是如此，如沈约的《宋书谢灵运传论》写道："自汉至魏，四百余年，辞人才子，文体三变：相如巧为形似之言，二班长于情理之说，子建、仲宣以气质为体，并标能擅美，独映当时。是以一世之士，各相慕习。源其飙流所始，莫不同祖《风》、《骚》，徒以赏好异情，故意制相诡。"[2]沈约为史学家之论，钟

---

[1] 钟嵘：《诗品序》，曹旭集注：《诗品集注》，上海古籍出版社，1994年。
[2] 沈约：《宋书谢灵运传论》，郁沅、张明高编选：《魏晋南北朝文论选》，人民文学出版社，1996年，第296页。

嵘则为诗学家之说，但在对诗学现象做感性的历史描述上，则属同一法门。钟嵘除在序论中对五言诗之来龙去脉进行了追源溯流的考察之外，还把自汉以来一百二十三家诗作分列上、中、下三品，对主要的三十六家一一寻其源流，如认为曹植等人的诗"其源出于国风"，李陵诗"其源出于楚辞"，而班婕妤、王粲诗又"出于李陵"……最终将《诗经》和《楚辞》归结为汉魏六朝诗之总源。

钟嵘之后的中国诗学对于诗学史的研究和描述，走的都是钟嵘的路子，即使是以"诗学"命名的著作也不例外。元代范梈的《诗学禁脔》其实是一部"诗格"论著，全书将诗歌分为十五格，每一格举出一首诗进行感悟式评点[1]。清代汪师韩的《诗学纂闻》虽然涉及的诗学问题较多，但是随意编排，杂而无序，一下子论诗的起源，突然又论音韵，之后又论诗法，接着又论诗韵，后又论诗风，毫无法度。[2] 这两部著作都没有对中国诗学现象做史的勾勒。清代鲁九皋的《诗学源流考》虽然篇幅不多，却是中国古代第一部诗学史论著，描述了中国的诗、赋、词、曲及历代诗家互相影响、竞相沿袭、不断促进中国诗学发展的历史事实。全书追本溯源，将史的描述与事实考辨有机地结合起来，以三千字篇幅描述中国两千年诗史，虽然气度恢宏，但这种描述只能是言简意赅的感性勾勒，感性体悟仍然是其根本特征，因此，没有也不可能对中国诗学史进行系统的理性论证。

二十世纪初，随着西方哲学史、美学史、文学史乃至诗学史论著被译介到中国，其偏重于理性分析和逻辑推理的历史思维方式也逐渐

---

[1] ［元］范梈：《诗学禁脔》，何文焕辑：《历代诗话（下）》，中华书局，1981年，第758页。
[2] 汪师韩：《诗学纂闻》，王夫之等：《清诗话（上册）》，上海古籍出版社，1999年，第439页。

被中国文学家和诗学家所接受，其影响所及最早是文学史论著，后来才逐渐深入到中国诗学史论著。中国最早的文学史论著，如林传甲的《中国文学史》（1904年）、王梦曾的《中国文学史》（1915年）、曾毅的《中国文学史》（1915年）及张之纯编纂、蒋维乔校订的《中国文学史》（1915年）等，已涉及诗学问题，历史理性也被引入到对诗学史的观照之中，但是，由于所论极其驳杂，难以明晰地呈现诗学史的轮廓。然而，这些文学史论著中对诗学问题的描述毕竟加入了自西方引入的历史理性因素，从而为中国诗学史论著的产生奠定了坚实的基础。

平心编的"民国丛书"第三编《全国总书目》列有"诗歌学"一类，其中，1935年以前出版的诗学专著就有六十八种：有译作，但更多的是中国人写的专著；译作所论述的是诗的基本原理，而专著则既有关于诗学基本原理的著作，更多的是论述中国诗学现象的著作。这些新出现的中国诗学著作显然吸收了西方美学、诗学的历史理性与历史构架，因而呈现出与中国传统诗学理论著作截然不同的形态。中国传统诗学著作，比较常见的是"诗（词、曲）品""诗（词、曲）格""诗（词、曲）式""诗（词、曲）谱""诗（词、曲）话""诗（词、曲）律"等，不但名目繁多，其具体的名称也异彩纷呈。这些著作的研究对象也非常具体，或偏于诗（如胡怀琛的《中国诗学通评》），或只论词（如吴梅的《词学通论》、王易的《词史》），或重于曲（如卢冀野的《词曲研究》），还有兼及各体的陈钟凡的《中国韵文通论》、龙沐勋的《中国韵文史》等；有只论旧诗的，也有只论新诗的，还有新诗旧诗一起论说的，如杨鸿烈的《中国诗学大纲》，这些名称及其内容都体现了中国古代文体分类极为细密的特点。虽然说"一代有一代之文学"，但是这些文体之间都存在着一种衍生关系。中国古代的诗学论著在论及诗学源流时也常常是从考察诗、赋、词、曲的继承沿革着眼的，如鲁九皋的《诗学源流考》就是如此。然而，这些诗学著作无疑在不同程度上受到了西方美学、诗学之影响。

二十世纪二十年代之后，由于受到西方美学观念的影响，这些诗学论著参照西方诗学文体分类的标准，将中国古代的诗、词、曲视为古典诗歌（有些赋也被当作诗歌，而有些则不能）。这些古代文体都有一个共同的突出特点，即无论其所表现的内在意旨，还是表现这种意旨的形式都具有深厚的审美内涵，用西方美学的术语来说，这些文体都是"一种有意味的形式"。虽然这种分类方法来自西方，但这些诗学论著的理论构架基本上是对中国传统诗学的继承，只是经过选择、概括之后，比中国传统诗学的体系更为严密，内容更为全面，而且理性分析和逻辑推理的成分增加，感性体悟的随意性降低，从而使得其理论体系呈现出与中国传统诗学截然不同的风貌。

范况所著的《中国诗学通论》即是其中之一。其理论架构除绪论和结论外，分为论规式、论意匠、论结构、论指摘四章。第一章论述各种诗体的基本特征和基本要求，是此书理论架构的基础。以下各章则是对第一章所涉及的各种体裁的诗歌的技巧与方法的论述，是第一章所涉及问题的具体化。第二章重在讲述艺术表现技巧，第三章重在阐释布局谋篇，第四章则具体罗列诗歌创作中最易犯的毛病，也就是作诗的禁忌。通过这种系统化梳理，中国古典诗学现象的创作方法和鉴赏技巧被理论化和条理化了。范况在绪言中说："立言贵有次第。余编《中国诗学通论》之次第，譬诸匠人作室，必先经画区畛，所谓左庙右社，前朝后市，其体制各别，先有成算也；故首论规式。规式既定，然后引绳操墨，相度众材，曰左曰右，指挥群工，乃克集事；故次论意匠。意匠经营，胸有成室矣；然栋梁榱桷，门墙户牖，一或不备，未可落成；故次论结构。《斯干》之诗云：'风雨攸除，鸟鼠攸去'；《绵》之诗云：'削屡冯冯'；苟有瑕可攻，有隙可入，非室之善者也。善作室者，必求无弊；故以论指摘终之。"[1]

徐谦的《诗词学》也深受西方美学、诗学之影响。徐谦是一个有深厚的中国传统诗学修养的诗学家，他对传统诗学过于偏爱而对新诗颇有微词："余讲诗词学而不及白话诗，盖未尝以为今之白话诗之果为诗也。今之白话诗有二：一译文，由西诗以散文体译之；二拟译诗，由西诗之译文而仿效之。此二者之非诗，谅可不待烦言而解。吾国古者非无白话诗，亦非无无韵诗及长短句。其所以成为诗者，则诗思、诗境、诗笔、诗法无不有一标准焉。如是则为诗，不如是则为词、为曲、为韵文、为散文、为话。此余所欲对于新体诗下一针砭者也。余于文学非提倡复古，尤非不注重创作，惟于今之白话诗或新体诗，终不列之于诗词学。此书中所未及也。"[2]虽然徐谦不认可新体诗和白话诗，但其诗学观念无疑受到西方美学诗学的影响，他认为："诗在文学中为一种美术文字。非徒恃学力，必有一种天才而后可。"[3]把诗看作一种美术，这显然是在西方美学影响下所产生的诗学观念。其"天才"在诗词创作中的作用也是受到康德、席勒等西方美学家天才观影响的结果。徐谦对《诗经》中诗歌的分析都是从诗思、诗境、诗笔、诗法四个方面进行的。如分析《柏舟》：

---

1 范况：《中国诗学通论·绪论》，王云五主编"万有文库"本，商务印书馆，1930年，第1页。
2 徐谦：《诗词学·序》，商务印书馆，1926年，第1页。
3 徐谦：《诗词学》，商务印书馆，1926年，第1页。

> 诗思：伤仁人不遇，小人在君侧。
>
> 诗境：忧郁之境。
>
> 诗笔：忠厚缱绻。
>
> 诗法：一章由兴而赋。二章三章四章皆为赋。五章则由比而赋。一章言柏舟之泛于中流。如己之不遇而有忧。二章言己能鉴别善恶。乃言之反而遭屏斥。三章言己之志不移。非群小比。四章言己为群小所愠侮。而心戚也。五章隐言君德之亏而不忍去之。[1]

虽然徐谦仍然受到儒家诗学的影响，以君臣比附来解诗，但是，其条分缕析的解释显然具有强烈的理性特征。

如果说范况的《中国诗学通论》是对中国传统诗学所论问题的具体化和条理化，继承传统诗学的成分较多，那么，杨鸿烈写于1924年的《中国诗学大纲》则是对西方美学诗学的具体运用。杨鸿烈在自序中写道：

> 我这本书是把中国各时代所有论诗的文章，用严密的科学方法归纳排比起来，并援引欧美诗学家研究所得的一般诗学原理来解决中国诗里的许多困难问题，如诗的起源的时代，分类，和功用等项。在第一章里开首就讨论诗有无原理，这是自来诗学家所不曾注意过的，我却因此要使一般诗学原理的研究，得有理论上和事实上的稳固根据。我并且举出中国有诗学原理的许多证据，使读者可以就把这一章勉强

---

[1] 徐谦：《诗词学》，商务印书馆，1926年，第5页。

的当作一部中国诗学思想发达小史看待。第二章里我搜集中国书里所有的诗的定义差不多有四十余条，也是前此研究中国诗的人所不曾发现过的，我又用逻辑学里定义的法则逐一的加以批评，总括出他们的四大缺点，然后自己大胆的替诗下一个比较完全正确的定义。第三章里，我判定中国最古写成文字而又最可信的诗是《诗经》三百篇，扫空前此时代的伪作和一般旧学者的臆说，并把许多有价值的诗的心理的起源的说法尽量引用，加以说明。第四章论诗的分类，煞费心血！既把中国各时代诗学家的分类法逐一批评，又引用欧美许多的诗的分类原理，斟酌情形来分中国的诗为"客观的诗"和"主观的诗"二大类，虽觉得还不甚十分恰当，但觉得尚能以简驭繁，包罗而无余剩。文里对于某类诗所发生的流弊，也都痛下攻击，使今后作诗的人，不再因袭，去蹈他们的覆辙。第五章在阐发诗的实质的要素方面，除"想象""思想"诸项而外，在"感情"里最推重的是"男女之爱情"。我从根本上来澄清一般人以错谬的道德观念妨碍文艺的创造——尤其是作诗。在陈说诗的形式的要素方面，也以自然的音韵节奏为一切诗所不可无，但对于技巧的格律就全然加以排斥，并引用中国各时代诗学家对此相同的意见。第六章论诗的作法，总括各家的说法成为三大派：性情说，学问说，性情学问相辅说。我以为比较稳健没有流弊的说法便是性情与学问相辅，并以做新诗的方法根本就是一切诗的方法。第七章论诗的本来只有心理的功能，痛斥中国一般诗学家伦理的功能的说法和少数不懂文艺真价的谬说。第八章论中国诗是进化,而以退化说虽不合历史的真象,但于人的心智的演进情形,有部分的可靠。第九章说明我这书的目的是在拥护诗的生命,并对于时下一般新诗人有些要贡献的意见。[1]

在这篇《自序》中,他明说自己是援引欧美诗学原理来研究中国诗学现象,其思路及分析方法都是模仿西方诗学的:从诗的起源和定义入手,然后总结出诗的基本原理,再用这些基本原理来梳理中国的诗学现象。作者在介绍本书的写作经过时说自己以前最推崇摩尔顿(Richard Green Moulton)在《文学的近代研究》中的见解:普遍的研究——不分国界,种族;归纳的研究;进化的研究。显然,《中国诗学大纲》处处渗透着摩尔顿思想对其的影响。从表面的理论架构来看,杨鸿烈有着强烈的问题意识,对诗学问题的追问成为《中国诗学大纲》诗学体系逻辑架构和思维理路的主脉。而且,此书问题与问题之间的关系既相互勾连,又步步推进,使得其诗学思维的理路层层深入,最终达到建构自己诗学体系的目的。此书的确是博采中西诗学之长,一方面,构成其诗学体系的一些重要诗学观念和诗学范畴无不受到西方美学诗学的影响;另一方面,此书并不仅仅停留于机械地接受西方美学诗学,而是经过自己的理性思辨和逻辑分析,将之内化为阐释中国诗学现象、解决中国诗学问题的理论武器。他对西方美学诗学的吸收也是有所选择的,其选择的依据就是中国诗学史及当时诗歌创作的实际状况。如在探讨"诗有不有原理""中国有不有诗学原理"这些问

---

[1] 杨鸿烈:《中国诗学大纲·自序》,王云五主编"国学小丛书"本,商务印书馆,1928年1月,第1页。

题时,他就引用了自《文心雕龙》一直到当时的诗学领袖胡适以来的看法,然后对这些看法一一加以辨正,并在此基础上提出自己的观点:"诗是有原理的""中国是有诗学原理的"。[1]第四章论"中国诗的分类",其新颖之处在于把中国诗歌划分为"客观的诗"与"主观的诗"。其实,王国维已经把诗人分为"主观之诗人"和"客观之诗人":"客观之诗人,不可不多阅世。阅世愈深,则材料愈丰富,愈变化,《水浒传》《红楼梦》之作者是也。主观之诗人,不必多阅世。阅世愈浅,则性情愈真,李后主是也。"[2] 不过,王国维所谓的"客观之诗人"是指创作叙事文学者,如史诗、戏曲、小说作家。叙事文学作者需要掌握丰富的材料,需要"洞明世事",才能创作能够较为全面地反映社会生活的叙事文学作品。由于创作这种文学要有大量的生活阅历做底子,并且,需要寓深刻的哲理于事件的客观叙述之中,因此,王国维称之为"客观之诗人"。"主观之诗人"创作的是抒情作品,需要的是真情实感。正所谓"赤子之心"就是"童心"。在王国维看来,文学是游戏的,是不带任何功利色彩的,而能够保持这种"赤子之心"、摒弃功利才能毫无顾忌地表现真感情,抒写真景物,如此之诗才能"有境界"。但是,杨鸿烈把中国诗歌划分为"客观的诗"与"主观的诗"的前提与王国维不一样。杨鸿烈是在"诗歌"的范围内划分的,而王国维则是在整个文学的范围内划分的,前提不同,当然其含义也有别。显然,杨鸿烈的划分方式来自西方诗学家。"欧美诗学家最普通最占势力的分类法,就是以

---

[1] 杨鸿烈:《中国诗学大纲·通论》,王云五主编"国学小丛书"本,商务印书馆,1928年1月,第1—28页。
[2] 况周颐、王国维:《蕙风词话·人间词话》,王幼安校订,人民文学出版社,1982年,第198页。

诗人和他所取材的关系（The poet in relation to his material）为分类的标准（这是阿尔丹的话，要是换齐温斯得的话就是：以材料对于歌唱者的关系为分别诗的一大原则）。这样就分为三类：史诗（Epic poetry）、抒情诗（Lyrical poetry）、剧诗（Dramatic poetry）。"[1]但是，哈得逊仍然认为这种三分法不很精密，因为"剧诗并不是那样一曲一曲很规则的戏曲，只是文学上特别的一种体裁罢了。并且这种诗是为读阅而作，不是为拿去舞台上排演而作，不过这种诗的特性，是合乎戏剧的原理罢了"[2]。所以，他把"剧诗"归于"客观诗"项下，把自古以来号称最通用最便利的"史诗""抒情诗""剧诗"的三分类法改为两分法："主观的诗"（Subjective poetry）、"客观的诗"（Objective poetry）。于是，杨鸿烈沿用这种分类法把中国诗歌也划分为"客观的诗"和"主观的诗"两大类。"客观的诗"包括叙述类和戏剧类，如民间歌谣、史诗、有音节的故事和剧诗，中国诗中"有音节的故事"和"剧诗"可以纳入"民间歌谣"。"史诗"在中国诗歌中则几乎没有，因为，按照盖来（C.M.Gayley）在《诗学原理导言》中所说，"史诗是一种非热情的背诵，用高尚的韵文的叙述描写出绝对的命定论的控制之下的一种大事件或大活动的，这种事件或活动里所有的是英雄的人物与超自然的事实"[3]。因此，杨鸿烈又把中国的"客观的诗"分为两类：民间歌谣和描摹的歌谣。民间歌谣又分为情歌、生活歌、滑稽歌、叙事歌、灵感歌、儿歌，其中儿歌又分为事物歌和游戏歌。中国的"主观的诗"则分为爱情类的抒情诗、

---

1 杨鸿烈：《中国诗学大纲·中国诗的分类》，王云五主编"国学小丛书"本，商务印书馆，1928年1月，第82页。
2 同上，第84页。
3 同上，第85页。

悲感类的抒情诗、讥讽类的抒情诗、自然类的抒情诗、箴诫诗、哲学类诗。这种分类标准和条分缕析的分类方式显然具有很强的理性色彩。值得注意的是，杨鸿烈的诗学体系不但包括了中国古典诗歌，而且涵盖了当时正处于发展中的并不怎么成熟的中国白话新诗，这就使得其诗学理论体系建立在更为广阔的诗学实践基础之上。这种完备的诗学理论体系，不但其构架是从西方诗学引入的，而且其注重理性分析和逻辑推理的诗学思维也是西方式的。杨鸿烈的诗学理论体系虽不能说完全移植了西方诗学的体系，但至少可以说是兼采西方各家诗学重新组构的结果。这种接受方式的最重大成就，并不止于引入西方诗学本身，而在于引入西方诗学的理性分析和逻辑推理的诗学思维方式，西方某些理论范畴的引入对于扩展中国诗学的话语系统也有着重要意义。

然而，单纯地移植西方诗学理论话语不但不能解释所有的中国诗学现象，而且还会造成削足适履的弊病。如杨鸿烈引入西方诗学的诗歌分类方式时，由于中国没有西方诗学界定的史诗，所以只能适当地调整中国诗歌的分类方式，否则，就不能反映中国诗歌发展的历史事实。另外，西方诗学毕竟是从西方诗歌创作实践中总结出来的诗学理论体系，由于中西诗学思维存在着巨大的差异，因此，在中国诗学事实中虽然能够找到与某些西方诗学理论范畴相近似的对应物，但其中的差异却是不能抹杀的，否则，就会造成理论上的偏差和误解。

第二节　从"偏取"到"整合"：中国新诗诗学的形成与西方美学
——从胡适派、新月派到象征派

中国诗学的巨大转变发生于二十世纪的第二个十年。西方美学在中国的传播经历了二十世纪初的广泛引介，到二十世纪二十年代已经在知识界产生显著影响，中国知识者译介西方美学的力度持续增强，对西方诗学的译介也逐渐形成一种风气，特别是蔡元培的美育学说使得美学作为一种现代学科观念被普遍认同，美学成为教育部规定的各级学校的必修课程。这些因素无疑为中国诗学巨变的发生奠定了坚实的基础。晚清的疑古思潮进一步颠覆了儒家思想的价值中心，为西方美学、诗学在中国的广泛传播廓清了道路。在这股思潮中成长起来的胡适、钱玄同、俞平伯、郭沫若、田汉、宗白华、徐志摩、闻一多、梁实秋、戴望舒、穆木天、王独清、梁宗岱等人，不但成为中国思想启蒙的精英，而且成为对中国文学进行彻底变革的支柱。由疑古思潮培养起来的疑古精神成为这些思想精英重要的思维品质，他们对西方哲学、美学、诗学的广泛接受，则使得西方美学成为促使中国诗学发生根本变化的知识和思想前提。中西美学诗学既拓展了中国现代诗学产生的知识背景与思想资源，同时，中西诗学传统在二十世纪的第二个十年的众声喧哗，也造成了不必要的理论陷阱和迷误，对中国现代诗学体系的形成有一定的负面作用。但是经过十多年的探索，中国新诗诗学逐渐建立，这成为中国诗学现代转型的最重要的标志。

一、透明的限度：胡适派诗学对中西美学、诗学的偏取及其得失

一

若论中国现代诗学理论体系的建立，不能不首先论述胡适的诗学理论，因为胡适是中国新诗诗学的开创者。有论者认为，胡适成为中国现代文学的开山祖师完全是"无心插柳柳成荫"，是一种历史的偶然。其实这种观点只抓住了历史发展规律的一个方面，只看到胡适缺

乏诗人才气、没有创作出具有较高审美价值的诗篇，却忽略了他对诗学现象和诗学问题的持久关注，更没有看到，胡适不但很早就对诗学倾注了高度的热情，而且其诗学研究的视野非常广阔，连通中外，涵盖古今。

在美国留学期间的日记中，胡适有许多关于中外诗学现象的介绍和评述，如1911年4月13日他对汉儒讲解《诗经》之谬的评论，4月17日又记读勃朗宁的诗而生故国之思的感触，5月5日称赏《诗经》："《豳风》真佳文。如《七月》《鸱鸮》《东山》，皆天下之至文也。"[1] 1914年，胡适译拜伦的《哀希腊》并评论了苏曼殊等人翻译此诗之得失，同年，写《律诗的源流》，考察中国古典律诗的来龙去脉，又写《谈十四行诗的写作》，对十四行诗这一西方格律诗的写法进行了较为细致的研究。在此基础上，胡适于1915年5月1日的日记中明确表明自己"最恨律诗"，但任叔永的《春日书怀》能"以古诗法入律，不为格律所限，故颇能以律诗说理耳"[2]。对诗歌格律的怀疑是胡适诗学思想的转折点，一个具体的表现是其对诗歌格律作用有意识的误读。他从当时盛行一时的西方进化论观念出发，认为"词乃诗之进化"，因为"吾国诗句之长短韵之变化不出数途。又每句必顿住，故甚不能达曲折之意，传婉转顿挫之神"；词则能够达到自由舒展、顿挫抑扬的境地。[3] 如果从句式富于变化的角度来看，胡适的观点是正确的，但事实上，词的格律

---

[1] 胡适：《赞美〈诗经〉中的佳文》，吴奔星、李兴华选编：《胡适诗话》，四川文艺出版社，1991年，第5页。

[2] 胡适：《既恨律诗，又以律诗说理》，吴奔星、李兴华选编：《胡适诗话》，四川文艺出版社，1991年，第26页。

[3] 胡适：《词乃诗之近化》，吴奔星、李兴华选编：《胡适诗话》，四川文艺出版社，1991年，第29页。

并不比诗宽松，甚至比诗的格律更为严密。胡适误读诗歌格律的意义在于使词成为中国新诗的最初范本，他的新诗创作实践就是从写白话词开始的，之后才转而写白话诗，这使得其白话诗一直未能完全脱离古典诗词的音节，可见胡适受中国古典诗词影响之深。另一方面，胡适还运用西方诗学观念来解读中国的诗学现象，其《论白居易〈与元九书〉》就受到西方诗学理想主义（Idealism）和实际主义(Realism)划分方法的影响，他把白居易的诗及诗学观念归入实际主义一派。胡适在《送梅觐庄往哈佛大学》诗中写道："新潮之来不可止，文学革命其时矣。"他从遍行中国的欧风美雨中看到了文学变革的契机，又从中国诗的演变事实中探寻文学革命的依据："文学革命，在吾国史上非创见也。即以韵文而论：三百篇变而为骚，一大革命也。又变而为五言，七言，古诗，二大革命也。赋之变为无韵之骈文，三大革命也。古诗之变为律诗，四大革命也。诗之变为词，五大革命也。词之变为曲，为剧本，六大革命也。何独于吾所持文学革命论而疑之？"[1] 一方面是西方各种理论思潮的冲击和启发，另一方面是中国文学史事实的启示，使胡适坚定了进行文学革新的意志，他于1915年鲜明地提出把"作诗如作文"的诗学主张作为文学革命的突破口："诗国革命自何始？要须作诗如作文。琢镂粉饰丧元气，貌似未必诗之纯。"[2] 胡适提出，进行诗歌革命首先要用作文之法来作诗。胡适提出"作诗如作文"的主张并非偶然，而是有着一定的必然性。除了以上所说的西潮冲击和文学史启

---

[1] 胡适：《论文学革命不容置疑》，吴奔星、李兴华选编：《胡适诗话》，四川文艺出版社，1991年，第75页。
[2] 胡适：《要须作诗如作文》，吴奔星、李兴华选编：《胡适诗话》，四川文艺出版社，1991年，第64页。

示外，他的这一诗学理论的提出还有现实方面的依据。一方面，相对于注重意境营造的唐诗而言，晚清诗坛占主导地位的宋诗偏重于说理，非常直白，有明显的白话化的倾向。另一方面，晚清盛极一时的白话报对胡适的影响更大，他不但喜爱这些白话报，而且还写文章进行鼓吹："中国从前所出的白话报，什么《国民白话报》、《杭州白话报》、《安徽白话报》、《宁波白话报》、《潮州白话报》，如今差不多都消失了。只剩那《杭州白话报》改做了日报，以外各种白话报，只好算作历史上的名词了。如今上海有一班志士，晓得白话报的好处，集中了许多资本，开了一所《国民白话报》，每天出一张，也有论说，也有小说，也有歌谣，也有新闻，处处以'开通民智'四字，作了这报的宗旨。这报将来通行中国以后，我们中国要受他多大影响哩。各处的看官们，劝学所，阅报社，大家买一份看看吧。"[1] 除此之外，胡适早期还用白话写了大量的文章刊登在当时的白话报纸上。正是宋诗和白话报对青年胡适的影响，以及胡适本人对宋诗和白话报的偏好，把他的思路导向了提倡白话文运动的方向。因此，宋诗的白话化倾向和当时的白话报才是胡适"作诗如作文"诗学主张的理论根据。

"作诗如作文"作为胡适最重要的诗学观念，有着特定的内涵，集中地反映了他的美学观念。胡适把"作诗如作文"的诗学观念建立在"诗的文字"和"文的文字"的同一性上，坚持诗、文文字的同一性，强调"诗文同道"成为其"作诗如作文"观念的理论前提。在写给任鸿隽的信中，胡适曾对这一理论前提加以阐释：

---

[1] 胡适：《绍介新书：〈国民白话报〉、〈须弥日报〉》，欧阳哲生编：《胡适文集》第9册，北京大学出版社，1998年，第496页。

……觐庄所论诗之文字与文之文字之别,亦不尽当。即如白香山诗:"城云臣按六典书,任土贡有不贡无,道州水土所生者,只有矮民无矮奴!"李义山诗:"公之斯文若元气,先时已入人肝脾。"此诸例所用之文字,是诗之文字乎?抑文之文字乎?又如适之赠足下诗:"国事今成遍体疮,治头治脚俱所急。"此中字字皆觐庄所谓文之文字……可见诗之文字原不异文之文字,正如诗之文法原不异文之文法也。[1]

胡适之所以提倡"诗文同道",是因为他认为当时的文学存在三大弊病:"略谓今日文学大病,在于徒有形式而无精神,徒有文而无质,徒有铿锵之韵,貌似之辞而已。"因此,他认为:"欲救此文胜质之弊,宜从三事入手:第一,须言之有物;第二,须讲求文法;第三,当用'文之文字',不可避之。"[2] 那么,何谓"文之文字"?在胡适看来,"文之文字"即"白话",其突出特征就是"明白如话"。胡适曾作《白话解》一文对其所提倡的"白话"做了详细说明:"(一)白话的'白'是戏台上'说白'的白,是俗语'土白'的白。故白话即是俗话。(二)白话的'白',是'清白'的白,是'明白'的白。白话但须要'明白如话',不妨夹几个文言的字眼。(三)白话的'白',是'黑白'的白。白话便是干干净净,没有堆砌涂饰的话,也不妨夹几个明白易晓的文言字眼。"[3]

---

[1] 胡适:《胡适致任鸿隽》,转引自吴文祺:《新文学概要》,上海书店据中国文化服务社1936年版影印,第17页。
[2] 胡适:《论文学改良须以质救文胜之弊》,吴奔星、李兴华选编:《胡适诗话》,四川文艺出版社,1991年,第69页。
[3] 胡适:《答钱玄同书》,《胡适文存》,上海书店,1981年,第54—55页。

可见，胡适所提倡的诗歌语言要具有以下特征：一是不避俗语；二是明白如话；三是无堆砌涂饰，明白易晓。胡适在《建设的文学革命论》中，将其白话诗学观念表述为"国语的文学，文学的国语"。在此问题上，钱玄同、刘半农、刘大白等人的看法与胡适的一致。

胡适主张"诗文同道"，主张"以文为诗""以白话为诗"，因此，在诗的作法上反对"抽象"，主张"具体"。他在《谈新诗》中就指出，越"具体"越是好诗，越偏向"具体"越有诗意、诗味。在胡适来看，新诗只有写得"具体"，才能在读者脑中形成一种或多种"明显逼人的影像"。因此，他更进一步举例阐释：

> 李义山诗"历览前贤国与家，成由勤俭败由奢"，这不成诗。为什么呢？因为他用的是几个抽象的名词，不能引起什么明了浓丽的影像。
>
> "绿垂红折笋，风绽雨肥梅"是诗。"芹泥垂燕嘴，蕊粉上蜂须"是诗。"四更山吐月，残夜水明楼"是诗。为什么呢？因为他们都能引起鲜明扑人的影像。
>
> ……
>
> 再进一步说，凡是抽象的材料，格外应该用具体的写法。看《诗经》的《伐檀》："坎坎伐檀兮，置之河之干兮，河水清且涟猗，不稼不穑，胡取禾之百廛兮！不狩不猎，胡瞻尔庭有悬狟兮！"社会不平等是一个抽象的题目，你看他却用如此具体的写法。[1]

---

[1] 胡适：《谈新诗》，杨匡汉、刘福春编：《中国现代诗论（上编）》，花城出版社，1985年，第14—15页。

第六章 从"感性"到"理性":中国诗学理论形态之现代转型与西方美学

这种"作诗如作文"和"具体的做法"的诗学观念与胡适的诗歌美学观念是一致的。胡适曾经在《什么是文学——答钱玄同》中写道:"语言文字都是人类达意表情的工具;达意达的好,表情表的妙,便是文学。但是怎样才是'好'与'妙'呢?这就很难说了。我曾用最浅近的话说明如下:'文学有三个要件:第一要明白清楚,第二要有力能动人,第三要美'。"所谓"明白清楚"就是"懂得性";所谓"有力能动人"就是"逼人性";而"美"就是"懂得性"(明白)与"逼人性"(有力)二者加起来自然发生的结果。[1] 在以上引文中,胡适的论旨指向了诗的本质问题,即:何谓诗?怎样做才能使诗成为诗?在胡适看来,只有用"具体的做法"写出来的才能算诗,因为具体的写法可以化抽象为具体,使创作主体的情感、情绪、意念和抽象的客观事理转化为读者可见、可感、可听、可触的具体意象。但从胡适所举的例子来看,如果说李义山的"历览前贤家与国,成由勤俭败由奢"不是诗的话,那么,何以见得其前面所列举的白香山的"城云臣按六典书,任土贡有不贡无,道州水土所生者,只有矮民无矮奴"和李义山的"公之斯文若元气,先时已入人肝脾"是诗呢?无论是从"懂得性"还是"逼人性"来说,"历览前贤家与国,成由勤俭败由奢"都不会比"城云臣按六典书,任土贡有不贡无"和"公之斯文若元气,先时已入人肝脾"两句差,而且后者同样也不能给读者造成"鲜明扑人的影像"。另外,胡适所举的所谓的真正的诗都是能够营造一种含蓄蕴藉的意境的作品。可见,其例子与其诗歌美学观念也是矛盾的。就其创作实际而言,由于他的所

---

1 胡适:《什么是文学——答钱玄同》,姜义华主编:《胡适学术文集·新文学运动》,中华书局,1993年,第87页。

谓"具体的做法"是在其一贯所持的实验主义的"写实"前提下实行的，过分地强调质实和具体必然导致机械的客观反映论。因此，虽然胡适也提倡用意象来呈现诗歌意旨，但由于其确定的意象必须能"写实"，并没有注意到诗歌文本（包括意象）、创作主体（诗人）的意念和诗所表现的客观世界三者之间的间隙与张力。因此，从诗歌语言、语言运用主体和语言所呈现的客观世界三者之间的关系来说，过分地强调写实必然会摒弃语言运用主体本身情感和意念的介入，从而使语言只是单纯的客观世界的承载物，或者纯粹是语言运用主体意念的简单明了的显现物，淡化乃至抽去了诗歌语言所应隐含的情感基质，缩短了语言与其所呈现的事物或意旨的间隙，导致语言缺乏足够的情感基质和张力结构，最终的后果是诗歌作品感染力和含蓄美的奇缺。可见，文本的透明是有限度的，如果"具体的做法"不能把诗歌所选取的物象"具象化"到意象的层面而仅停留在表象层面的话，就不可能建构诗歌的张力结构，也就没有了含蓄美。

那么，这种过于强调文本的透明的诗学观念，从根本上来说，是建立在对中国传统诗学和西方美学诗学的偏取上的。胡适诗学的理论依据：其一是中国传统的白话文学；其二是西方意象派的诗学主张。一方面，胡适派诗学家是以自己先行预设的诗学观念来切割中国诗学史的，强行把中国传统诗歌划分为文言的与白话的，舍弃文言而偏取白话；另一方面，他们以自己受到白话报刊文章的影响而形成的白话观念来接受西方意象派诗学，从而对之进行了有意的误读。早在1917年，胡适就在《历史的文学观念论》中写道："夫白话之文学，不足以取富贵，不足以邀声誉，不列于文学之'正宗'，而卒不能废绝者，岂无故耶？岂不以此为吾国文学趋势，自然如此，故不可禁遏而日益昌大耶？愚以深信此理，故又以为今日之文学，当以白话文学为正宗。然此但是一个假设之前提，在文学史上，虽已有许多证据，如上所云，而今后之文学之果出于此与否，则犹有待于今后文学家之实地证明。"[1] 正是为了证明白话文学为中国文学的正宗，胡适写了《白话文学史》和《国语文学史》，并且编了《词选》，他舍弃了大部分中国传统文学作品，而只选取其中明白易懂的部分，这显然是对中国传统诗学的偏取。

另一方面，胡适的诗学还是对西方意象派诗学理论的偏取。胡适"八不主义"的形成受到美国意象主义诗学观念的影响，这种观点已经成为一个诗学常识（早在二十世纪二十年代初，梅光迪、胡先骕、刘延陵、梁实秋及闻一多等人就已经指出这一点）。但是，如果将胡适的"八不主义"与西方意象主义诗学信条进行比较就会发现，胡适对意象主义诗学的接受同样是一种偏取。日本学者铃木义昭在对比了裘小龙翻译的"意象派宣言"与胡适的"八不主义"之后指出，胡适的"八不主义"只与"意象派六大宣言"的第一条关系密切，其余各条都很难说与"八不主义"有多大的联系。铃木认为"'意象派信条'归根结底是作为诗歌运动的一环而出现的，而'八不主义'则是着眼于文学一般而言的"[2]，考虑的文学范围不同是造成胡适偏取的一个原因，但根本原因还是在于胡适早年所受到的白话报刊的影响。白话报刊的影响使得胡适不但以"白话"的特性来观照与取舍中国传统文学，而且，还以白话的眼光来取舍意象派的诗学主张。"意象派信条"如下：

---

[1] 胡适：《历史的文学观念论》，姜义华主编：《胡适学术文集·新文学运动》，中华书局，1993年，第33页。
[2] 铃木义昭：《闻一多与胡适"八不主义"——以意象主义为中介》，《徐州师范大学学报》，1997年第2期。

1. 运用日常会话的语言,但要使用精确的词,不是几乎精确的词,更不是仅仅是装饰性的词。

2. 造新的节奏——作为新的情绪的表达——不要去模仿老的节奏,老的节奏只是老的情绪的回响。我们并不坚持认为"自由诗"是写诗的唯一方法。我们把它作为自由的一种原则来奋斗。我们相信,一个诗人的独特性在自由诗中也许会比在传统的形式中常常得到更好的表达。在诗歌中,一种新的节奏意味着一个新的思想。

3. 在题材选择上允许绝对的自由……

4. 呈现一个意象(因此我们的名字叫"意象主义")……我们相信诗歌应该精确地处理个别,而不是含混地处理一般……

5. 写出硬朗、清晰的诗,决不是模糊的或无边无际的诗。

6. 最后,我们大多数人都认为凝炼是诗歌的灵魂。[1]

这六大信条也只是西方意象主义诗学的基本原则,其诗学体系远不止如此简单。从这六大信条来看,某些信条恰恰与胡适所提倡的"以白话作文""话怎么说就怎么写"的主张相契合;"八不主义"中的"不避俗字俗语"一条也与意象派的第一条信条一致。意象派强调节奏,胡适也强调节奏,在其《谈新诗》中有详细论述。而胡适关于"具体的写法"之阐述,则与西方意象派主张"意象"的观点相似。然而,胡适的

---

[1] 转引自沈卫威:《无地自由——胡适传》,上海文艺出版社,1994年,第39—40页。

这些诗学观念受西方意象派诗学的影响也只是表面的，偏取的。比如，胡适强调形式上的"白话化"倾向，所以舍弃了意象派由于强调意象的叠加、不主张用形容词而形成的文本的复义性，因为意象派诗歌的这个特征与胡适的诗学主张恰恰相反。

二

就其新诗理论而言，胡适的新诗审美倾向主要表现在两大方面：诗歌语言——白话，和诗歌生成法则——具体的做法。对语言的关注与思考是胡适等初期白话诗人倡导文学革命的契机，他们对诗歌形式的变革主要是从语言开始的，其提倡的新诗语言就是白话。1915年，还在美国留学的胡适在寄给梅光迪、任鸿隽的信中就有"诗国革命自何始？要须作诗如作文"[1]的诗句，明确提出诗歌革命首先要用作文之法来作诗，走向"诗文同道"。稍后，他又写信给任鸿隽说："诗之文字原不异文之文字，正如诗之文法原不异文之文法也。"[2]在胡适看来，既然诗的文字跟文的文字一样，诗的语法与文的语法一致，"诗文同道"，而文之文字的特性在于"明白"，那么，新诗的语言也应该明白如话。胡适在《白话解》一文中进一步指出，白话既是俗话，也是干干净净、没有堆砌涂饰的话，并鲜明地提出新诗语言应具备不避俗语、明白如话、无堆砌涂饰这三大特征。可见，白话是新诗的物质载体，是新诗产生的物质基础，新诗的"新"首先是语言的新。"作诗如作文"，用白话写诗，以俗语、口语和白话代替文言来表现诗情诗意，可以说是初期白话诗在形式变革方面所取得的最突出的成就。

---

[1] 胡适：《胡适致任鸿隽》，转引自吴文祺：《新文学概要》，上海书店据中国文化服务社1936年版影印，第16页。
[2] 同上，第17页。

然而，问题也正出在这里。胡适提倡用白话作诗并没有错，但他也提倡"诗文同道"，这就模糊了诗的语言与文的语言的异质性，忽略了诗的语言的"凝练""含蓄""富于弹性"等特征。更值得思考的是，与其提倡白话相呼应，在诗的写法上，胡适强调"诗的具体写法"，认为"凡是好诗，都是具体的；越偏向具体，越有诗意诗味"。胡适之所以强调诗的具体性，是因为诗的具体细节的描述或能引起读者听觉上的感觉（如韩愈《听颖师弹琴》的"昵昵儿女语，恩怨相尔汝"），或能引起读者全身的感觉（如姜白石的词"暝入西山，渐唤我一叶夷犹乘兴"），能够化抽象为具体，使得创作主体所表现的抽象的情感、情绪和意念，变得可感、可见、可听、可嗅、可触，而这些具体意象或意境更能感染和打动读者。

然而，就白话而言，注重的是通俗明白、浅显易懂；就"具体的写法"来说，又要能引起读者具体鲜明的印象和丰富的联想，二者显然是矛盾的。要使这两种矛盾的因素达到高度统一的境界，对于初期白话诗人来说谈何容易。况且，胡适所谓的"具体的写法"是在"写实"的前提下实行的，而过分强调质实和具体又会导致机械的客观反映论。可见，即使是初期白话诗人用力最多的新诗语言观念也存在巨大的缺陷。

胡适是初期白话诗派精神领袖，其新诗理论在当时具有理论旗帜的权威地位，因而其新诗理论的重大缺陷直接影响了初期白话诗的理论建构和创作实践，最集中的表现就是导致了初期白话诗人审美心理及形式观念的迷误。过分地强调语言的变革使初期白话诗人们漠视了诗歌艺术形式的其他重要因素，其最终的结果是，他们在冲破中国古代诗歌的形式规范之后，却陷入了一种形式失范的状态，过度自由的

第六章 从"感性"到"理性":中国诗学理论形态之现代转型与西方美学 | 271

形式使初期白话新诗的创作如一条没有堤坝的河流,放任自流,散漫无依,以至于给人们造成一种错误的观念:以为不讲规范,只要用白话分行书写的就是新诗,从而使新诗走入简单、幼稚和极度散文化的泥淖。这不但导致了初期白话诗的非诗化倾向,导致了新诗"诗味"的缺失,而且使得新诗在形式上严重失范,因而极大地限制了初期白话诗的艺术成就。虽然朱自清在《中国新文学大系1917—1927·诗集·导言》中把白话派和象征派、新月派并称为新诗第一个十年的三大诗派,但前者有的只是新诗开创之功,其艺术成就远远逊色于象征派和新月派。

如果说胡适及其追随者因过分强调客观的写实而忽视了诗的含蓄美本质的话,那么以郭沫若为代表的倾向于抒情诗学的创造社诗人则因过分注重于情感的自然抒发而丧失了诗的含蓄美本质。郭沫若认为"诗的本职专在抒情","我想我们的诗只要是我们心中的诗意诗境之纯真的表现,生命源泉里流出来的Strain,心琴上弹出来的Melody,生之颤动,灵的喊叫,那便是真诗,好诗,便是我们人类欢乐的源泉,陶醉的美酿,慰安的天国"[1]。因此,郭沫若给诗歌的定义是:"诗=(直觉+情调+想象)+(适当的文字)"。郭沫若的这一公式比较准确地抓住了诗的本质,因为直觉、情调、想象是诗的灵魂,如果其所强调的"适当的文字"指的是对创作主体情感的适度表现,那么郭氏的这一公式可谓深得诗的三昧,但其理论与创作毕竟存在着一定的距离。郭沫若诗的最大成就在于表现了五四时期"动的反抗的"精神,但在草川未

---

[1] 郭沫若:《诗论三札》,杨匡汉、刘福春编:《中国现代诗论(上)》,花城出版社,1985年,第54页。

雨看来,"只是这种精神的表现在一个人的作品里时,就要问一问这种精神在作品中的表现法,不幸,郭在诗中的这种精神的表现完全是失败的。其失败之大原因,不外两端:第一用了抽象的写法,第二是艺术的不经济"[1]。虽然郭沫若的《女神》以整体象征的手法写成,用凤凰的再生象征中国之再生,其狂飙奔放的激情也蕴含着深厚的爱国主义精神,但郭诗没有注意意象的提炼和意境的营构,直抒胸臆的呐喊使得激情过于直露,情感的表现失去了应有的度,不耐人寻味。因此,草川未雨评论说:"干脆说吧! 好的艺术品是一种在内心发酵出来的东西,所以才能'入人心深,住人心久'。真的诗歌,能给人印象,在暗示,不在说明,要'意在言外,言近而旨远'。郭沫若《女神》所以失败就是离此太远。"[2]

二、整合与超越:新月派诗学、象征派诗学对胡适派诗学的纠偏

一

在西方美学的影响下,胡适派诗学的形成是中国诗学现代转型的一个标志性事件,是开天辟地的大事件。然而,由于其诗学理论是建立在对西方美学的偏取上的,且他们所宗奉的西方美学是杜威的实证主义美学,强调诗歌对现实的刻意模仿,强调纤毫毕现地反映和表现世界,因此,在语言上,胡适派诗学强调白话化,在诗歌思维及表现艺术上则追求客观、写实。这种诗学观念在突破传统诗歌藩篱、开创新诗学上取得了突出的成就,但也造成了新诗严重的"非诗化"倾向;

---

[1] 草川未雨:《中国新诗坛的昨日今日和明日》,海音书局,1929 年,第 63 页。
[2] 同上,第 65 页。

第六章 从"感性"到"理性"：中国诗学理论形态之现代转型与西方美学

恰恰是这一点为其后的新月诗派与象征诗派所诟病。

最先对初期白话诗派诗歌理论进行批驳的是梁实秋。在梁实秋看来："新诗运动最早的几年，大家注重的是'白话'，不是'诗'，大家努力的是如何摆脱旧诗的藩篱，不是如何建设新诗的根基。"[1] 梁实秋的批评既带有针对胡适派诗学的意思，同时，也是对这一特定时期的新诗观念与理论建构的一种深刻反思。他说："经过了许多时间，我们才渐渐觉醒，诗先要是诗，然后才能谈到什么白话不白话，可是什么是诗？这个问题在七八年前没有多少人讨论。偌大的一个新诗运动，诗是什么的问题竟没有多少人讨论，而只见无数量的诗人在报章杂志上发表不知多少首诗，——这不是奇怪么？这原因在哪里？我以为就在：新诗运动的起来，侧重白话一方面，而未曾注意到诗的艺术和原理一方面。一般写诗的人以打破旧诗的范围为职志，提起笔来固然无拘无束，但是什么标准都没有了，结果是散漫无纪。"[2] 在梁实秋看来，胡适派诗歌一味地强调"白话"，而不思考"诗是什么或什么是真正意义上的诗"这一问题；一味地写新诗，而不思考"诗的艺术和原理"，结果创作出的诗歌"散漫无纪"。正如梁实秋所说的："自白话入诗以来，诗人大半走错了路，只顾白话之为白话，遂忘了诗之所以为诗，收入了白话，放走了诗魂。"[3] 象征派诗人梁宗岱对胡适派新诗观念的批评，更是鞭辟入里、一针见血："所谓'有什么话说什么话'，——不仅是反旧诗的，简直是反诗的；不仅是对旧诗体底流弊之洗刷和革除，简

---

1 梁实秋：《新诗的格调及其他》，《诗刊》，1931年第1期，第82页。
2 同上，第82—83页。
3 梁实秋：《读〈诗底进化的还原论〉》，《晨报副刊·诗镌》，1922年5月27日。

直是把一切纯粹永久的诗底真元全盘误解与抹煞了。"[1]

周作人在《〈扬鞭集〉序》中阐述了自己对于新诗的标准与尺度的理解，其实也是对于胡适派诗学的委婉的批评与劝导："新诗本来也是从模仿来的，它的进化是在于模仿与独创之消长，近来中国的诗似乎有渐近于独创的模样，这就是融化。自由之中自有节制，豪华之中实含青涩，把中国文学固有的特质因了外来的影响而益美化，不可只披上一件呢外套就了事。""新诗的手法我不很佩服白描，也不喜欢唠叨的叙事，不必说唠叨的说理，我只认抒情是诗的本分，而写法则觉得所谓'兴'最有意思，用新名词来讲或可以说是象征……象征是诗的最新写法，但也是最旧的，在中国也'古已有之'，我们上观国风，下察民谣，便可以知道中国的诗多用兴体……如'桃之夭夭'一诗，既未必是将桃子去比新娘子，也不是指定桃花开时或是种桃子的家里有女儿出嫁，实因桃花的浓艳的气氛与婚姻有点共通的地方，所以用来起兴，但所谓其性能并不是陪衬，乃是也发表正意，不过用别一说法罢了。"[2] 周作人还指出："中国的文学革命是古典主义（不是拟古主义）的影响，一切作品都像是一个玻璃球，晶莹透彻得太厉害了，没有一点儿朦胧，因此也似乎缺少了一种余香与回味。正当的道路恐怕还是浪漫主义，——凡诗差不多无不是浪漫的，而象征实在是其精意。这是外国的新潮流，同时也是中国的旧手法；新诗如往这一路去，融合便可成功，真正的中国新诗也就可以产生出来了。"[3]

---

[1] 梁宗岱：《新诗底分歧路口》，《诗与真·诗与真二集》，外国文学出版社，1984年，第167页。

[2] 周作人：《〈扬鞭集〉序》，《语丝》，1926年第82期，第18页。

[3] 同上。

二

上述新月派与象征派对于胡适派诗学的批驳，是从"破"的角度来进行新诗理论的革命与创新，那么，新诗到底该往何处去，换言之，该建立怎样的新诗观念与理论体系，这就要从"立"的角度来考虑问题。事实上，新月派与象征派都试图建立一种自己的理论体系，这种理论体系恰恰能够呈现出其流派特征与创新性。

新月派的理论体系大致包括以下几点：一是"诗歌需要'艺术化'"。闻一多指出："一切的艺术应以自然作原料，而参以人工，一以修饰自然的粗率，二以渗渍人性，使之更接近于吾人，然后易于把捉而契合之……（或许这'修饰'两字用得有些犯毛病。我应该说'艺术化'，因为要'艺术化'才能产出艺术，一存心'修饰'，恐怕没有不流于'过火'之弊的。）"[1] 闻一多认同美国批评家佩里（Bliss Perry）的话："差不多没有诗人承认他们真正给格律缚束住了。他们乐意戴着脚镣跳舞，并且要戴别个诗人的脚镣"[2]，所以他认为"恐怕越是有魄力的作家，越是要戴着脚镣跳舞才跳得痛快，跳得好。只有不会跳舞的才怪脚镣碍事，只有不会作诗的才感觉得格律的束缚。对于不会作诗的，格律是表现的障碍物；对于一个作家，格律便成了表现的利器"[3]。闻一多推崇杜甫的"老去渐于诗律细"，认为诗歌要讲究格律是因为"自然界的格律不圆满的时候多，所以必须艺术来补充它。这样讲来，绝对的写实主义便是艺术的破产"[4]。

---

1 闻一多：《〈冬夜〉评论》，《闻一多全集》第 2 卷，湖北人民出版社，1993 年，第 63 页。
2 闻一多：《诗的格律》，《闻一多全集》第 2 卷，湖北人民出版社，1993 年，第 137 页。
3 同上，第 138 页。
4 同上。

新月派理论的第二点是"诗歌必须重视幻象、情感、声、色等元素"。闻一多在批评《清华周刊》文艺栏上的白话诗时指出:"下面的批评首重幻象、情感,次及声与色的元素。"[1] 闻一多还认为:"幻象在中国文学里素来似乎很薄弱。新文学——新诗里尤其缺乏这种质素,所以读起来总是淡而寡味,而且有时野俗得不堪。"他指出,俞平伯的《冬夜》的最大缺陷是"幻想之空疏庸俗"。"恐怕《冬夜》所以缺少很有幻象的作品,是因为作者对于诗——艺术的根本观念底错误。作者的《诗底进化的还原论》内包括两个最紧要之点:民众化的艺术与为善的艺术。"[2]

新月派理论的第三点是诗歌要讲究"理性节制情感"。闻一多以自己的诗歌创作实践做例子,指出:"我自己作诗,往往不成于初得某种感触之时,而成于感触已过,历时数日,甚或数月之后,到这时琐碎的枝节往往已经遗忘了,记得的只是最根本最主要的情绪的轮廓。然后再用想象来装成那模糊影响的轮廓,表现在文字上,其结果虽往往失之于空疏,然而刻露的毛病决不会有了。空疏的作品读者看了不发生印象,刻露的作品,往往叫读者发生坏印象。所以与其刻露,不如空疏。"[3]

新月诗派理论的第四点,也是最重要的一点,是"诗必须追求并遵循'三美'原则"。闻一多在《诗的格律》一文中指出:"这样一来,我们才觉悟了诗的实力不独包括音乐的美(音节),绘画的美(词藻),并且还有建筑的美(节的匀称与句的均齐)。"[4] 音乐美是指诗歌在听觉

---

[1] 闻一多:《评本学年〈周刊〉里的新诗》,《闻一多全集》第2卷,湖北人民出版社,1993年,第40页。

[2] 闻一多:《〈冬夜〉评论》,《闻一多全集》第2卷,湖北人民出版社,1993年,第62—93页。

[3] 闻一多:《致左明》,《闻一多全集》第12卷,湖北人民出版社,1993年。

[4] 闻一多:《诗的格律》,《闻一多全集》第2卷,湖北人民出版社,1993年,第139页。

方面表现的美，包括节奏、平仄、重音、押韵、停顿（音尺）等各方面的美；要求和谐，符合诗人的情绪，流畅而不拗口——这一点不包括为特殊效果而运用声音。绘画美就是诗歌的词汇应该尽力去表现颜色，描绘一幅幅色彩浓郁的画面。建筑美是针对自由体诗提出来的，指诗歌每节之间应该匀称，各行诗句包含的音尺数要一样多。

三

象征派诗学除了批驳胡适派诗学的理论偏失，他们也提出了自己的诗歌理论主张，其中最重要者有四点。

第一点是作诗要讲究"诗的思维术"："我希望中国作诗的青年，得先找一种诗的思维术，一个诗的逻辑学。作诗的人，找诗的思想时，得用诗的思想方法。直接用诗的思考法去思想，直接用诗的旋律的文字写出来：这是直接作诗的方法。因为是用诗的逻辑想出来的文句，所以他的 Syntaxe 得是很自由的超越形式文法的组织法。换一句说：诗有诗的 Grammaire，绝不能用散文的文法规则去拘泥他。诗句的组织法得就思想的形式无限地变化。诗的章句构成法得流动，活软，超于散文的组织法。用诗的思考法去想，用诗的文章构成法去表现，这是我的结论。"[1]

第二点就是讲究诗的"统一性"与"持续性"："我的主张，一首诗是表一个思想。一首诗的内容是表现一个思想的内容……""作诗，应如证几何一样。如几何有一个统一性的题，有一个统一性的证法，诗亦应有一个有统一性的题，而有一个有统一性的作法。"[2] 接着，穆木天

---

[1] 穆木天：《谭诗——寄沫若的一封信》，《创造月刊》，1926 年第 1 卷第 1 期，第 88 页。
[2] 同上，第 82 页。

举出杜牧的名诗:烟笼寒水月笼沙,夜泊秦淮近酒家。商女不知亡国恨,隔江犹唱后庭花。穆木天认为杜牧的这首诗:"是何等的秩序井然,是何等统一的内容,是何等统一的写法。由朦胧转入清楚,由清楚又转入朦胧。他官能感觉的顺序,他的感情激荡的顺序:一切的音色律动都是成一种持续的曲线的。里头虽有说不尽的思想,但里头不知哪里人总觉是有一个思想。我以为这是一个思想的深化,到其升华的状态,才能结晶出这个。"[1] 他指出,作诗不但要讲究诗的"统一性",还要讲究诗的"持续性":"一个有统一性的诗,是一个统一性的心情的反映,是内生活的真实的象征。心情的流动的内生活是动转的,而它们的流动动转是有秩序的,是有持续的,所以它们的象征也应有持续的。一首诗是一个先验状态的持续的律动。"[2]

第三点是诗歌要讲究"音乐性"。穆木天在《谭诗——寄沫若的一封信》中写道:"我忽的想作一个月光曲,用一种印象的写法,表现月光的运动与心的交响乐。"[3] 在穆木天看来:"诗要兼造型与音乐之美。在人们神经上振动的可见而不可见可感而不可感的旋律的波,浓雾中若听见若听不见的远远的声音,夕暮里若飘动若不动的淡淡光线,若讲出若讲不出的情肠才是诗的世界。我要深汲到最纤纤的潜在意识,听最深邃的最远的不死的而永远死的音乐。"[4]

第四点是对"纯粹诗歌"的追求。穆木天写道:"我们要求的是纯粹诗歌(the pure poetry),我们要住的是诗的世界,我们要求诗与散

---

[1] 穆木天:《谭诗——寄沫若的一封信》,《创造月刊》,1926年第1卷第1期,第83页。
[2] 同上。
[3] 同上,第80页。
[4] 同上,第85页。

文的清楚的分界。我们要求纯粹的诗的感兴（Inspiration）。"[1] "读李白的诗，即感觉到处是诗，是诗的世界，有一种纯粹诗歌的感。"[2] 王独清认为："要治中国现在文坛审美薄弱和创作粗糙的弊病，我觉得有倡 poèsie pure 的必要。——木天！如你所主张的'诗的统一性'和'诗的持续性'，我怕也只有 poèsie pure 才可以表现充足。"[3]

---

[1] 穆木天：《谭诗——寄沫若的一封信》，《创造月刊》，1926 年第 1 卷第 1 期，第 85 页。
[2] 同上，第 87 页。
[3] 王独清：《再谭诗——寄给木天伯奇》，《创造月刊》，1926 年第 1 卷第 1 期，第 93 页。

结　语

　　由以上各章可知，西方美学在中国的传播始于晚清时期西方传教士在中国的文化活动，并随着"西学东渐"浪潮进入中国文化语境，二十世纪初期逐渐引起中国美学家和诗学家的广泛关注，到二十世纪二十年代掀起了译介西方美学的高潮，西方各种美学理论都受到中国美学家、诗学家的重视和译介，尤其是康德、叔本华、尼采等美学名家的思想更是获得了系统而深入的译介。对西方美学的深入系统的译介，不仅使得中国美学发生现代转型，而且促使中国诗学由传统形态向现代形态转化。中国诗学现代转型正是在对中西诗学美学的接受与转化的过程中完成的，西方美学在其中起了最为关键的作用。

　　西方美学促使中国诗学的理论基础从传统的儒释道哲学转化为西方哲学美学，进而使得中国诗学的审美视域由传统的"善"向现代的"美"转化，从而深刻地影响了中国诗学的审美观念的现代转型。西方美学还促使中国诗学审美观念由传统的"诗味"论向现代的"诗美"论转化。西方美学使得中国传统诗学范畴向现代诗学范畴转型，其中的某些范畴被引入中国，经过中国诗学家的阐释，并融合中国传统诗学范畴，逐渐成为中国诗学的核心范畴。西方美学的理性精神也对中国诗学的理论形态产生了深远影响，不仅促使中国传统诗学理论形态的现代转型，而且直接促使了中国新诗学的形成。

附 录

民国丛书第三编·100《全国总书目》(1935年以前)
平心编

G144 诗歌学

著作名及作者	出版社	著作名及作者	出版社
1.《诗学》傅东华	商务	15.《中国诗学通评》胡怀琛	大东
2.《诗之研究》傅东华译	商务	16.《中国诗学大纲》江恒源	大东
3.《抒情诗之研究》穆女译	文化社	17.《中国诗学大纲》杨鸿烈	商务
4.《诗歌原理》汪静之	商务	18.《中国诗学研究》田明凡	大学社
5.《诗歌原理ABC》傅东华	世界	19.《诗学》黄节	北大
6.《科学与诗》伊人译	文化社	20.《诗学研究》王泽浦	文化社
7.《诗歌概论》俞念远	汉文	21.《诗论》潘大道	商务
8.《诗底原理》孙俍工译	中华	22.《诗学指南》谢无量	中华
9.《诗歌学ABC》胡怀琛	世界	23.《诗学常识》徐敬修编	大东
10.《诗歌与批评》傅东华	新中国	24.《诗法捷要》顾实	作者
11.《新诗概说》胡怀琛编	商务	25.《诗序解》陈延杰	开明
12.《诗与真》梁宗岱	商务	26.《绝句论》洪为法	商务
13.《新诗作法讲义》孙俍工编	商务	27.《旧诗新话》刘大白	开明
14.《中国诗学通论》范况	商务	28.《白屋说诗》刘大白	开明

（续表）

著作名及作者	出版社	著作名及作者	出版社
29.《学诗辨体法》（二册）张廷华	大东	49.《词学指南》谢无量	中华
30.《最浅学诗法》傅汝辑编	大东	50.《词学常识》徐敬修编	大东
31.《小诗研究》胡怀琛编	商务	51.《词学ABC》胡云翼	世界
32.《论诗六稿》张寿林编	文化社	52.《词学讲义》吴梅	北大
33.《声调四谱图说》董文焕编	作者	53.《人间词话》王国维	朴社
34.《李杜研究》汪静之	商务	54.《中国词史大纲》（第一卷）胡云翼	北新
35.《李清照》傅东华	商务	55.《中国词史略》胡云翼	大陆
36.《杜甫诗里的非战思想》顾彭年	商务	56.《词史》刘毓盘	群众
37.《唐诗综论》许玉文	钟山	57.《词调溯源》夏敬观	商务
38.《唐诗研究》胡云翼	商务	58.《词源》吴梅	北大
39.《唐诗研究》费有容编	大东	59.《宋词研究》胡云翼	中华
40.《唐代诗学》杨启高	拔提	60.《清代词学概论》徐珂	大东
41.《宋诗研究》汪蔚心编	大东	61.《词史》王易	神州
42.《宋诗研究》胡云翼	商务	62.《中国韵文通论》陈钟凡	中华
43.《中国诗史》冯沅君	开明	63.《中国韵文史》龙沐勋	商务
44.《乐府文学史》罗根泽	文化社	64.《诗赋词曲概论》丘琼荪	中华
45.《词曲研究》卢冀野	中华	65.《诗词学》徐谦	商务
46.《词曲通义》任中敏编	商务	66.《中国诗词概论》刘麟生编	世界
47.《词曲通论》吴瞿安	中央大学	67.《中国音乐文学史》朱谦之	泰东
48.《词学通论》吴梅	商务	68.《中国诗词曲之轻重律》王光祈编	中华

主要参考文献

［唐］郑谷:《郑谷诗集编年校注》,傅义校注,上海:华东师范大学出版社,1993年。

［清］永瑢等:《四库全书总目》,北京:中华书局,1965年。

郭庆藩辑:《庄子集释》(全四册),北京:中华书局,1961年。

列御寇:《列子》,北京:文学古籍刊行社,1956年。

何晏集解,皇侃义疏:《论语集解义疏》第四册,上海:商务印书馆,1937年。

［清］刘宝楠:《论语正义》(全二册),北京:中华书局,1990年。

［清］阮元校刻:《十三经注疏》(下册),北京:中华书局,1980年。

［宋］朱熹注:《新刊四书五经·周易本义》,北京:中国书店,1994年。

杨勇校笺:《世说新语校笺》(全四册),北京:中华书局,2019年。

周振甫:《文心雕龙今译》,北京:中华书局,1986年。

张伯伟编:《全唐五代诗格校考》,西安:陕西人民教育出版社,1996年。

王夫之等:《清诗话》,上海:上海古籍出版社,1999年。

郭绍虞编选、富寿荪校点:《清诗话续编》,上海:上海古籍出版社,1983年。

陈鼓应:《老子注译及评介》,北京:中华书局,1984年。

郁沅、张明高编选:《魏晋南北朝文论选》,北京:人民文学出版社,1996年。

汤用彤:《汤用彤学术论文集》,北京:中华书局,1983年。

郭绍虞:《照隅室古典文学论集(下编)》,上海:上海古籍出版社,1983年。

钟嵘著,陈延杰注:《诗品注》,北京:人民文学出版社,1961年。

[清]何文焕辑:《历代诗话》(全二册),北京:中华书局,1981年。

丁福保辑:《历代诗话续编》(全三册),北京:中华书局,1983年。

况周颐、王国维著,王幼安校订:《蕙风词话·人间词话》,北京:人民文学出版社,1982年。

唐圭璋编:《词话丛编》(第四册),北京:中华书局,1986年。

舒芜等编:《中国近代文论选》(共两册),北京:人民文学出版社,1999年。

朱自清:《诗言志辨》,上海:华东师范大学出版社,1996年。

陈寅恪:《金明馆丛稿二编》,上海:上海古籍出版社,1980年。

章太炎:《章太炎全集(三)》,上海:上海人民出版社,1982年。

梁启超:《清代学术概论》,朱维铮导读,上海:上海古籍出版社,1998年。

钱锺书:《管锥编》(全五册),北京:中华书局,1986年。

钱锺书:《谈艺录》,北京:中华书局,1984年。

钱锺书:《钱锺书论学文选》(第四卷),广州:花城出版社,1990年。

傅杰编校:《王国维论学集》,北京:中国社会科学出版社,1997年。

《文史知识》编辑部编:《儒、佛、道与传统文化》,北京:中华书局,1991年。

吴奔星、李兴华选编:《胡适诗话》,成都:四川文艺出版社,1991年。

陈引驰编:《梁启超学术论著集·文学卷》,上海:华东师范大学出版社，1998年。

梁启超：《饮冰室合集》文集第十三、十四册，北京：中华书局，1941年。

杨匡汉、刘福春编：《中国现代诗论》，广州：花城出版社，1985年。

田寿昌、宗白华、郭沫若：《三叶集》，合肥：安徽教育出版社，2000年。

陈应鸾：《诗味论》，成都：巴蜀书社，1996年。

朱光潜：《诗论》，合肥：安徽教育出版社，1997年。

刘小枫：《现代性社会理论绪论》，上海：上海三联书店，1998年。

薛富兴：《东方神韵——意境论》，北京：人民文学出版社，2000年。

[日]高山林次郎：《近世美学》，刘仁航译，上海：商务印书馆，1920年。

王平陵译：《美学纲要》，上海：泰东图书局，1922年。

[英]马霞尔：《美学原理》，萧石君译，上海：泰东图书局，1922年。

[日]黑田鹏信：《美学纲要》，俞寄凡译，上海：商务印书馆，1922年。

吕澂：《美学浅说》，上海：商务印书馆，1923年。

吕澂：《美学概论》，上海：商务印书馆，1923年。

黄忏华：《美学略史》，上海：商务印书馆，1924年。

陈望道：《美学概论》，上海：民智书局，1927年。

范寿康编：《美学概论》，上海：商务印书馆，1927年。

滕固：《唯美派的文学》，上海：光华书局，1927年。

蔡元培：《蔡元培美学文选》，北京：北京大学出版社，1983年。

聂振斌：《中国近代美学思想史》，北京：中国社会科学出版社，

1991 年。

邓牛顿:《中国现代美学思想史》,上海:上海文艺出版社,1988 年。

陈伟:《中国现代美学思想史纲》,上海:上海人民出版社,1993 年。

胡经之编:《中国现代美学丛编(1919—1949)》,北京:北京大学出版社,1987 年。

[美]托马斯·芒罗:《东方美学》,欧建平译,北京:中国人民大学出版社,1990 年。

上海市美学研究会、上海社会科学院哲学研究所美学研究室编:《美学与艺术讲演录》,上海:上海人民出版社,1983 年。

北京大学哲学系美学教研室编:《西方美学家论美和美感》,北京:商务印书馆,1980 年。

[日]笠原仲二:《古代中国人的美意识》,魏常海译,北京:北京大学出版社,1987 年。

[德]叔本华:《作为意志和表象的世界》,石冲白译,杨一之校,北京:商务印书馆,1982 年。

[古希腊]亚里士多德:《诗学》,陈中梅译注,北京:商务印书馆,1996 年。

[美]乔纳森·卡勒:《结构主义诗学》,盛宁译,北京:中国社会科学出版社,1991 年。

[美]厄尔·迈纳:《比较诗学》,王宇根等译,北京:中央编译出版社,1998 年。

草川未雨:《中国新诗坛的昨日今日和明日》,北平:海音书局,1929 年。

范况:《中国诗学通论》,上海:商务印书馆,1930 年。

徐谦:《诗词学》,上海:商务印书馆,1926年。

杨鸿烈:《中国诗学大纲》,台北:台湾商务印书馆股份有限公司,1960年。

宗白华:《艺境》,北京:北京大学出版社,1999年。

姜义华主编:《胡适学术文集·新文学运动》,北京:中华书局,1993年。

余虹:《中国文论与西方诗学》,北京:生活·读书·新知三联书店,1999年。

叶维廉:《中国诗学》,北京:生活·读书·新知三联书店,1992年。

[美]刘若愚:《中国诗学》,韩铁椿、蒋小雯译,武汉:长江文艺出版社,1991年。

叶嘉莹:《王国维及其文学批评》,石家庄:河北教育出版社,1997年。

周一平、沈茶英:《中西文化交汇与王国维学术成就》,上海:学林出版社,1999年。

吕进:《中国现代诗学》,重庆:重庆出版社,1991年。

陈良运:《中国诗学体系论》,北京:中国社会科学出版社,1992年。

陈良运:《中国诗学批评史》,南昌:江西人民出版社,1995年。

王攸欣:《选择·接受与疏离》,北京:生活·读书·新知三联书店,1999年。

朱自清:《朱自清全集》(第二卷),南京:江苏教育出版社,1988年。

陈中梅:《柏拉图诗学和艺术思想研究》,北京:商务印书馆,1999年。

朱光潜：《文艺心理学》，合肥：安徽教育出版社，1996年。

葛兆光：《中国思想史》（第一卷、第二卷），上海：复旦大学出版社，1998年、2000年。

杨乃乔：《悖立与整合——东方儒道诗学与西方诗学的本体论、语言论比较》，北京：文化艺术出版社，1998年。

陆耀东：《徐志摩评传》，西安：陕西人民出版社，1986年。

易竹贤：《胡适与现代中国文化》，武汉：武汉大学出版社，1993年。

孙党伯：《郭沫若评传》，北京：人民文学出版社，1987年。

龙泉明：《中国新诗流变论》，北京：人民文学出版社，1999年。

许霆：《新诗理论发展史（1917—1927）》，兰州：甘肃文化出版社，1994年。

张健：《清代诗学研究》，北京：北京大学出版社，1999年。

王晓路：《中西诗学对话——英语世界的中国古代文论研究》，成都：巴蜀书社，2000年。

王毅：《中国现代主义诗歌史论（1925—1949）》，重庆：西南师范大学出版社，1998年。

[斯洛伐克]玛利安·高利克：《中国现代文学批评发生史（1917—1930）》，陈圣生等译，北京：社会科学文献出版社，1997年。

徐志啸：《近代中外文学关系（19世纪中叶—20世纪初叶）》，上海：华东师范大学出版社，2000年。

陈圣生：《现代诗学》，北京：社会科学文献出版社，1998年。

徐行言、程金城：《表现主义与20世纪中国文学》，合肥：安徽教育出版社，2000年。

佛雏：《王国维诗学研究》，北京：北京大学出版社，1999年。

林继中:《文学史新视野》,北京:北京大学出版社,2000年。

吴晓东:《象征主义与中国现代文学》,合肥:安徽教育出版社,2000年。

孙玉石:《中国现代主义诗潮史论》,北京:北京大学出版社,1999年。

周作人:《中国新文学的源流》,上海:华东师范大学出版社,1995年。

李达三、罗钢主编:《中外比较文学的里程碑》,北京:人民文学出版社,1997年。

张同道:《探险的风旗——论20世纪中国现代主义诗潮》,合肥:安徽教育出版社,1998年。

王先明:《中国近代社会文化史论》,北京:人民出版社,2000年。

熊月之:《西学东渐与晚清社会》,上海:上海人民出版社,1994年。

马祖毅:《中国翻译简史》,北京:中国对外翻译出版公司,1998年。

郭延礼:《中国近代翻译文学概论》,武汉:湖北教育出版社,1998年。

宋柏年主编:《中国古典文学在国外》,北京:北京语言学院出版社,1994年。

闻一多:《闻一多全集》,孙党伯等编,武汉:湖北人民出版社,1993年。

周策纵:《弃园文粹》,上海:上海文艺出版社,1997年。

陈子展:《中国近代文学之变迁·最近三十年中国文学史》,徐志啸导读,上海:上海古籍出版社,2000年。

邹振环：《影响中国近代社会的一百种译作》，北京：中国对外翻译出版公司，1996年。

俞兆平：《闻一多美学思想论稿》，上海：上海文艺出版社，1988年。

魏红珊：《郭沫若美学思想研究》，成都：巴蜀书社，2005年。

陈希：《中国现代诗学范畴》，广州：中山大学出版社，2009年。

陈太胜：《象征主义与中国现代诗学》，北京：北京大学出版社，2005年。

牛宏宝等：《汉语语境中的西方美学》，合肥：安徽教育出版社，2001年。

金雅：《梁启超美学思想研究》，北京：商务印书馆，2012年。

成芳：《尼采在中国》，南京：南京出版社，1993年。

聂振斌：《王国维美学思想研究》，北京：商务印书馆，2012年。

聂振斌：《蔡元培美学思想研究》，北京：商务印书馆，2012年。

余连祥：《丰子恺美学思想研究》，北京：商务印书馆，2012年。

王德胜：《宗白华美学思想研究》，北京：商务印书馆，2012年。

宛小平、张泽鸿：《朱光潜美学思想研究》，北京：商务印书馆，2012年。

叶舒宪：《"诗言寺"辨——中国阉割文化索源》，《文艺研究》，1994年第2期。

季羡林：《美学的根本转型》，《文学评论》，1997年第5期。

黄兴涛：《"美学"一词及西方美学在中国的最早传播》，《哲学动态》，2000年第1期。

后　记

　　中国诗学现代转型面临着对中西诗学传统的接受与创造性转化这一问题，在其所接受的中西美学诗学传统中，西方美学是其中最为重要的部分，然而，诗学界对这一问题鲜有讨论，其根源在于这一问题未能引起诗学界应有的重视。本研究正是着眼于此，试图将晚清民初美学译介对中国诗学现代转型之影响置于中西双重诗学语境中加以探讨，其中所涉及的都是中国诗学现代转型的重要侧面。由这些重要侧面可以看出，晚清民初西方美学译介对于中国诗学现代转型之深刻影响。

　　本研究只是就中国诗学现代转型的重要方面展开探讨，这一问题中肯定还有诸多其他问题，限于本人的思考范围与学力，未能涉及；就涉及的这些方面而言，论述也有详略深浅之别。当然，其中也有有意为之的因素。本书对于那些学界讨论得比较深入的诗学现象，就采取了略论的策略，比如中国新诗诗学的形成涉及胡适派诗学、新月派诗学及象征派诗学，而这些诗学已经被诗学界做了深入细致的探讨，因此，我在论述的时候就尽量从略。本书所涉方面也是有选择性的，比如在论述诗学范畴现代转型时，只选取了其中的三个范畴展开论述，事实上，中国诗学范畴为数众多，只是本书不可能全部涉及，因此，选取了其中几个范畴的相关问题进行思考与论述。

　　本书的写作，并非一蹴而就，而是断断续续经历了很长时间。其间，也曾有过一次出版机会，那就是2007年我们学科组织了几个选题送交人民文学出版社出版，当时，由于我正在写作我的国家社科基金项目书稿，无暇顾及这件事情，因此最终放弃了这次出版机会。直到 2021 年，我将我的思考设计为几个课题，申报了教育部人文社科基金规划项目并最终获得立项，于是重拾旧题，着手写作课题书稿。我曾将本书的部分章节整理为六篇单篇论文，并在 CSSCI 期刊上发表，非常感谢相关期刊的编辑给我展示前期成果的机会。

现在书稿就要出版了，其中肯定存在这样那样的问题，请读者朋友们多多批评指正。

2025 年 3 月于杭州

```
图书在版编目（CIP）数据

晚清民初西方美学译介对中国诗学现代转型之影响 /
陈学祖著. -- 上海：上海文艺出版社，2025. -- ISBN
978-7-5321-9197-0

Ⅰ. I207.2
中国国家版本馆CIP数据核字第2024MX4909号
```

策 划 人：李伟长
责任编辑：崔　莉
装帧设计：钟　颖

书　　名：晚清民初西方美学译介对中国诗学现代转型之影响
作　　者：陈学祖
出　　版：上海世纪出版集团　上海文艺出版社
地　　址：上海市闵行区号景路159弄A座2楼 201101
发　　行：上海文艺出版社发行中心
　　　　　上海市闵行区号景路159弄A座2楼206室 201101 www.ewen.co
印　　刷：上海丽佳制版印刷有限公司
开　　本：890×1240 1/32
印　　张：9.5
插　　页：3
字　　数：261,000
印　　次：2025年8月第1版 2025年8月第1次印刷
Ｉ Ｓ Ｂ Ｎ：978-7-5321-9197-0/I.7217
定　　价：59.00元
告 读 者：如发现本书有质量问题请与印刷厂质量科联系　T:021-64855582